探偵に推理をさせないでください。最悪の場合、世界が滅びる可能性がございますので。

Don't let the detective make deductions. In the worst case scenario, the world may be destroyed.

2

夜方 宵
美和野らぐ

「ふふふ、本格的に逃がさないよ
ゆゆちゃん」

「たっ、助けてえ~……!」
Don't let the detective make deductions.
In the worst case scenario, the world may be destroyed.

「それじゃ命令よ雨名《うな》。お口を開けなさい。はい、あーん」

Don't let the detective make deductions.
In the worst case scenario, the world may be destroyed.
「はふっ！
はふ、あふ、あふっ！
熱い……っ！」

「うっ、ううっ……
お兄ちゃあああん……っ!!」

Don't let the detective make deductions.
In the worst case scenario, the world may be destroyed.

Don't let the detective make deductions.
In the worst case scenario, the world may be destroyed.

CONTENTS

012 【1】本格的名探偵とその助手たち、孤島に向かう
021 【2】本格的名探偵とその助手たち、孤島に降り立つ
040 【3】オウガ様の伝承
058 【4】書斎での邂逅
074 【5】起床の一幕
087 【6】浜辺ではしゃぐ少女たち
097 【7】業落とし、命落つる
130 【8】本格的捜査パート
150 【9】かくして孤島の鬼は目覚めた
210 【10】黒幕の思惑
224 【11】蒼血冥土統べる深淵《ブルーブラッド》
264 【12】真実の体現者《マニフェスト》の真実
282 【13】探偵に推理をさせてください
305 【14】幼女の目隠しを外してください。その瞳が、世界の真実を暴き出しますので。
320 【SS】探偵様のご機嫌の取り方

探偵に推理をさせないでください。最悪の場合、世界が滅びる可能性がございますので。2

夜方 宵

MF文庫J

口絵・本文イラスト●美和野らぐ

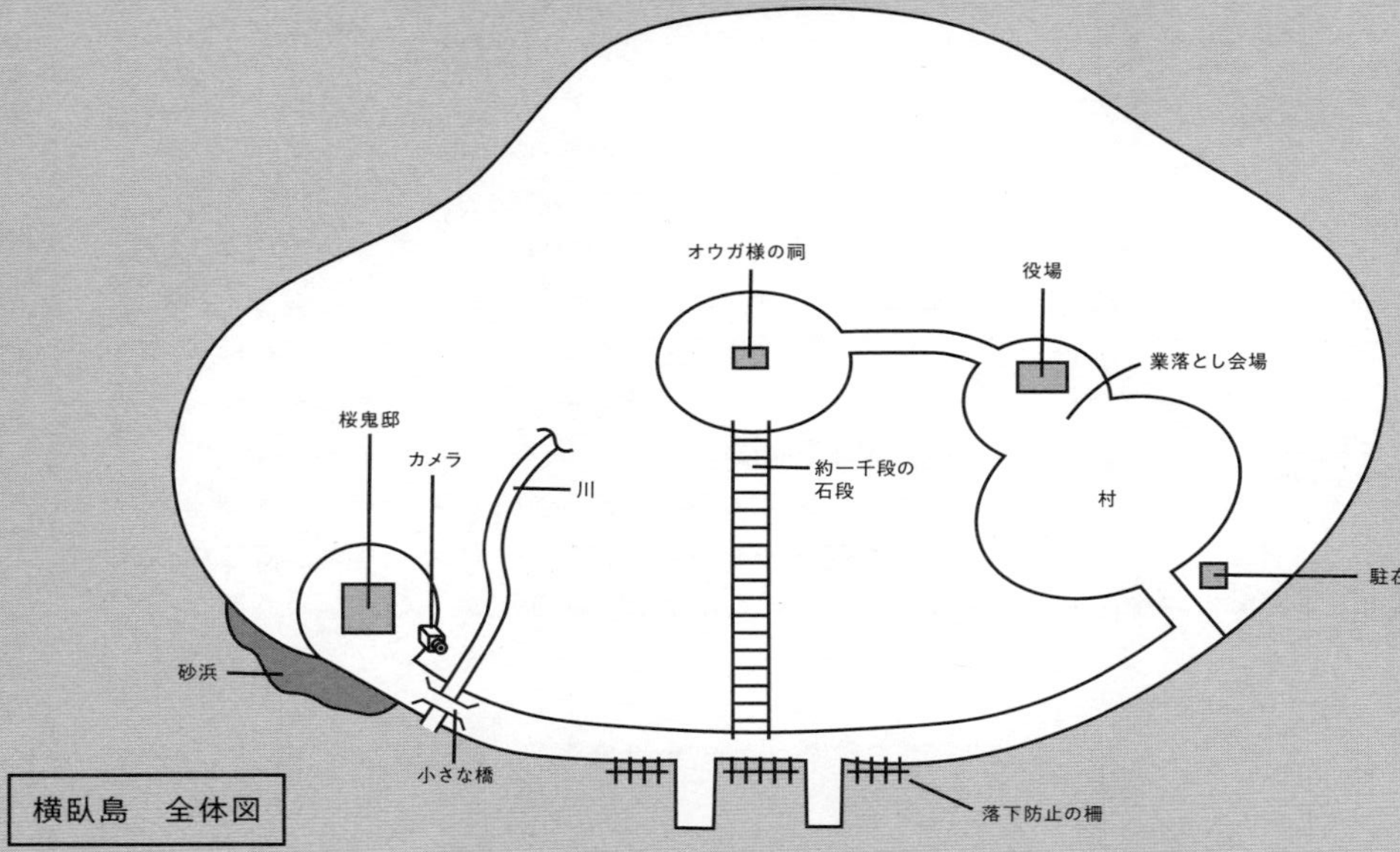
横臥島　全体図
オウガ様の祠
役場
業落とし会場
桜鬼邸
カメラ
川
約一千段の
石段
村
駐在所
砂浜
小さな橋
落下防止の柵

【1】本格的名探偵とその助手たち、孤島に向かう

「うわーい、島かも島かもー！」

晴れ渡った蒼天《そうてん》の下、大海原を掻《か》き分けて進む大型クルーザーの舳先《へさき》に身を乗り出した目隠し白髪幼女が、楽しそうにはしゃぎ声を上げた。

「いや目隠ししてたんじゃ見えないだろイリス」

幼女が海に落っこちてしまわないよう彼女の左隣で見守りながら、僕——福寄幸太《ふくよせこうた》は、微笑《ほほえ》ましい気持ちで突っ込みを入れる。

するとイリスが笑顔で僕を見る。

「見えないけど気配を感じるかもだよお兄ちゃん。五感のひとつにしばりをかけたイリスはね、そのかわりにほかの感覚がパワーアップしてるのかもー」

「ほんとかよ。ていうか初耳の設定なんだけど」

「えへー。だっていま考えたかもだもーん」

この中二病幼女め。と苦笑する僕だったが、しかしこの幼女はただの一般中二病患者ではない。実は『真理の九人《トゥルーアンサーアイズ》』とかいう謎の集団のひとりで、『真実の体現者《マニフェスト》』とかいう大層な異名を持ち、『真実にいたる眼差し』などという特殊な双眸《そうぼう》を具《そな》えたガチモンの異能力者なのである。

「でも本当に島が見えてきたよイリスちゃん……本当にイリスちゃんは視覚以外の感覚が鋭くなってるかもだあ～……ふへへ」

　僕の左隣に立つロングナース服姿の美少女が、隈《くま》を携えた眠たげな目を細めてにへらと笑んだ。

「結構ちっちゃくて可愛《かわい》い島だね～……。町っぽいのが見えるし無人島じゃないみたいだけど、お医者さんとかいるのかな……あ、今思い出した、せっかく準備した救急用具セット、忘れてきちゃったよ……。うう、これじゃお治しできないよ……うわあん、わたしってば救急用具すら満足に用意できないダメナースなんだ、要らない子は今すぐ海に投げ捨てられて、魚の餌になってこの世から消え去ってしまうんだあ～……！」

　己の不手際を思い出した途端、ナースな彼女――癒々島《ゆゆしま》ゆゆさんは、まるで世界滅亡の日を迎えたかのような絶望顔で天を仰ぎ嘆いた。

「そんなに落ち込まないでください、ゆゆさん。たとえ救急用具がなくたって、ゆゆさんはしっかりお治しできる有能なナースさんですよ」

　そんな慰めの言葉をかける僕だが、しかしそれは決してデタラメではない。彼女はその実、『十星の魔法陣《スターサークル》』とかいう天体大魔法の使い手のひとりで、その中でも地球の象徴を担うことから『地恵の魔法使い《ナースオブアース》』と呼ばれるマジモンのお治し系魔法少女なのである。

　ちなみに現在の服装についてだが、ちゃんと私服も持ってきてはいるらしいのだが何故《なぜ》かいつものナース服を着ている。何故《なぜ》かは分からない。きっと気分だろう。

「うふふ、心配はご無用ですわゆゆさん。島にはちゃんとお医者様がいらっしゃいますから。でないとあの島は本土から相当離れていますし、住んでいる島民の方々が困ってしまいますもの」

船内から出てきた見るからにお嬢様な麗しい美少女が、掛けていたお洒落《しゃれ》なサングラスを右手で頭にずらしながら、左手には日光に反射して煌《きら》めくトロピカルなジュースが注がれたグラスを持って優雅に歩いてきた。

「おっしゃる通りです、お嬢様」

そして彼女に付き従うメイド服の美少女が主に向かって恭しく頭を下げる。

「あっ姫咲《きさき》さん。そうなんだ、それならよかったよお～……ふへ」

安堵《あんど》するゆゆさんにたおやかな微笑《ほほえ》みを向ける彼女――万桜花《よろずおうか》姫咲先輩は、世界有数の大富豪である万桜花家本家のご令嬢だ。しかしその一方で彼女もまた一般人ではない。実は姫咲先輩は、僕たち人間とは異なる領域に存在する怪物――『特定領域外不可確認異形種ヴァイル』との主導的融合を果たした『天魔を喰らいし者《ヴァイルイーター》』とかいう珍しい人間のひとりであり、ダベルという名のヴァイルをその身に宿し、第七成功実験体『NO.7《ナンバーセブン》』と呼ばれるヤバモンの二重人格者なのである。（ちなみにダベルの人格が表に出てきたときの姫咲先輩は傍若無人の化身である）

また、姫咲先輩の専属メイド——寿《ことぶき》雨名《うな》も一般メイドさんに見えて実は尋常ならざる異能を有しているらしいのだが、今日まで僕はその全貌を知るに至ってはいない。でもきっと彼女だって疑いの余地なくホンマモンなのだろうと、いつかの疑《うたぐ》り深かった自分とは打って変わって、現在の僕は既にそう信じきっている次第である。

はてさて、そんなこんなで今ここに集う可憐《かれん》な少女たちはみんなが個性豊かな非日常の住人なのであるが、けれどそんな彼女たちですら、この場においてはあくまでとある少女の助手という立場に甘んじているという、そんな信じがたい事情が実はあるわけで。

そしてそんな風に彼女たちを助手たらしめている存在こそ。

「よっと。おお、ようやく我々『本格の研究《スタディ・イン・パズラー》』が目指す目的地——おどろおどろしい伝承が残り不吉な雰囲気をまとった本格的に怪しげな孤島が見えてきたみたいだね」

初夏の太陽にも負けないほど眩《まばゆ》い好奇心を真紅の双眸《そうぼう》に灯《とも》した彼女こそが、『本格の研究』なる非公式団体の創設者にして自称・本格的名探偵——そして、自身の推理によって導《みちび》き出した結論を世界の真としちゃうとかいう規格外の異能力『名探偵は間違えない《ルールブック》』を具《そな》えたガチマジヤバモンホンマモンな僕らの探偵——推川理耶《おしかわりや》である。

その気になれば彼女の推理は世界を滅ぼしかねない——実際に先日、世界は一度滅亡寸前の状況まで陥った——超危険因子であり、ゆえにイリスを始めとした四人は全員がＱＥＤとかいう謎の能力者組織から理耶の助手として派遣されてきた特殊任務遂行員なのであるが、けれどそんな裏事情はおろか自分が異能力者であることすらつゆ知らない我らが探偵様は、まるで大型連休を楽しむ一般女子高生然としたのんきな笑顔を浮かべながら船室から出てきて僕とゆゆさんの隙間に並び立った。

「こら理耶《りや》。失礼なことを言うんじゃない。君がみんなでどこか遠くに遊びに行きたいって言ったから、姫咲《きさき》先輩の多大なるご厚意によってこの二泊三日のゴールデンウィーク旅行が実現したんじゃないか。この船も、泊めてもらう別荘も、みんな姫咲先輩が無償で用意してくれたんだぞ」

本日、五月三日。僕らは万桜花《よろずおうか》家私有の大型クルーザーに乗り、そして万桜花家の別荘を目指している。目的は簡単に言えば盛大なゴールデンウィークお泊まり会。別荘に二泊させてもらい、都会の喧噪《けんそう》を離れ、美しい自然に囲まれて過ごすことで心身の疲れを癒やしながら親睦を深める、というのが今回掲げられた大義だ。

そしてそれらに必要な費用の一切について、ありがたいことに万桜花姫咲お嬢様が面倒を見てくれたというわけである。

だというのに、この探偵様ときたらすーぐミステリに絡めて縁起でもないことを言いおって。

「第一、万桜花家の別荘があるような島にそんな不気味な伝承なんかあるわけないだろ」

そう窘《たしな》めると、理耶は可愛《かわい》らしくウインクを寄越《よこ》しながら、

「てへ」

と舌を出してみせる。ふむ、いつもより少しテンションが高い気がするな。普段はさも探偵らしく悠揚迫らぬ態度をとる彼女だが、流石《さすが》に内心ではワクワクしちゃっているのだろう。

「冗談だよ幸太《こうた》くん。姫咲ちゃんもごめんね」

そう言って姫咲先輩にも申し訳なさそうな笑みを向ける理耶に、姫咲先輩は麗しげに小首を傾《かし》げながら微笑《ほほえ》みを返す。

「ふふ、冗談だと分かっておりますから謝る必要はありませんよ推川《おしかわ》さん。それに、推川さんのおっしゃったことはあながち間違いでもありませんし」

「え。間違いじゃないってどういうことですか姫咲先輩」

歩みを進めてゆゆさんの左隣に並んだ姫咲先輩は、徐々に輪郭を大きくする前方の離島へと目線を向ける。

「前方に見えるあの島。正式な名前を『横臥島《おうがしま》』といいますが、実はあの島には別称がふたつほどあるのです。ひとつには『桜花島《おうかしま》』。そしてもうひとつは――『鬼ヶ島《おにがしま》』です」

「ほう」理耶が興味深げに目つきを細める。

「おおー。ももたろうかもー」と袖余りの両手を突き上げてはしゃぐイリス。

「お、鬼？　あの島って鬼がいるの……？　うわあん、やっぱり救急用具持ってこなきゃだったよお～……わたしの役立たずう～……」と再び忘れ物を嘆きだすゆゆさん。

専属メイドの雨名《うな》だけは無言で佇《たたず》む中、みんなを代表して僕は姫咲《きさき》先輩に訊《たず》ねた。

「鬼ヶ島《おにがしま》、ですか？」

すると微笑《ほほえ》みは崩さないままに頷《うなず》きを返す姫咲先輩。

「ええ。わたくしも詳しく存じているわけではないのですけれど、横臥島《おうがしま》には『オウガ様』という名前の鬼にまつわる伝承が残っているのですわ。ですから横臥島で鬼ヶ島。なんだか口に出してみると音の響きが似ていて面白いですね」

ふふふ、と上品に笑いながら姫咲先輩は続ける。

「ちなみに島には横臥するオウガ様の像が祀《まつ》られた祠《ほこら》がありますから、時間を見つけて見に行くのもいいですわね。伝承の詳細は島の村長に聞けば教えていただけると思いますから、是非教えてもらいに伺いましょう。なんだかわたくしも興味が湧いてしまいました」

盛り上がっちゃった様子の姫咲先輩。どうやら彼女も少なからずゴールデンウィークハイテンションになっているようだ。

徐々に大きくなりつつある横臥島に今一度目を向ける。……まあ、せっかくの連休だし旅行だしお泊まり会だし。見知らぬ土地の見知らぬ伝承を聞いてみんなでわいわいするのも悪くはないのかもしれない。

……悪くはないのかもしれないのだが。

「ふむ、鬼ヶ島《おにがしま》の別名を持つ離れ小島、別荘、そして独自の伝承によって語り継がれるオウガ様という名の鬼の存在……。まさに孤島の鬼とでも言うべきか。ふっふっふ。いやはや幸太《こうた》くん、これはやっぱり本格的に楽しいゴールデンウィークになりそうだねえ」

鬼ヶ島の伝承というよりも、むしろ隣の自称・本格的名探偵様に対してどうしようもなく不吉な予感を覚える僕である。

「ったく……頼むからあんまりはしゃぎすぎないでくれよ理耶《りや》」

キラキラと瞳を輝かせる理耶を横目に見ながら、どうか何事もなく平穏に三日間を過ごせますようにと、そして無事に我が家に帰れますようにと、胸のうちで祈りを捧《ささ》げる僕なのだった……。

【2】本格的名探偵とその助手たち、孤島に降り立つ

太陽が真上に昇った頃、僕らを乗せたクルーザーは横臥島《おうがしま》の船着き場に着岸した。

桟橋に降り立った僕は抱っこしていたイリスを下ろしてやる。

「うわーい鬼さんの島に到着かもー」

万歳しながら喜ぶ幼女に続いてみんなが船から降りてくる。最後に回った姫咲《きさき》先輩は降りしなに操縦士のおじさんと会話を交わしていた。きっと帰りの段取りかなにかだろう。

雨名《うな》の手を取りながら流麗な足取りで姫咲先輩が降り立ったのを合図に、大型クルーザーはエンジンを唸《うな》らせながら海の向こうへと消えていった。

「二日後の同じ時間に迎えに来てもらうようお願いいたしました」

と姫咲先輩が言った。やっぱり帰りのスケジュールについて話していたみたいだ。

ともかく迎えは二日後。それまで僕らはこの島から帰ることはできない。いよいよクローズド・サークルみたいだな……ってなに僕まで変なことを考えてるんだまったく。理耶の思考に毒されてしまったか。

頭を振って気持ちを切り替える。さあ、せっかくのゴールデンウィークだ。普段は大変な目に遭ってばかりだし、こんなときくらいのんびり羽を伸ばして英気を養うぞ！

そんな謎の気合いを入れつつ島の景色に意識を向ける。目の前はすぐ山になっていて、

島岸に沿って僕らの眼前を横切るように左右に道が延びている。左手に目を向けると、しばらく行ったところに小さな河川を越えるための小ぶりな橋があり、さらにその先には立派な洋館がそびえる様が見える。あれが別荘だろうか？　右手の道はぐるっと島の輪郭の向こうまで延び続けていた。あの先に船から見えた小さな町があるのかもしれない。

「すうー、はあー。いやあ、空気が綺麗《きれい》だねえ……ふへ。こんなに綺麗な空気を吸ってたら体も内側からお治しされてくに違いないんだあ～……あっ」

早くも満足げな顔でにへらと笑うゆゆさんが、深呼吸ついでになにかに目を留めた。

「ねえ幸太《こうた》くん、なんかあそこに階段があるよ……？」

「階段ですか？」

ゆゆさんの人差し指が示した方に目をやる。すると確かに、港にあるふたつの船着き場の間から山頂に向かって伸びる（といっても木々に隠れて入り口くらいしか見えないけれど）古びた石階段があった。

「本当ですね。山の上になにかあるんですかね」

「あの約一千段の石階段を上った先にあるのがオウガ様の祠《ほこら》ですわ」姫咲《きさき》先輩が微笑《ほほえ》みとともに教えてくれた。「山頂は開けた場所になっていて、そこに祠があるんですよ」

なるほど。あの先に鬼ヶ島《おにがしま》の由来になったオウガ様なる鬼の像があるわけですか。

「あ、あの階段を上った先に鬼が……ひえ～」

と身震いするゆゆさんだったが、そんな彼女とは対照的にプラチナブロンドの髪を潮風にそよがせながら瞳を輝かせる少女の姿が。

「なるほど。本格的に面白い。それじゃさっそく上ってみるとしようか」

おいおい島に着いたばかりだぞ。早まりすぎだろ。

「善は急げだよ幸太くん」

「別に善な行動でもないだろ。それに急がば回れって言葉もある」

「思い立ったが吉日」

「物には時節」

「むう。屁理屈《へりくつ》ばかり言ってちゃダメだよ幸太くん。私たち探偵と助手は本格論理の担い手であり守護者なんだから」

苦笑する僕。いやいや、いっつも屁理屈まみれの推理を披露してハチャメチャやってくれてる迷探偵様がなにをおっしゃいますか、とは流石《さすが》に言わないでおいた。

「イリスも鬼さんの場所に行きたいかもー」

と主張するイリスの頭をしゃがみ込んで撫《な》でてやりながら理耶《りや》が言う。

「そうだよねえ。イリスちゃんもオウガ様の祠に行ってみたいよねえ。でもごめんねイリスちゃん、幸太くんが行きたくないって本格的に大人げなく駄々《だだ》をこねるんだよ」

いや別に行きたくないとまでは言ってないだろ。あと駄々をこねたりはしてない。

「えー鬼さんのところに行きたいかも行きたいかも行きたいかもー！　もうお兄ちゃん、ダダをこねるのはダメなのかもー！」

「い、いや、だからなイリス……」

理耶《りや》の巧みな（？）話術により見事に悪者に仕立て上げられてしまい悲しみに打ちひしがれていると、姫咲《きさき》先輩が女神のごとくそっと救いの手を差し伸べてくれる。

「まあまあ推川《おしかわ》さんにイリスさん。わたくしも是非祠《ほこら》へ伺ってみたい気持ちはありますけれど、まずは別荘に向かいませんか？　一千段の階段を上るのは想像以上に過酷ですよ。荷物を持ったままではきっと大変な思いをする羽目になりますわ」

彼女の言う通り僕たちは着替えなどそれなりの荷物をリュックやらキャリーケースやらに詰め込んで持ってきている。まずはそれらを別荘に置くのがなによりも先決だろう。

「おっとこれは私としたことが先走りすぎたみたいだね」

照れ隠しの笑みを浮かべつつ、それでも泰然とした仕草で立ち上がる理耶。

「姫咲ちゃんの言う通りまずは荷物を置かせてもらわないとだ。そうと決まればさっそく向かおう。ほら、いつまでもしょげてないで行くよ幸太《こうた》くん」

「あいー。行くよお兄ちゃんー」と僕の手を握って引っ張ってくるイリス。

「なんかもう既に振り回されてる気がするのは気のせいか……？」

いやきっと気のせいじゃないだろう。果たして僕は本当にこの連休で羽を伸ばし休めることができるのだろうか……？　早々に先が思いやられて仕方がない。

監視カメラに見守られたセキュリティ万全の橋を渡って到着した目的地——遠目に見ても立派だった万桜花家《よろずおうかけ》の別荘は、近くで見てもやっぱりとんでもなく立派な建物だった。

「いやあ本当にすごいですね、先輩の別荘」

思わずそんな語彙力皆無の感想を述べると、姫咲先輩は口許《くちもと》に手を当てて笑んだ。

「本邸といいこの別邸といい、古くさい建物ですのに褒めてくださるなんて幸太さんは本当にお優しい方ですわね」

いや本心なんですよ先輩。一般庶民はこんなお屋敷には住めません。

「この『桜鬼邸《おうきてい》』は先々代当主の万桜花万石《ばんじゃく》が建てたものですから、築後一世紀近く経過しておりますし、謙遜でなく本当にとっても古い建物なのです。ちなみにですけれど、先ほど船の上で横臥島《おうがしま》についてご案内した際、この島は鬼ヶ島《おにがしま》と呼ばれるほかに桜花島《おうかしま》とも呼ばれるとお話ししたかと思いますが、その名をつけたのはほかでもないわたくしの高祖父・万石なのですわ。あいにく今回は時期を外しておりますが、この横臥島は春になると一面に美しい桜が咲き誇るのです。それを見た万石は大層この島を気に入り、満開の桜花と横臥島の名にちなんで桜花島と呼ぶようになりました。さらに島に対する万石の愛着はとどまるところを知らず、最終的にはこの別邸を建てるまでに至ったというのが、桜花《おうか》島《しま》の由来とこの桜鬼邸《おうきてい》建設の経緯ですわ」

ふむふむなるほど。正直、万桜花《よろずおうか》ともあろう大富豪一族の別荘が何故《なぜ》こんな辺鄙《へんぴ》な離島にあるのかと内心不思議だったのだが、今の話のおかげで納得できた僕だった。

「わたくし個人としては自身の姓を島の別名にした万石《ばんじやく》の自尊心には正直少し恥ずかしい気持ちがするのですが……」と頬《ほお》を桜色に染める姫咲《きさき》先輩。「さて申し訳ありません。つい、つまらないお話をお聞かせしてしまいました。それでは中に入りましょうか」

「ボクが扉を開けやがりますです、お嬢様」

姫咲先輩の言葉を合図に進み出た雨名《うな》が扉に手をかける。予想外にも鍵が掛かっておらず、分厚く大きな扉はゆっくりと開いていった。

開いた扉の先には開放感に満ちたエントランスが広がり――。

「お待ちしておりました、姫咲お嬢様」

慇懃《いんぎん》なお辞儀が僕たちを迎え入れた。真冬の雪空のように美しい灰色の髪を携え、漆黒の執事服を身にまとった、僕たちとさして歳の変わらなそうな少年だった。

また、その左右にはメイド服姿の少女がふたり立っていた。両者ともに長い髪をツインテールに結っており――そして何故かウサ耳カチューシャをつけており――髪色は異なるものの顔貌《かおかたち》もそっくりで、きっと双子の姉妹だろうと僕は推測した。

灰色髪の少年に倣ってメイド少女たちも頭を下げる。

「まったく、ハラワタ煮えくり返るくらいお待ちしてた……じゃなくてお待ちしておりましたぜお嬢様」激情に滾《たぎ》る猛火のごとく紅蓮《ぐれん》の髪色をした少女の言葉。

「ええ本当に、サメザメ泣き凍えずにはいられないほどお待ち申し上げておりましたお嬢様」悲愴《ひそう》に凍《い》てつく結氷のごとく白群の髪色をした少女の言葉。

……うん、なんかひと癖もふた癖もありそうなメイドさんだ。

思わず半目になる僕だったけれど、ほかの面々はまったく気にしていないようだった。

まあ、そもそも本人たちが癖しかない人たちなので当然といえば当然なのだが。

迎えてくれた執事とメイドに労《ねぎら》いの微笑を向ける姫咲《きさき》先輩。

「ありがとう。あなたたち三人が、わたくしたちがこの桜鬼邸《おうきてい》を利用するあいだお世話してくれる臨時の使用人さんかしら」

主人の問いに灰髪少年は恭しい笑顔を返した。

「その通りでございますお嬢様。申し遅れました、ワタシの名前はハングリィ・ヴォイドレッドと申します。どうぞハングとお呼びください。そしてこちらが——」

執事——ハングリィ・ヴォイドレッド少年が促すような目線を向けると、紅蓮髪の少女が吊《つ》り目を細め、ニタリと白い歯を剥《む》いて笑った。

「あたしの名前は宇佐手《うさで》ハラワタだ。ハラワタ煮えくり返るくらいの美少女メイドなんでよろしく頼むぜ……じゃなくて頼みますぜ！」

続けて白群髪の少女が垂れ目を細め、フフフと口許《くちもと》を手で隠しつつ笑った。

「あたくしの名前は宇佐手サメザメと申します。ハラワタとは双子の姉妹で、あたくしが妹です。サメザメ泣き凍えてしまうほどの美少女ですが、どうぞよろしくお願いします」

く、癖が強すぎる……。雨名《うな》もそうだが、万桜花《よろずおうか》家のメイドさんはみんな普通とはひと味違った喋《しゃべ》り方《かた》をするって決まりでもあるのかもしれない。

「ハングさんにハラワタさん、そしてサメザメさんですね。こちらこそよろしくお願いいたしますわ」

笑顔で小首を傾《かし》げたのち、姫咲先輩は僕たちに手を向ける。

「そしてこちらはわたくしの大切な友人たちです。彼らのことはわたくしだと思って丁重にもてなしていただくようお願いしますね。不慣れなことも多いかとは思いますけれど、分からないことがあれば雨名を頼ってちょうだいな」

「承知いたしました姫咲お嬢様。それとよろしくお願いします雨名さん」

「分かったよ……じゃなくて分かりましたぜお嬢様。とよろしく頼むよメイド長！」

「重々承りましたお嬢様。それに是非ともご指導お願いしますねメイド長さん」

「分かりやがりましたです。しっかり指導させてもらいやがりますです」

臨時使用人たちと専属メイドのやり取りを聞き届けて、姫咲先輩はこちらに振り返る。

「さあ皆さん。それではお部屋に荷物を置いて、それからオウガ様の祠《ほこら》へ……」

と、彼女の言葉を遮るように「きゅるるるる〜」と小鳥がさえずるような可愛《かわい》らしい音が鳴り響いた。

隣で僕の手を握る幼女を見下ろしてみると、イリスが自分のお腹《なか》をさする。

「むー ん。ねえお兄ちゃん、イリスおなかすいちゃったかもー」

「確かにお昼がまだだったな」

それを見た理耶《りや》がふっと笑みを零《こぼ》し、制服時にも持ち歩いている懐中時計をかぱっと開いた。

「おっと、気がつけばもうこんな時間だ。イリスちゃんのお腹が鳴いちゃうのも本格的に致し方ない頃合いだね」

「理耶ちゃんの言う通りだよお……」ゆゆさんも同意しつつにひっと笑う。「まずはぺこぺこなお腹をお治ししなくちゃだあ〜……ふへへ」

一連の様子を眺めていた姫咲《きさき》先輩も愛《いと》おしげな微笑をイリスに送る。

「わたくしとしたことが申し訳ありません、皆さんとの休暇の旅に舞い上がって時間を忘れてしまっていましたわ」

それからハングリィたちに姫咲先輩が視線を向けると、灰髪の執事はどこか誇らしげな微笑《ほほえ》みをたたえながら頭を下げる。

「もちろんご昼食の準備は調っております、お嬢様」
姫咲先輩は満足げに頷《うなず》いてから再び僕らを見た。
「それでは皆さん、荷物を片付けたらお昼ご飯にしましょうか」

宿泊用の部屋は、二階の客室が各人にひと部屋ずつ用意されていた。各々が荷物を部屋に置いたのち、僕らは一階の食堂に再集合した。ちなみにこのタイミングでゆゆさんは私服に着替えてきた。彼女の中でナース服は本日の役目を終えたらしい。

流石《さすが》は万桜花《よろずおうか》家の別荘だけあって食堂もめちゃくちゃ広かった。明らかに高そうな絵画などが飾られた空間の中央には、汚れひとつない純白のクロスが掛けられた長テーブルが置かれていて、その周囲をたくさんの椅子が取り囲み、まさに映画などで見る中世貴族の食卓のような感じだった。

自分は給仕をすると主張した雨名《うな》を除き、僕たちはテーブルの端っこに固まる形で着席した。

ちらと目を走らせると、流石はお嬢様らしく落ち着いた佇《たたず》まいの姫咲先輩。対する僕はといえば、目の前に並べられた皿やナイフやフォークやスプーンといった食器類を見て思わず緊張しつつそわそわである。

ちなみにイリスは幼女ゆえなにも気にしていない様子で、ゆゆさんは僕と似たような感じで緊張した顔をしている。そんな中、理耶《りや》は慌てた素振りもなく悠然とした態度で、なんとなく負けた気がして悔しい僕だった。くそう。

そんなこんなでみんなを観察しているうちに料理の載った皿を手にした雨名《うな》、ハングリィ、ハラワタ、サメザメの四人が食堂に入ってきた。専属メイドの雨名は当然のように姫《き》咲《さき》先輩に給仕し、ほかの三人が僕たちの前に料理を置いていく。僕へ料理を運んでくれたのはハングリィだった。

「島で採れた旬の野菜を使った前菜の盛り合わせでございます」

どうやらメニューの考案は彼が行ったようで、大皿の上にちょっとずつ載っけられた前菜たちの内容を懇切丁寧に説明してくれる。けれど一般庶民の僕には聞き慣れない言葉ばかりで、残念ながらなにを言ってるのかさっぱり分からなかった。

まあ食べれば舌が味を理解してくれるはずだと、僕はいざ料理を口に運んでみる。

……ぱくり。……む、これは。

「ん～おいしいかもー！」

イリスが感動の声を上げた。黒布の奥に隠れた金銀の双眸《そうぼう》がまん丸になってキラキラと輝く様が容易に思い浮かぶような喜び具合だ。

しかしそれも納得の美味《おい》しさだった。詳しいことは分からないけどとにかく美味だ。

「美味しいですね」

感想を口にすると、ゆゆさんと理耶もこくりと頷《うなず》いて僕の言葉に賛同する。

「幸太《こうた》くんの言う通りだあ……ほんとに美味しいよお……ふへ。とても繊細に味が整えられてるんだけど、その中にも素材の味、地球の恵みの味がしっかり活《い》きてるんだあ……はあ、生きててよかったあ～……ふへへ」

「ゆゆちゃんはグルメレポートの才能があるねえ。でも本当にその通りだよ。私は別に大の野菜好きってわけでもないけど、それでもいくらでも食べられちゃいそうだね」

友人たちの賞賛を聞いた姫咲先輩は嬉《うれ》しそうに笑みを零《こぼ》した。

「お気に召していただけたようでなによりですわ。確かに素晴らしい腕前です。それこそ当家の専属シェフにも引けを取らないくらいに。ハングさんはどこか有名なお店で腕を振るっておられた経験がおありなのかしら？」

「いえいえ。料理が趣味なだけでございます。個人的に料理とは、様々な要素が複雑に絡み合ったうえで絶妙な調和を実現したもの——つまりそれ一品がひとつの世界を表現するものだと考えておりまして。好きなのです、ワタシ好みの世界を創り上げるのが」

そりゃまた壮大な思想だ。まさに職人的思考とでもいうべきか。

姫咲先輩は感銘を受けたように小さく頷いた。

「素晴らしくクリエイティブなお考えですね。料理の腕前にも納得ですわ」

「腕よりも口の方が、もとい言葉をこねくり回す脳髄の方が達者なだけでして」ハングリィは謙遜しつつ双子のメイドへ目線を流す。「それに腕ならば、ワタシよりも彼女たちの方がよっぽど立つくらいでして」

唐突に話を振られたハラワタは「うえ?」と目を丸くしたが、すぐに(ウサ耳なのに)肉食獣じみた笑みを浮かべた。

「くひひひっ! ハングの言う通りだぜ! あたしの腕前は最高なんだ……じゃなくて最高でございますぜ! あたしの右腕にかかればどんな食材だって煮えくり返るほど火が通っちまうんでございますぜ」

「あたくしも腕には少々覚えがございます」サメザメも得意げに口角を上げる。「あたくしの左腕にかかればどのような食材も凍えるほどひんやり氷結してしまいます」

極端すぎてとても料理上手には思えないんですが……。姉のハラワタは火を扱う熱い料理が得意で、妹のサメザメは逆に冷たい系の料理が得意なのだろうか。

その後も趣向を凝らした料理が運ばれ、その度に僕らは舌鼓を打った。やがてコースがメインに移ると、目の前に現れたのはホタテの貝柱みたいに分厚い赤身肉だった。

「島近海で獲《と》れた黒鮪《くろまぐろ》を贅沢《ぜいたく》に使ったステーキでございます。ソースはわさびをベースにどなたでも食べられるよう独特の辛味を抑え、かつ鮪の旨味を最大限引き立てる爽やかな風味のものに仕立てました。どうぞお召し上がりください」

これまた僕に給仕してくれたハングリィが丁寧に説明してくれる。なんかちょっと距離が近い気がするけど気のせいかな……。

それはさておき、流石《さすが》は島だけあってメインは魚料理だ。それにしてもお昼からこんなに肉厚な鮪ステーキを食べられるとは、まるで富豪のお坊ちゃまになった気分である。

さてナイフとフォークを使って行儀よく食べるとするか……とは思いつつ、しかしあまりに庶民すぎていまいちちゃんとした扱い方を心得ていないため迷ってしまう。

「ナイフとフォークの扱いにご不安がおありですか、福寄《ふくよせ》様」

すると不意に僕の手にハングリィの手が重なった。

「え、いや、ちょ……!?」

「差し支えなければ、僭越《せんえつ》ながらワタシがお手伝いさせていただきましょう」

余裕で差し支えしかありませんけど!? と拒否する間もなく僕の手を操作し始める灰髪の執事。なされるがままの我が肉体である。

「左手に握ったフォークでしっかりと料理を押さえつけて……。右手のナイフは優しく……。そう、ゆっくりと……音を立てないように……一口サイズに切って……。あとはソースに絡めて……そっと口に運ぶのです……」

ていうかやっぱり距離が近い！ なんだよその囁《ささや》き声は！ 耳元で囁かれるおかげで全身に鳥肌が立って仕方がないんだけど！

怖気《おぞけ》を抱く僕だったが、そんなやり取りを嬉々《きき》として眺めるのは宇佐手《うさで》姉妹だった。

「うおおおおアチいいいいっ！　お熱いねえおふたりさん！　平々凡々な少年に付き従う謎のイケメン従者！　とある事情によって親族から莫大《ばくだい》な資産を相続し、一夜にして大富豪の仲間入りを果たして戸惑う少年に、イケメン執事はなにからなにまで手取り足取り優しく教えてくれるんだ！　食事の作法から主としての心構え、果てはあんなことやこんなことまでな！　うひょおおおこりゃハラワタ煮えくり返るくらい捗《はかど》っちまう……じゃなくて捗りますでございますぜ！」

「尊い尊い尊い……。この純粋なる透明度、儚《はかな》くも眩《まばゆ》い煌《きら》めき、そしてその中に迸《ほとばし》る冷たい切なさ……。真の愛の在り方というものを永遠に閉じ込めた美しき結晶を、あたくしはいつまでも眺めていたい……。しかしその結晶を守り抜くことがいかに険しい道のりか、それを思うとあたくしはサメザメ泣き凍えるほかありません……。ですがそれでも感謝します。神よありがとう、願わくば彼らに祝福を」

おいそこのウサ耳メイド姉妹、勝手な妄想を繰り広げるんじゃない！

誤解を解くべく流石《さすが》に物申そうかと思った僕の口を、しかし迫り来た鮪肉《まぐろにく》が塞ぐ。

「ふふ、実質的にワタシが福寄《ふくよせ》様にあーんをして差し上げたような形になってしまいましたね。それはさておき、お味はどうですか福寄様」

「むぐ……ごくっ、いやめちゃくちゃ美味《おい》しいですけど……」

どうにかハングリィを引《ひ》き剥《は》がせないものかと考えあぐねていると、隣に座っていた理《り》耶《や》がおもむろに口を開く。

「わざわざご指導ありがとうございますハングリィさん。でももう大丈夫ですよ。幸太《こうた》くんは私の助手ですから、あとは私が面倒を見ます。これ以上ハングリィさんの手を煩わせるわけにはいきませんからね」

あくまで謙虚な口調ではあったが、しかしそこにはどこか物言わせぬ感じがあった。

それを察したのか、にこりと笑んで手を引くハングリィ。

「お気遣いありがとうございます推川《おしかわ》様。また申し訳ございません、推川様の大切な助手様にあーんをしてしまいまして」

「構いませんよ」

理耶が微笑《ほほえ》むと、ハングリィは恭しく頭を下げて引き下がった。

とにもかくにも、ようやく執事から解放された僕は安堵《あんど》の息をつく。

「助かったよ理耶」

「礼には及ばないよ」

落ち着いた所作でナイフとフォークを動かしながら鷹揚《おうよう》に応える理耶。

「はい、幸太くん」

と、急に差し出されるフォーク。先端には一口大のステーキが刺さっている。

「はいってなにさ」

怪訝《けげん》な顔で見ると、理耶《りや》は「あ、ごめん間違えちゃった」と言って、

「あーん、幸太《こうた》くん」

いや別に台詞《せりふ》を修正させたかったわけじゃねーよ。どうしていきなりあーんしようとしてくるんだってことだよ。

「上書きだよ」

「は、上書き？」

「そう。それともなにかな。せっかく私みたいに可愛《かわい》らしい女の子が隣にいるっていうのに、君は妙に距離感の近い美男子の執事と手を取り合ったり間接的なあーんをしてもらったりしたことで十分な満足感を得られたと、そういうわけなのかな？」

「変な言い回しをするんじゃない。僕はストレートだ」

「だったらいいじゃないか。素直に私のあーんを受け入れたまえ助手くん」

なにがいいのかまったく分からないけど……まあ、どれだけ言い訳したところで無意味だろうことは予測がつくのでこれ以上の抵抗はやめておく。

「分かったよ、あーん」

降参して口を開けると、理耶の手に握られたフォークがそっと優しく僕の口内に進み入ってくる。恥ずかしくて顔が熱くなるのを誤魔化《ごまか》すように、僕は努めて平静な表情を装っ

た。そして帰っていった彼女のフォークが残した鮪肉《まぐろにく》を咀嚼《そしやく》する。

「どう、美味《おい》しい？」

小首を傾《かし》げながら訊《たず》ねてくる理耶。そりゃどっちも同じ料理なんだから同じように美味しいに決まってるわけで。ってのは流石《さすが》に無粋か。

「まあ……そりゃな、美味《うま》いよ」

「それはよかった」

満足げに顔を綻ばせる理耶。まるで自分がつくったような態度だな、とはこれまた無粋なので言わないでおくことにする。

なんとなく目を合わせるのが気まずくてそっぽを向いたまま鮪ステーキを噛《か》み砕いていると、理耶が妙に意固地な声音でぽつりと呟《つぶや》くように言った。

「幸太くんは私の助手なんだからね。たとえ誰にだって渡しはしないんだから」

その頰《ほお》は、気のせいかやや赤っぽく染まっているように見えた。

【3】オウガ様の伝承

臨時使用人たちのもてなしのおかげですっかりお腹《なか》を満たした僕たちは、いざ島の山頂を目指すべくハングリィたちに見送られながら桜鬼邸《おうきてい》を後にした。

そして今、僕らは絶賛、約一千段の石階段を一歩一歩踏みしめている途中である。

「ふう。一千段っていうのは、思ったよりも長い道のりなんだね」

額にやや汗を滲《にじ》ませながら、先頭を行く理耶《りや》が言った。

「そうですね。わたくしたちのようなか弱き乙女には少々負担がすぎるかもしれません。両脇に生い茂る木々が影をつくってくれるおかげでまだ幾分マシですが、それでも体が火照ってきてしまいますわ。雨名《うな》、あなたは大丈夫かしら?」

か弱いかどうかは別として、姫咲《きさき》先輩もかすかに息を上げながら専属メイドを慮《おもんぱか》る。

「ボクは全然大丈夫でやがりますですお嬢様。むしろお嬢様の休憩用の椅子になる準備も万端でやがりますです。それに、ボクよりも癒々島《ゆゆしま》様の方が心配でやがりますです」

雨名は相変わらずのドM根性をちらつかせながら淡々と述べつつ、自分のさらに後ろを行くゆゆさんを見やる。

「ひぃ、はぁ、こ、この階段長すぎるよお〜……死ぬ、死んじゃう、私利私欲のために地球のマナを浪費したくないんだけど、それでも今すぐお治ししないとわたしの命終わっちゃうよお～……！　でもわたしよりキッそうな人もいるし……幸太《こうた》くん大丈夫～……？」

へとへとの表情で呼吸を乱しながら、それでも他者を心配する慈愛の眼差《まなざ》しを後方——僕へと向けるゆゆさん。

そしてそんな憂慮の目を向けられる僕はといえば。

「お兄ちゃんがんばってかもー！　じゃないとみんなに置いてかれちゃうかもー！　というかもう置いてかれちゃってるかもー！　ぺしぺし！　ハイヤー！　かも～！」

「もう……ぜー、とっくに……はー、全力で頑張ってるよイリス……！　ふー、これが僕の、……ぜー、全身全霊の登頂速度だよ……！」

背中に負《お》ぶった目隠し幼女に叩《たた》かれながら懸命に階段を上っているわけである。

「お兄ちゃんったら貧弱なのかも。本ばっかり読んでて筋トレが足りてないのかもー」

「おんぶしてもらって、おいて……ぜー、よく言うよイリス……。ひぃー、君、ちょっと、体重が増えたんじゃ、ないか……？」

「もーお兄ちゃんはデリカシーがないのかも。でも平気だもん。だってイリスは成長期かもだからー。体重が増えたらそのぶん身長だって伸びるかもだもーん」

そりゃまったくもってその通りだと、僕は自分の嫌みが嫌みになっていないことに苦笑せざるを得なかった。あとそれ以前に幼女に嫌みを言う男子高校生な時点で超絶ダサいという点については知らぬ存ぜぬを貫き通すことにする。

「あっ、もう頂上に着くよ。ほらみんな、あと少しだから頑張って」

一足先に階段を上りきった理耶《りや》の激励を受けながら、続く助手面々は各々が気力を振り絞って山頂へとたどり着いた。生まれて初めてこんなに長い階段を上ったけど、時間にしておよそ二十分ほどを要したと思う。イリスなしでも十五分くらいはかかるだろう。

「やったー到着かもー。お兄ちゃんお疲れ様かもー、えらいえらいしてあげるかもー」

「ぜー、はー、ひー、はー、や……やっと着いた……」

くしゃくしゃと頭を撫《な》でてくるイリスの手にも意識が回らないほどの満身創痍《まんしんそうい》で地面にへたばる僕。正直めちゃくちゃゆゆさんに治癒魔法をかけてほしかったけど、マナの浪費はよろしくないらしいのですんでのところで思いとどまった。

「大丈夫ですか幸太《こうた》さん」「幸太くん、大丈夫……？」「大丈夫でやがりますですか福寄《ふくよせ》様」

気にかけて顔を覗《のぞ》き込んできてくれたみんなの手を借りながら立ち上がる僕を、既に好奇心の炎にめらめらと双眸《そうぼう》を紅《あか》く燃やした理耶が見やった。

「大丈夫かな幸太くん。ねえあれを見てよ。あれがきっとオウガ様の祠《ほこら》だよ」

「はい……？」

息を整えながら顔を上げる。すると理耶の人差し指が示す先——開けた空間が広がる山頂の中央には、確かに木製の大きな祠が見えた。長いあいだ風雨にさらされ続けたために褪《あ》せた古い祠だった。

「あれが、オウガ様の祠……」

「ええその通りですわ」姫咲《きさき》先輩はすっかり落ち着いた佇《たたず》まいで肯定した。「あれが横臥《おうが》島《しま》に伝わる鬼、鬼《おに》ヶ《が》島《しま》の由来たるオウガ様を祀《まつ》る祠です」

「おー鬼さんかも鬼さんかもー！」ぴょんぴょんと跳ねるイリス。

「さっそく見に行ってみよう」

ずんずんと突き進む理耶につられて、僕たち助手一同も祠の前へと向かう。

いざ目の前にしても、それはやはり年季の入った朽ち気味の祠だった。屋根は大の大人が寝転がれるほど大きく、また縁の盛り上がった水平の板状をしていて、まるで嵩《かさ》が低くて巨大な升を逆さに向けたような形をしていた。最近補修されたのか、まだ幾分白い木板だった。対して正面以外の三方を囲む厚い木の板は苔《こけ》っぽい茶色をしていた。ぱっと見た印象としては、祠というよりはどこか田舎の趣深いバス停じみた建築物のようだった。

そしてその祠の中には……横に倒れた鬼の像があった。頭からは左右に二本の角を生やし、厳《いか》つい面立ちをして右手に金棒を握った約二メートルほどの鬼の木像が、左半身を下にする形で横に倒れ、わずかに地面に埋まることでそのまま静止しているのである。横臥というよりは、本来直立姿勢の像がなにかの拍子に横に倒れた際、たまたまバランスを保ってしまったような、そんな具合だった。

「これがオウガ様か」

ぐいっと顔を前に突き出すようにして興味津々の眼差《まなざ》しをオウガ様に向ける理耶《りや》。

「ふむ。これは本格的に興味深い。この横たわった鬼人の怒《いか》ったような瞳の奥には、一体どんな物語が秘められているんだろうね」

「イリスも鬼さんがどんなか知りたいかもー！　ねえねえどんな見た目してるかも？」

ぴょこぴょこ頭を振りながら説明を請うイリス。てかそうじゃん、この子、目隠しで直接は見れないじゃん。それってわざわざ過酷な階段を上る必要あったのか……？　ってよく考えたらこの幼女、自分じゃ上っていない！　もしや計算尽く？　おのれ天才策士か？

などと幼女の謀計（きっと本当は違うけど）に恐《おそ》れ戦《おのの》く僕の傍ら、理耶がちょっとばかり悪戯《いたずら》っぽい笑みを浮かべてイリスを見やる。

「オウガ様はねえ、頭にふたつ角が生えててね、すっごく怖い顔をしていてね、おまけにギザギザの牙が並んだ大きな口をしているんだよ。今は眠ってるみたいだけど、目を覚ましたらきっとイリスちゃんのことをがぶっと食べちゃうかもしれないねえ」

おいおい理耶、そんな幼女を脅かすような悪ふざけはやめないか。

「ひえええええ～！　鬼に食べられて人生お終《しま》いなんて絶対に嫌だあ～……お願いします助けてください～……！」

ってなんであなたがびびっちゃってるんですかゆゆさん。冗談ですよ冗談。

「おおーこわい鬼さんかもー。でも大丈夫かも。もし鬼さんがイリスを食べようとしてもね、きっとお兄ちゃんが鬼さんをやっつけてくれるかもだから」

ちょっと待ちたまえイリス。どうして鬼と戦うのが僕なんだ。人を喰《く》らうようなやばい化け物を相手にするならどう考えても姫咲《きさき》先輩かゆゆさんでしょうが。僕なんかが鬼と戦ったら一瞬で相手の胃袋の中だぞ？

「おやおや。イリスちゃんは幸太《こうた》くんに絶大なる信頼を置いてるみたいだね。それじゃ万が一のときには私も幸太くんを頼らせてもらうとしようかな」

絶対嫌だね。というか万が一にも現実にするのはお願いだからやめてくれよ……？

抗議と懇願のジト目を理耶に送っていると、姫咲先輩がふふっと微笑を零《こぼ》した。

「でしたらわたくしも幸太さんに守っていただこうかしら」遠慮します、圧倒的に先輩の方が強いです。「それと推川《おしかわ》さんのおっしゃったことは、あながち間違いというわけでもありませんわ」

え、それってつまりオウガ様は人を食べる鬼なんですか……？

「ええ。この島に棲《す》んでいたオウガ様は元々――」

「おおなんだなんだ、えらくたくさんの人がおられるなあ。それに島じゃ見ない顔だ」

姫咲先輩の言葉に重なって、急にしゃがれた男性の声が飛んできた。

声のした方へ目を向けると、僕たちが上ってきた階段とは異なる道――どこからかこの山頂へと続くらしい山道の出口に立つ初老のおじさんが、右手で庇《ひさし》をつくりながら若干警戒した様子でこちらを眺めていた。

なんと返したものかと逡巡《しゅんじゅん》していると、姫咲《きさき》先輩が親しげな微笑《ほほえ》みを彼に返す。

「あら桃山《ももやま》さん。お久しぶりですわ」

名前を呼ばれた男性——桃山さんは一瞬驚いたように目を見開いたが、目を凝らしているうちに相手が誰なのか理解したらしく、途端に親しみの籠もった笑顔を咲かせた。

「おお！　これはこれは姫咲お嬢さんじゃないですか」すっかり警戒心を解いて歩み寄ってくる桃山さん。「お久しぶりですなあ。しばらくお見かけしないうちにすっかり大きくなられて。もうすっかり大人のレディーというやつですなあ」

「最後にこの島へお邪魔させていただいたのはもう何年も前ですものね。すっかりご無沙汰しておりました。でも大人のレディーだなんてそんな桃山さん、わたくしはまだまだレディーには程遠い未熟なお子ちゃまですわ」

口許《くちもと》に手を当てて「うふふ」と謙遜する姫咲先輩に「その佇《たたず》まいこそもう立派なレディーですよ」と我が子の成長を喜ぶように笑う桃山さんだった。

「それで今回はどういったご用件でこの横臥島《おうがしま》に？　連休を利用して都会を離れ、静かな離れ小島でしばし羽休めといったところですかな」

「ええそうですね。せっかくのゴールデンウィークですから、お友達とゆっくり親睦を深めたくて伺いました」

「ほう、ご友人。ということの方たちが?」

「ええ」

桃山さんの視線がこちらに向いたところで、姫咲先輩は紹介に移る。

「ご紹介が遅れてしまい申し訳ありません。こちら、この横臥島にある村の村長をなさっている桃山俊和《としかず》さんですわ」

「どうも桃山と申します。村の長とはいいますが、この島には全部で二百人足らずの人間しかおりませんからな。大した肩書きではありませんよ。それにしても姫咲お嬢さんがお友達を連れてきてくださる日が来ようとは、歓迎しないわけにはいきますまい。とはいってもなんにもない場所なんですが、どうぞ皆さん存分に島を堪能していってください」

人の良さそうな笑みをたたえて歓迎の意を示す桃山村長。すると『本格の研究《スタディ・イン・パズラー》』代表者としての振るまいか、理耶《りや》がぬっと一歩進み出た。

「一同を代表してご挨拶させていただきます。私は推川《おしかわ》理耶といいます。歓迎していただけて嬉《うれ》しいです、村長。それと今村長はこの島にはなにもないとおっしゃいましたが、まったくそんなことはありません。現に私たちの目の前には、この横臥島独特の本格的に興味深いものが存在しています」

そんな台詞《せりふ》と一緒に理耶が指差したのは、もちろんオウガ様の祠《ほこら》である。

「おお、確かにそうですな。この島にはオウガ様がおられるんだった。我々にとっては馴《な》染《じ》みが深すぎてつい当たり前の存在だと考えてしまいます。なるほどわざわざ出向いてこられたということは、皆さんオウガ様のことが気になって来られたということですかな」

「はい村長。聞けば島にはこのオウガ様にまつわる伝承が残っているらしいですね」

そこで両手をぱちんと合わせた姫《き》咲《さき》先輩が理《り》耶《や》の言葉を引き取った。

「そうですわ桃山《ももやま》さん。不躾《ぶしつけ》なお願いなのですが、是非ともオウガ様の伝承を教えていただけないでしょうか？」

そういえば島に着いたらオウガ様にまつわる話を教えてもらいに村長のところへ行こうと彼女が話していたことを僕は思い出した。

「オウガ様の伝承を？」

と訊《き》き返す桃山村長に、姫咲先輩は拝むように手を合わせたまま小首を傾《かし》げる。

「ええ。あいにく伝承の詳細についてはわたくしも存じておらず……桃山さんならとてもお詳しいでしょうから、もし可能でしたらお願いできないかしら？」

万桜花《よろずおうか》家のご令嬢にそんな風に可愛《かわい》らしくお願いされては無下にはできないようで、桃山村長は腕を組み一瞬考えるような素振りを見せつつもこくりと頷《うなず》いた。

「ふむ、そういうことですか。分かりました、でしたらオウガ様の伝承について僭越《せんえつ》ながら語らせていただきましょう――」

そして桃山村長はおとぎ話を語るように滔々《とうとう》と言葉を紡ぎ始めた。

「——遠い昔、ぽつんと海に浮かぶ小さな島に一匹の鬼がいました。鬼は体が大きく、巨大な金棒を振るう屈強な鬼でした。鬼はその強さゆえに海を渡ってくる侵略者をことごとく退け、ゆえに島の人々は鬼を『オウガ様』と呼び、島の守り神として崇《あが》めておりました。

そのように島の守護者として崇拝されていたオウガ様ですが、その見返りとして島の人間に求めるものがひとつありました。それは生《い》け贄《にえ》でした。オウガ様は、毎年皐月《さつき》を迎える頃になると人間をひとり寄越《よこ》すよう島の人々に申しつけていました。オウガ様は瑞々《みずみず》しく柔らかい肉を好んだため、もっぱら生け贄には若い生娘が選ばれていました。オウガ様のおかげで平和に暮らすことができている島の人々は、またその強さを恐《おそ》れていることもあり、オウガ様の要求を断ることができずに毎年生け贄を差し出し続けていました。

しかしとある年のことでした。その夜差し出された生け贄の娘が、オウガ様のもとから逃げ出してしまったのです。

娘には互いに想《おも》い合った若い男がいたのでした。生け贄が逃げ出したことに怒り狂うオウガ様でしたが、けれども娘の想い人だった若い男は逃げ出してきた娘を庇《かば》い、娘を守るために武器を手に立ち上がりました。さらには娘の親兄弟や生け贄に反対だった人々までもが武器を取り、やがてはオウガ様と島民との熾烈《しれつ》な戦いへと発展しました。オウガ様の力はやはり凄《すさ》まじく、島の人間は幾人もが犠牲になりましたが、死闘の果てに人々はオウガ様に深手を負《お》わせることに成功し、瀕死《ひんし》のオウガ様は山の頂上へと逃げ延びました。しかしそこでついに力尽きたオウガ様は地に横たわり、永き眠りへと就いたのでした。

こうして戦いは終わりを迎えましたが、しかし島の守り手だったオウガ様を手に掛けてしまったことに人々は業を感じ、またオウガ様の怨念による災いを怖《おそ》れました。

そこで島の人々はオウガ様が二度と目を覚まさないように、そしてオウガ様の怨念が島に災いを齎《もたら》さないように、山頂に祠《ほこら》をつくってそこにオウガ様を納め奉ることにしたのでした。そうしていつの日からかその島は、横臥するオウガ様を祀《まつ》る島、横臥島《おうがしま》と呼ばれるようになったのでした――」

そこで桃山《ももやま》村長は言葉を切り、ひとつ息をついた。

「というのがこの島に伝わる伝承です。そしてこれが、今お話しした伝承に出てくる祠というわけですなあ」

目線で祠を示しながら桃山村長が言うと、理耶《りや》は改めて好奇心に満ちた眼差《まなざ》しでしげしげとオウガ様の木像を眺め回す。

「いや本格的に面白いお話でした村長、ありがとうございます。なるほど、こうしてオウガ様が横たわっているのは、かつて人間との戦いによって傷つき眠りに就いたからなんですね。つまりちゃんと理由、真実があったわけだ。そういうのってとっても面白いよね、ね、幸太《こうた》くん？」

木像を眺めていた目を一転、キラキラさせながら僕の方に向けてくる理耶。まるでイリスにも負けず劣らずの無邪気な子供のようだ。

まあだけど桃山村長が語ってくれた伝承は確かに面白かったので、

「そうだな」

と返した僕だったが、それを聞いた理耶は「だよね、だよね」と一層嬉《うれ》しそうに笑みを零《こぼ》すのだった。そんな様子は……まあ、なんというか可愛《かわい》くないこともなかった。

「わたくしも初めてオウガ様の伝承について詳しく聞かせていただきましたけれど、非常に物語性に富んでいて、かつ島の名前の由来にも絡めたお話になっていてとっても興味深いものでしたわ。貴重なお話を聞かせていただきありがとうございます、桃山さん」

「いやはやそんなお礼なんてとんでもない。こういった語りごとは不得手でして、お聞き苦しくなかったならいいのですが」

姫咲《きさき》先輩の感謝に恐縮しつつ、桃山村長は照れくさそうに頭を掻《か》いた。

「ひえ〜……オウガ様は人間を食べる鬼さんだったんだあ……。島を守ってくれてたかもだけど、やっぱり怖い鬼さんだよお〜……どうか目を覚ましませんように……なむなむ」

「人を食べるのはダメだけど、鬼さんちょっとだけかわいそうかも。だからイリスもお祈りしてあげるかもー。なむなむ〜」

びびりつつ念じるゆゆさんと、その真似《まね》をして一緒に南無南無するイリスだった。

と、そこで桃山《ももやま》村長が再び口を開く。

「はは、確かにオウガ様は島を守ってくれていたわけで、そう考えると少々可哀想《かわいそう》な気もしますなあ。だからこそ人々は自分たちの行いに業を感じておったわけです。ですから今も横臥島《おうがしま》では、生け贄《いにえ》の儀式の代わりとなる儀式を毎年行っているんですよ」

「儀式ですか？」好奇心を瞳に宿す理耶《りや》。

「そうです。生け贄の代わりにですな、娘の舞をオウガ様に奉納するんですよ。かつての生け贄の時期と同じ五月、具体的には五月四日に、村役場前の広場に櫓《やぐら》を組んで、その年選ばれた若い娘がそこに上がって舞を披露するんです。それから娘は、付き添いの若い男と一緒に村を出てこの祠《ほこら》へと向かいます。ちょうど私が上ってきた道を歩いてですな」

桃山村長は自分が通ってきた山道を指差した。

「そこで改めて舞を踊った娘は再び付き添いの男と一緒に村へと帰ってくると、そういう流れの儀式です。儀式とは言いましたが、まあ実際にはお祭りですな。櫓の周りには出店も並びますし、この島の行事としては一年で一番盛り上がる行事ですよ。島の人間総出でやりますからな。とにもかくにも、そうやって我々はかつて祖先が犯した業をその身から削《そ》ぎ落とすのです。そういう由来なもので、祭りの名前は『業落とし』というんですよ」

ふむふむと頷《うなず》いていた理耶は、そこでにやりと口の端を上げた。

「なるほど、だから五月四日に行なうわけですね」

ん？　どういうことだ？

「業落としだよ幸太《こうた》くん」理耶は得意げな表情で言った。「ごうおとし——ごうとし——ごとし——つまりは数字の五と四になるわけだ。だから業落としの実施は五月四日と決まっているのさ」

「なるほど……いやよく気づいたな」

いつだったかの遊園地のときにも思ったが、理耶はこういった言葉遊び的な暗号じみたものを読解する能力が異様に高い。まあ、そういった思考回路がとんでもないこじつけ推理の要因になっているという説もなきにしもあらずなのだが……。

「ほほう。推川《おしかわ》さん、あなたはとっても頭がいい人ですなあ。いやあまるで名探偵だ」

「まるでじゃありませんよ村長。私は本格的名探偵ですから」

こらやめたまえ理耶。ここで意味不明な自称の肩書きを名乗るんじゃない。絶対村長には伝わらないから。ほら案の定、首を傾《かし》げちゃってるじゃん。

「はは、推川さんは頭がいいうえに面白い人ですなあ」

よかった。どうやら村長は理耶の大真面目な主張を冗談だと思ってくれたようだ。

そこで不意に首を傾げて考える仕草を見せるイリス。

「五月四日ー？　そしたらお祭りは明日かもー？」

「あっそうだね……！」イリスの言葉を聞いてゆゆさんもはっとした。「今日は五月三日だから、業落としの開催日は明日なんだあ〜……」

「あらまあ。本当ですわ。まさに明日が業落としの日ではありませんか」

紫水晶のような瞳を丸くしつつもしっかり口許《くちもと》に手を当ててお上品に驚く姫咲《きさき》先輩。

そんな彼女たちを見て、桃山《ももやま》村長は楽しげに笑った。

「そうなんです。実は明日が今年の業落としの日なんですよ。今こうして私がこの祠《ほこら》に来たのも、明日の本番前の下見というわけでして。せっかくこのタイミングで横臥島《おうがしま》にいらしたんです、明日の夜は是非とも広場までお越しください。村自慢の娘による美しい舞は見応えがありますし、出店に並ぶ食べ物も新鮮な食材を使いますからな、きっと皆さんの舌を満足させられるでしょう。皆さんに落とすべき業はないでしょうが、日々都会の喧噪《けんそう》に揉《も》まれて染みついた汚れを落とす催しにはなってくれると思いますよ」

途端に黒布の奥に隠れた双眸《そうぼう》を見えなくても分かるくらいに煌《きら》めかせるイリス。

「行きたいかも行きたいかも行きたいかもー！　イリスお祭り行きたいかもー！　ひび都会の幻想にのまれてすり減らした己をぼこすもよおしに行きたいかもー！」

間違えてる間違えてる。あと都会の幻想に翻弄されて疲れきった自分をボコしたりしないで。もっと労《ねぎら》ってあげて。

しかしながら島一番のお祭りに対する幼女の猛烈な熱意は周囲にしっかり伝わったようで、理耶《りや》はにこりと微笑《ほほえ》みかけながら頷《うなず》いた。

「私も本格的に興味が湧いてるところだよイリスちゃん。ねえみんな、せっかくだし明日の夜は業落としに行くことにしようよ」

「そうだね理耶ちゃん……わたしもお祭り行ってみたいなあ～……ふへ」にへらと笑いながらワクワクを隠しきれない様子で頷くゆゆさん。

「そうですね、こんな機会めったにありませんし、明日は『本格の研究《スタディ・イン・パズラー》』全員で一緒に業落としに参加することにしましょうか。雨名《うな》、そういうことだからハングさんたちには伝えておいてもらえるかしら？」

「承知いたしました、お嬢様」

「おお、皆さん来ていただけますか。それは非常に嬉《うれ》しいことですなあ」桃山村長はさも喜ばしげに何度も首を縦に振った。「島の人たちにも皆さんのことを歓迎するように伝えておかなくては」

それから腕時計に目をやった桃山村長は、「おっと、これから明日に向けての打ち合わせがあるんでした。それではこれにて失礼します。それじゃあまた明日、広場でお会いしましょう」と頭を下げて山を下っていった。

「うわーい！　やったかもー！　イリス楽しみかもー！」

諸手《もろて》を挙げて喜ぶイリス。可愛《かわい》らしくて微笑ましく、僕はつい頬《ほお》を緩めた。

すると急にぬっと僕の顔を覗《のぞ》き込んでくる理耶。

「なんだよ理耶《りや》」

半目で睨《ね》めつけると、理耶は目を細めてにやりと笑んだ。

「なにをニヤニヤしてるのかなーと思ってさ」

「別にニヤニヤはしてないだろ」

「いや、しっかりニヤニヤしてたよ。なんならニタニタといっても過言ではなかったかな」

過言だ過言！　あくまで僕はイリスの子供らしい喜び様を微笑《ほほえ》ましく見てただけだ！

しかし理耶は僕の抗議などお構いなしの様子である。

「まあ君の気持ちも分からないではないけどね幸太《こうた》くん。私たちと一緒にお祭りに参加するっていうのは、君にとっては本格的に大きな意味を持つことになるからねえ。つい期待に胸が膨らんでしまうのもやむなしというものだよ」

「はい？　どういうことだよ。全然意味が分からんのだが」

「照れなくてもいいんだよ幸太くん。私だってね、幸太くんにならら……まあその、別にやぶさかではないというかそんな感じなんだからね、うん」

いや、本気でなにを言ってるのか分からないんですけど……。

「なあ理耶。だから君は一体なにを――」

「待って。それ以上はダメだよ幸太くん。まだ君にすべてを語ることはできない。姫咲《きさき》ちゃんにも確認を取ってみないと。必要な情報を全部入手してからでないと語ることは許されない、それが探偵っていうものだよ、助手の君なら分かるよね幸太くん？」

一方的に話を進めて一方的に話を閉じる。傍若無人すぎる。

本当に理耶がなにを言いたいのか見当もつかないし、別にさして興味もないので追及することもなく「はいはい」とだけ返す僕だったが、それを素直な我慢と受け取ったのか満足げな顔をした理耶は、最後にお得意のウインクをひとつこちらに寄越《よこ》した。

「ふふ。まあ楽しみにしててよ幸太くん。理耶、結構張り切っちゃうかもだからね」

とりあえず僕は、それが推理じゃなければなんでもいいやと思うのだった。

【4】書斎での邂逅《かいこう》

それから適当に島の中を散策したのち、日が暮れる頃に僕たちは桜鬼邸《おうきてい》へと戻った。

散策の折、桃山《ももやま》村長が帰っていった道を通って山を下りると、十分ほど歩いたのちに出た先は村役場の裏手だった。役場の前には広場があり、中央には既に櫓《やぐら》が組まれていた。

そこからさらに進むと住宅や商店などが建ち並ぶ集落エリアだった。幾人かの住民たちとすれ違ったが、よそ者扱いや冷たい対応をされることもなく、むしろ誰もが友好的で内心安堵《あんど》した僕だった。

やがて村を抜けると一本道となり、すぐに小さな駐在所があった。まるで村の出入口を守護するように建つ駐在所には、男郷英治《だんごうえいじ》さんという名前のまるっとした体つきの中年警察官が単身で住んでいて、とても柔和で優しい人だった。

駐在所をすぎて海岸沿いの一本道を歩いているうち、右手に見覚えのある一千段の階段が出現した。ぐるっと一周回って元の場所に戻ってきたのだった。

さてそんな探検を終えて別荘に帰った僕たちは、昼よりも一層豪華さを増した夕食をご馳走《ちそう》になった。ハングリィの手腕はやはり素晴らしく（ハラワタとサメザメの腕も本物なのか？）、フルコースはどれもが創造性に富み、かつ絶品だった。それは非常に喜ばしいことだったのだが、しかしまたハングリィがなにかと接触を試みてきて……。まあその度に理耶《りや》が助けてくれたおかげで、どうにか貞操を守り抜くことができたわけだが。久しぶりに心の底から理耶に感謝した気がする僕だった。

夕食を終えると『本格の研究《スタディ・イン・パズラー》』全員で一階の応接室に集い、長らく歓談やゲームに興じた。特にゲームは盛り上がった。一番長くやったのはババ抜きだ。理耶、僕とイリス（例のごとく勝手に膝の上に乗ってきた）、ゆゆさん、姫咲《きさき》先輩、雨名《うな》で行ったババ抜きだったけれど、一番強かったのはやはりというべきか雨名だった。あまりにポーカーフェイスが完璧すぎるのだ。最初は姫咲先輩に勝ちを譲る雨名だったが、本気でやりなさいと主人に命令されてからは連戦連勝だった。逆に圧倒的最弱だったのはゆゆさんだ。普段からなにかと絶望しがちのナースさんな彼女だけれど、ババを引いたときの表情変化はもはや芸術の域に到達していた。誰が見てもそうと分かるくらいに絶望しちゃうのだ。

「うう……お願いだからババは来ないでババは来ないでババは来ないで……えいっ。……あ……ぁ……ぁあああぁああ～……」

どうにかこうにか口癖の『お終《しま》いだ～』を我慢するゆゆさんだけど、避けられぬ世界の滅亡を悟ったような表情をかたどってしまうのである。それがなんだか面白くて、ついついみんな吹き出してしまうのだった。

あまりにゆゆさんが負け続けるものだから、流石《さすが》に僕たちとしても忍びなく思うようになり、やがてババ抜きは終了となった。その頃には時計は二十三時を回っており、僕の膝の上に陣取っていたイリスもこくりこくりと舟を漕《こ》ぎ始めていたため、そのまま夜のお喋《しゃべ》り会そのものがお開きとなった。

一同揃《そろ》ってエントランス中央の大きな階段を上り、おやすみの挨拶を交わし、僕たちは各自用意された客室へと引き上げた。

そして今。僕はベッドに腰掛けて本を読んでいる。というか読み終えたところだ。読みかけだった短編集『エラリー・クイーンの冒険』を持ってきたけれど、思いのほかすぐに読み終わってしまった。

スマホを確認すると、時刻は二十三時五十分。もうすぐ日付が変わる。

「そろそろ寝るか」

ベッド脇のランプが載ったサイドテーブルに本を置いて、僕は背中から倒れ込む。目を閉じて、僕は眠気が訪れるのを待った。

しばらく目を閉じ続けて……しかし一向に睡魔はやってこない。無理に目を閉じ続けるのにも疲れて、僕は諦めて瞼《まぶた》を開けた。

「全然眠くならない……何故《なぜ》だ」

ひょっとして気分が高揚してるせいで寝付けないのか。それはつまり、僕は個人的にこのゴールデンウィーク旅行をめちゃくちゃ楽しんじゃっているということなのか。

思わず恥ずかしさが込み上げる。船の上では理耶《りや》に『はしゃぎすぎないでくれよ』なんて言っておきながら、蓋を開けてみれば自分こそ夜も寝付けないくらいに高ぶっちゃっているし満喫しちゃっているのだ。

……でも、確かに恥ずかしくはなったけれど、嫌な気持ちはしなかった。

「まあ、悪くはないな」

そう、悪くはなかった。推理で世界をハチャメチャにしてしまう探偵と一緒でも、ネガティブナースなお治し系魔法少女と一緒でも、どんな真実をも見通す瞳を持った目隠し幼女と一緒でも、傍若無人な異形を体内に宿した二重人格お嬢様と一緒でも、冷静沈着に見えて実はドMなメイドと一緒でも、いや、むしろ彼女たちと一緒に過ごした今日だったからこそ悪くないと思えたのかもしれないと、そんな気さえした。

彼女たちと出逢《であ》ってしばらく。今や僕は、『本格の研究《スタディ・イン・パズラー》』に居心地の良さを覚え始めているのかもしれない。我ながらとんでもない日常に順応しつつあるものだ。

「とりあえず残りの二日間もこうであってほしいもんだ」

そんな願いを部屋の空気に溶かしつつ、僕はおもむろに上半身を起こす。

とにもかくにも眠れないわけで、そのためにはどうにかして眠りこけている睡魔を叩《たた》き起こしてやらねばならない。それじゃなにをすべきかと考えて、一番に思いついたのはやっぱり読書だ。でも肝心の読む本がない……。

と、そこで僕は不意に、応接室で姫咲《きさき》先輩が言っていたことを思い出した。

「桜鬼邸《おうきてい》の二階には書斎がありますわ。書斎というよりもむしろ小さな図書館といっていいほどの蔵書数でして、横臥島《おうがしま》の郷土資料のほか様々な小説などもありますから、もしご興味があればいつでも行ってみてくださいな」

書斎に行けば入眠にもってこいの本が見つかりそうな気がする。

「なにはともあれ、とりあえず書斎に行ってみるか」

ベッドから下り、スリッパを履いてドアへと向かう。ドアノブに手を掛けようとしたところで、唐突にノックの音が鳴り響いた。

どんどんどん。

「うわっ」

まさかこんな深夜に扉が叩《たた》かれるとは思ってもおらず、反射的に情けない声を上げてしまった僕は、若干顔を熱くしながらも平静を装ってゆっくりとドアを開けた。

「誰ですか……?」

しかしドアを開けた先には誰もいない。途端に顔から熱が引き、背筋を冷たいものが駆け上がる。え、どゆこと? 気のせい? それともまさか心霊現象……!?

「ねえお兄ちゃんここ。イリスはここかもしれないよー」

鼓膜を揺らす可愛《かわい》らしい声。視線を下げると、そこには目隠し白髪幼女が立っていた。

「なんだイリスか。驚かさないでくれよ」

「ほえ？　イリスはべつにお兄ちゃんのこと驚かしたりなんかしてないかもだよ？」

ぎくり。

「ああいやそうか、そうだよな。僕だって本当は全然驚いてなんかないよ、うん」

まったく墓穴を掘っちゃうところだったぜ。

「えーなんかお兄ちゃん怪しいかもー」といって首の傾《かし》げを深くするイリス。「それじゃイリスが本当を見てあげるかもだよ」

「待て待て待て、そんなことに『真実にいたる眼差し《トゥルーアンサーアイズ》』を使うんじゃない！」

今までそんな安売りしようとしたことなかったくせに！　まったく幼女の気まぐれときたら冷や汗ものだ。とにかくここは話題を変えねば。

「それでイリス、こんな夜中に僕の部屋に来てどうしたんだよ。君はさっき、応接室じゃ眠くて仕方なさそうだったじゃないか」

苦し紛《まぎ》れに質問を投げると、幸いにもイリスは掴《つか》んだ黒布から手を離し、僕の問いかけに意識を傾けてくれたようだった。ふー危なかった。

「うん。だからイリスはお兄ちゃんと一緒に寝るために来たのかもだよ」

いや、なにゆえわざわざ僕と一緒に寝る必要があるのさ。

「イリスひとりぼっちゃさみしくて眠れないかも。だから一緒に寝てかもお兄ちゃん」

うーん。まあ十歳の小さな女の子にとって見知らぬ別荘でひとりで寝るのは怖いだろうってのは分かるけどさ。

「僕じゃなくてほかの誰かじゃダメなのか？　理耶《りゃ》とかゆゆさんとかさ」

「ダメ！　お兄ちゃんじゃないといやだ！」

「めっちゃ断言するじゃん……かもはどこ行ったかもは」

思わず口癖を忘れてしまうほどということか。どうして僕に固執するのか甚だ疑問じゃあるが、まあ慕ってくれるのは嫌じゃないし、一緒に寝てあげるのも嫌じゃないけれど。

「でもちょうど今から書斎に行こうと思ってたんだよなあ」

「書斎？」イリスはちょこんと首を傾《かし》げた。

「そそ。なかなか寝付けなくってさ。眠くなるまで読むための本を探しに書斎に行こうとしてたところなんだよ」

するると途端に全身から好奇心を醸し出すイリス。

「行きたいかも！　イリスも書斎に行きたいかも、お兄ちゃんと一緒に行くかもー」

「え、イリスもついてくるのか？　でも眠くないのかよ」

「今のでぱっちりおめめも冴《さ》えたかも」

テンションが上がって覚醒してしまったか。まあそれなら仕方ない。

「分かったよ。それじゃ一緒に書斎に行くか」

「やったー。行くかも行くかも～」

まるで遠足気分のようなイリスを連れて、僕は同じ二階にある書斎へと向かった。ひょっとして施錠されていたりするだろうか、なんて考えたりしたが、着いてみると鍵は掛かっておらず普通に中に入ることができた。

部屋の照明を点《つ》けると、室内は予想以上に広く、姫咲《きさき》先輩が言っていた通りさながら小さな図書館のようだった。ずらりと並ぶ書架に収納された書物たちはどれもが古く埃《ほこり》を被ったような代物で、どことなくファンタジー世界に出てくるような図書館を思わせる雰囲気すら漂わせていた。

「おーなんかすごい本がいっぱいある気がするかも。そんな空気を感じるかも。イリスたちの拠点よりももっとたくさんの本があるかもー」

「空気で分かるとか凄《すご》いなイリス。でも君の言う通りだよ。『本格の研究《スタディ・イン・パズラー》』の拠点にも結構な数の本があるけど、流石《さすが》にここの蔵書数にはとても敵《かな》いっこないな」

「えへん。イリスは目隠しをしてても心の眼ですべてを見通すことができるかもー」

「はいはい。だったら今度からはもう本を読み聞かせてあげなくてもいいな」

「それとこれとはべつ問題かもだよお兄ちゃん。それじゃお兄ちゃん、イリスはここにいるからどうぞお好きに本を探してきてくださいかもー」

「了解」

などと他愛《たあい》もない会話をイリスと交わしながら、僕は自分好みの小説なんかがないか書架を眺めて回る。色んな分野にまつわる専門書籍が多く、確かに娯楽小説もあるにはあるみたいだけど、ミステリ小説を探すのはなかなか苦労しそうだな……。

しばらく探してダメなら諦めて部屋に戻ろうと思いつつ、半ばぼんやりと室内を練り歩いていると……不意に視界の端になにかがちらついた。

「誰かいるのか？」

警戒しつつ書架の陰に問いかける。今度こそ本当に心霊現象か……!? なんてびりつつも腰をかがめる。そのままじっと闇を睨《にら》み続けていると、やがてそこから現れたのは、猛火のごときツインテールを揺らめかせるウサギさんだった。

「おいおい一体誰だ……じゃなくて誰でございますかこんな夜中にこの書斎に侵入してくる不審者は〜？　ったくハラワタ煮えくり返るくらいムカついちゃうよあたしはよ！」

「は、ハラワタ……？」

目を凝らしてみると、やはりそれは万桜花《よろずおうか》家の臨時メイド・宇佐手《うさで》ハラワタであり、彼女は僕の存在を認めるや面倒くさそうに雑な仕草で頭を掻《か》いた。

「なんだ、誰かと思ったらハングのお気に入り男かよ、ったくビビらせやがってよ〜。一体なにしに来やがった……じゃなくてお越しになったんですかよ」

ハングリィのお気に入り男とか言うのはやめろ。なんとなく背中がぞわぞわする。

「寝付けないから読書用に面白い本がないか探しに来たんだよ。君こそこんな時間にこんな場所でなにをやってたんだ」

「んあ?」やや狼狽《ろうばい》した様子を見せたハラワタだったが、すぐにそれを誤魔化《ごまか》すようにいつもの強気な態度をかたどった。「あたしもあんたと一緒だよ。目がギンギンに冴《さ》えちゃってさ、全然寝れないから読む本を探しに来たってわけさ」

「そうだったのか。ちなみにどんなジャンルを読むんだ? 僕はミステリだけど」

「あ、え、えーと……あたしも同じだよ。ミステリだ、うん、ハラワタ煮えくり返るほどミステリ大好きでございます」

「そうなのか、奇遇だな。それじゃこれもちなみになんだけど、一番のお気に入りはどんな作品なのか教えてくれないか」

するとー層あたふたしながらこめかみに人差し指を当てるハラワタ。

「え、えーとそれは……確か『そうしてタレがなくなった』だったかな!」

なにタレを使いすぎてるんだよ。それをいうなら『そして誰もいなくなった』だろ。

ともかくハラワタが嘘《うそ》をついているのは確定的だ。それにそもそも彼女の言うことは不自然なのだ。本当に読書用のミステリ小説を探しに来ていたのだとしたら、どうして照明も点《つ》けず真っ暗な中にいたんだ。まるで人目を盗むようにコソコソと……。

「あらハラワタ。お目当ての本はこれじゃないですか? ええ、きっとこれのはずだからサメザメ泣き凍えるくらい喜んでちょうだいな」

陰からぬっと姿を現わし、僕とハラワタの会話に割って入ってきつつ本を差し出したのは、双子の妹であり白群髪のツインテールメイド・宇佐手《うさで》サメザメだった。

「え？　あたしのお目当ての本ってなんだよ？」受け取りながら首を傾《かし》げるハラワタ。

「古い絵本ですよ。題名は『そうしてタレがなくなった』と書いてあります。読みたかったんでしょうこれが」

おいおいマジかよ。まさか本当にそんなタイトルの本が存在するとは。ハラワタは嘘《うそ》をついていたわけじゃないのか……？

「あたしは絵本を読むような子供じゃねーよ！　ガキ扱いされるとかハラワタ煮えくり返んぞ！」

いや今それが読みたいって自分で言ってたじゃん。やっぱり嘘じゃん。せっかくのサメザメのフォローが台無しじゃん。

「……あ、じゃなくてこれだ、じゃなくてこれでございましたぜ！　そうだあたしはこの本が読みたかったんだぜ！」

そのことに気づいて慌てて訂正するハラワタだったが、時既に遅しである。

しかし妹メイドは姉の失態にはあえて触れない。

「それじゃ読みたい本も見つかりましたし戻りましょう。それでは失礼します福寄《ふくよせ》さん」

「あ、ああそうだな……じゃなくてそうでございますな！」

「ハラワタ、あたくしに向かって話すときは別に敬語に言い直す必要はありませんよ」

「あっそっか！　ちくしょう、敬語の無駄遣いしちまってハラワタ煮えくり返っちまうぜおい！」

そんな会話を交わしながら出口に向かうふたりを、特にサメザメを、僕は呼び止める。

「サメザメ、君はどんな本を読むつもりなんだ？」

彼女の手にもなにやら一冊の古びた書物が抱えられていたのである。本当はそれこそが目的じゃないのか……？

するとサメザメは冷徹な微笑を返した。

「この島の郷土資料ですよ。あたくしこの島のことがとっても気になって、気になりすぎてこのままなにも知らずに帰るんじゃサメザメ泣き凍える羽目になると思ったものですから、この書斎に収蔵されている資料で勉強しようと思ったんです。そうしたらちょうどよさげな書物を発見しまして。まったくもってあたくしの個人的な趣味ですよ」

それが本当に横臥島《おうがしま》の郷土資料なのかは定かじゃないが、けれど実際に姫咲《きさき》先輩がそういった資料の存在を話してはいたし、それに趣味と言われればそれ以上とやかく追及することもできない。僕は結局、喉元まで上がった言葉をやむなく胃の中へ飲み下した。

口を結んだ僕にサメザメは軽い会釈をして、そのまま双子姉妹は改めて出口に向かいだす。そのときだった。

「ねえお兄ちゃんどこー？」

イリスがひょっこりと書架の向こうから顔を出した。

「こっちから声がするかもだけど、ここにお兄ちゃんいるのかもー？」

声が聞こえる方向を頼りに僕の位置を探り出すとは器用な子だ。長年の目隠し縛り生活のおかげで本当に視覚以外の五感が鋭敏化しているのかもしれない。

「あ、ああイリス。僕は──」

とイリスに返事しようとした僕だったが、しかしその声を遮るようにしてイリスの前に宇佐手《うさで》姉妹が立ち塞がった。

ハラワタが腰を屈《かが》めてぬっと顔を突き出すと、その気配を感じたのかイリスは少し怯《おび》えたように肩を震わせる。

「お兄ちゃん……？」

首を傾《かし》げながら訊《たず》ねた目隠し幼女に、ハラワタは肉食獣のように鋭利な歯を剥《む》いた。

「あたしはてめーのお兄ちゃんじゃねー……じゃなくてないでございますぜ？　にしてもよおガキんちょ、てめーまでこんな夜中にここにいるたあどういうことだ？　ひょっとしてあたしたちに用があって来やがったか？」

眼前に立つのが僕じゃないと理解したらしいイリスは、ふるふると首を横に振った。

「ううん、お姉ちゃんたちに用事はないかも。イリスはお兄ちゃんと一緒に寝たいかもだから、お兄ちゃんが本を探すのについてきただけかもなんだよ」

「なんだそうかよ」どことなく馬鹿にするような笑みを浮かべるハラワタ。「ていうかてめーもハングの真似《まね》っこでそこのおにーちゃんにゾッコンなのかよ？　ったくハラワタ煮えくり返るぜまったくよお」

　ハングリィの真似っことか言うんじゃないよ！　なんて堪《たま》らず突っ込みを入れようとしたけれど、あいにくとサメザメが僕よりも先に姉に語りかける。

「あらハラワタ。それじゃまるであなたも福寄《ふくよせ》さんのことが大好きで嫉妬しているかのように聞こえますよ」

「なっななななに言ってんだよサメザメ!?　あたしは別にこんな奴《やつ》なんかすっすすす好きでもなんでもねー……じゃなくてないでございますぜ！　あんま変なこと言うと火炙《ひあぶ》り尽くしちまうぞ！」

「動揺ぶりが余計に真実味《しんじつみ》を漂わせていますよ。それと可愛《かわい》い双子の妹を火炙りにしようだなんて酷《ひど》い姉ですねハラワタは。悲しくてサメザメ泣き凍えてしまいそうです。ああさめざめ……」

「嘘《うそ》泣きすんな！　お前はいつもそう言って全然泣かないんだ！」

　果たしてどちらが姉か分からないような弄ばれ方をして目を怒らせるハラワタを嘘泣きの隙間から愉《たの》しげに眺めつつ、やがてほくそ笑んだサメザメはぽつりと言った。

「さらにもうひとつ訂正してあげるとすればハラワタ、イリスさんがハングの真似《まね》をしているんじゃないですよ。実際はその逆です」

は、逆……？　一体どういうことだ……？

発言の意味を理解しかねるさなか、微笑をたたえたサメザメがイリスの顔を覗《のぞ》き込む。

「ねえイリスさん。あなたはきっと福寄《ふくよせ》さんが気になって仕方ないんですよね。だからいつも一緒にいたいんですよね」

優しげなようでどことなく冷めた感じの声音に問われたイリスは、やや戸惑うような感じを見せながらもこくりと頷《うなず》く。

「うん。イリスはお兄ちゃんと一緒にいたいかもだよ？」

するとサメザメの微笑《ほほえ》みがより鋭利な冷たさを帯びた。

「ですけれど、そこまであなたが福寄さんと一緒にいたいのは一体どうしてです？」

「え？」

「あなたは福寄さんの一体どんなところを見て、そんなに慕うようになったんです？」

「そ、それは、えっとねー……」

珍しく戸惑った様子で言い淀《よど》むイリス。

「ふふ、本人の前で言うのははばかられますよね。申し訳ありません、あたくしとしたことが配慮に欠けておりました。さて、早く読書をしたいので今度こそ失礼させていただきます。さあ行きますよハラワタ」

「は？　お目当ての本？　あたしは別に本なんか……」

「なにを言っているんですか、『そしてタレがなくなった』を読むんでしょう」

「あ！　そうだった……じゃなくてそうでございました！　んなもんであたしたちは早く部屋に戻らないとだぜ！　それじゃなてめーら！」

そうしてウサ耳メイドの双子姉妹は書斎を出ていったのだった。

書斎の扉が閉まった音を聞き届けてからイリスに歩み寄ると、白髪幼女はぎゅっと僕の手を握ってくる。

「なんかちょっと意地悪されちゃったなイリス」

なんとなくそう言うと、イリスは俯《うつむ》き気味で唇を尖《とが》らせながら呟《つぶや》くように言った。

「イリス、あのお姉ちゃんたちはあんまり好きくないかも」

どうやら宇佐手《うさで》姉妹は、うちの幼女に嫌われてしまったらしい。

【5】起床の一幕

誰かが泣いている。しゃがみ込んでは小さな体を丸め、紅葉《もみじ》の葉みたいに可愛《かわい》らしい手で顔を覆って泣いている。

『こんなのほんとうじゃないもん』

彼か、あるいは彼女か、小さな人影は、受け入れがたいなにかを必死に拒みながら嘆いている。

『ほんとうはもっとべつにあるんだもん』人影は懸命に訴え続ける。『ただしいほんとうがちゃんとあるはずなんだもん』

空虚でおぼろげな空間の中、ぽつんと独りぼっちだったはずの人影の前に、気づくともうひとつの人影があった。同じように小さな人影だった。

その彼か、はたまた彼女は、俯《うつむ》く人影を見下ろして言う。

『きみになら、それがみつけられるかな』

『え……?』

泣いていた人影が顔を上げると、見下ろす人影が再び口を開く。

『きみになら、しんじつがみつけられるかな』

『しんじつ……?』

『うん、しんじつ。ぜったいにただしいほんとうのこと。ほんかくみすてりにでてくるめいたんていみたいに、すいりでしんじつをあきらかにできたなら、みんながきみのみつけたほんとうのほんとうをしんじてくれるんだ』

『ほんかく……めいたんてい……すいり……』

見下ろす人影の言葉を反芻《はんすう》する涙目の人影は、やがて縋《すが》りつくように目の前の人影の腕を掴《つか》んで揺すった。

『できる……できるよ！　わたしにならできる、してみせる、すいりしてしんじつをみつけてみせる！　ほんかくのめいたんていになって、わたしがただしいほんとうをあきらかにしてみせるんだ！　そうしたらみんながただしいほんとうをわかってくれるんだよね、そうだよね？』

救いを求めるような眼差《まなざ》し。その瞳をじっと見つめ返した彼あるいは彼女は、こくりと頷《うなず》いて肯定の意を示す。

『うん。きみがほんかくのめいたんていに……ほんかくてきめいたんていになれたなら、きみのすいりがほんとうだってせかいがわかってくれるよ』

『だったら』縋る人影の双眸《そうぼう》に決意が宿った。『わたしはこれからなってみせる。ぜったいに、ほんかくてきめいたんていになってみせるから！』

その決意を聞き届けた人影は応える。

『そうだね。きみにならきっとなれるってしんじてるよ、ほんかくてきめいたんていに』

すると泣いていた人影の表情にかすかな光が灯《とも》った。

『ありがとう。きみがそういってくれるなら、わたしはなにがあったってじぶんをしんじられるきがするよ』

そして見下ろす人影の腕を掴《つか》む手に、ぎゅっと温かな力が籠もった――。


――ゆさゆさと。二の腕辺りを掴んだ何者かが、僕の体を揺すっている。

「……きて」

どこか遠くに行っていた意識が、徐々に手繰り寄せられるように僕の体に戻ってくる。

「……きてこうたくん」

ぼんやりとしか聞こえなかった声が、だんだんと大きさを増して明瞭になってくる。

「起きて幸太《こうた》くん。もう朝だよ」

ついにその声が明確な輪郭を得て耳に届いた瞬間、僕ははっとして目を覚ました。

目を開けて声がする方に顔を向けると、理耶《りや》が僕の体をゆさゆさと揺すっていた。

「……理耶？」

まだ覚醒しきれない脳味噌《のうみそ》からそんな呆《ほう》けた台詞《せりふ》を引っ張り出す。

すると理耶はどことなく楽しげに頰《ほお》を緩めた。

「やあ幸太くん、おはよう。まったく君は本格的に寝坊助《ねぼすけ》な助手だねえ」

寝坊助ってなんだよ寝坊助って。一体今何時だ？

「もう六時を過ぎちゃったよ」

「いやはえーよ」

てっきり昨日の夜更かしのせいで（結局深夜二時過ぎまで本を読んでいた）怠惰な時間まで爆睡してしまったのかと思ったのに、めっちゃ健康的すぎる時間じゃん。

「時間は有限。特にこの横臥島《おうがしま》で過ごす時間は極めて限られているからね。七時まで寝てたんじゃ立派な寝坊だよ」

まあ……その意見には一理あるけどさ。

「ところで、まずもって君はどうやってこの部屋に入ったんだ」

書斎から戻ったときにちゃんと施錠したはずなんだが。

「鍵なら開けさせてもらったよ。ピッキングでね」

「いやこわ」

ピッキングで人の部屋に忍び込むとか、それもう探偵じゃなくて泥棒じゃん。

「探偵ならピッキングくらいするでしょ。むしろピッキングできてこそ一人前の探偵だよ」

そう言って腕を組み誇らしげな顔をしてみせる理耶。いや謎の持論すぎる。というかどこで技術を磨いたんだよ。

「まあピッキングしたっていうのは嘘《うそ》なんだけどね。普通に姫咲《きさき》ちゃんにマスターキーを貸してもらったんだよ」

普通にマスターキーを貸しちゃわないでください姫咲先輩……。

「それにしても幸太《こうた》くん、君は一体どんな夢を見てたんだい」

「夢？」不意に訊《き》かれてきょとんとする僕。

「そう、夢」と理耶《りや》はどことなく神妙に頷《うなず》いた。「なんだか幸太くん、夢を見てるみたいだったから。あまり聞き取れなかったけど寝言を言ってたよ」

「マジかよ」

自分が寝言を話すタイプの人間だったことに驚きつつ、それを理耶に聞かれてしまったという事実に羞恥が込み上げる。

「その……変なこと言ってたりしなかったよな？」

すると理耶は面白そうに微笑《ほほえ》んだ。

「安心していいよ幸太くん。今も言った通り、なんて言ってるかはよく分からなかったから」

それならいいんだけど、まさか僕の気持ちを慮《おもんぱか》ってあえて聞いてないって言ってるんじゃないよな……？

「強いて言えばなんとなく『理耶、君こそが本格的名探偵だよ。僕は君の助手として、一生君についていくよ』みたいなことを言ってた気がするなあ」

よし、本当に聞こえてなかったみたいだな。安心した。

なんてやり取りを交わしながら、僕はさっきまで見ていたはずの夢を思い出そうと頭の中身を混ぜっ返す。が、それは水の入った容器に溶かした絵の具のように薄まって色味を失ってしまっていた。

「どんな夢だったかはもう思い出せないな」

すると理耶は「そっか」とだけ言った。大して興味もなかったのかもしれない。僕自身も自分の夢にさほど関心は湧かなかったので、それ以上考えることはしなかった。

と、おもむろに理耶の手が僕の腕を掴《つか》む。

「それじゃ幸太くん、ほら起きて。今日も外はいい天気みたいだし、海辺の砂浜に散歩にでも行こうじゃないか」

まったく早朝から元気いっぱいの探偵様なことだ。寝ている相手を起こしてまで朝の散歩に行きたがるとかもはや犬か？

「あいにくだけど昨日ちょっと夜更かししちゃってさ。もう少しだけ寝かせてくれやしませんでしょうか本格的名探偵様」

「まったく夜更かしなんて一体なにをしてたのさ」と不満げに頬《ほお》を膨らませる理耶だった

が、やがて強硬手段に出るべく布団に手を掛けた。「今ここでまた寝ちゃったら本当に時間を無駄にしちゃうよ。だから起きなさい。これは探偵から助手への指令だよ——」

そして理耶《りや》は慈悲の欠片《かけら》もなくがばりと布団を剥《は》ぐ——すると、そこに現れたのは僕の腰に腕を回してしがみつき、いつもの目隠しを外し丸くなって熟睡する幼女の姿だった。

あ、そうだった、そういやイリスと一緒に寝てたんだった……。

「うぅん……お兄ちゃん……。どこにも行かないでかも……お兄ちゃん……すぅー……」

縋《すが》るようなイリスの寝言。訪れる沈黙。硬直する理耶。まさに居たたまれない雰囲気。

じっとイリスを見つめていた理耶の真紅の双眸《そうぼう》が、おもむろに僕へと向けられる。

「どうしてイリスちゃんと一緒に寝てるの幸太《こうた》くん、夜更かしの理由ってこれ……？」

「いやこれはだな理耶、昨日の夜中にイリスが一方的に押しかけてきて……」

懸命に弁明を試みる僕だったが、そんな僕を見る理耶の眼差《まなざ》しはどこか冷たい。これ完全に怒ってるというかむしろ軽蔑してる……？

寝起き早々にだらだらと冷や汗を滴らせる僕に、やがて理耶はぽつりと言った。

「私も寝る」

え、なんで？

「幸太くん、ちょっとスペース空けて」

いやだからなんで？

「暴れないで幸太《こうた》くん、イリスちゃんが起きちゃうよ」

起きちゃうもなにも、そもそも起こしに来たんでしょうがよ。

「そのはずだったけど、流石《さすが》にイリスちゃんみたいに小さな子を、しかも夜更かしのせいであんまり寝てないのに起こしちゃ可哀想《かわいそう》でしょ。寝る子は育つっていうし、もうしばらく寝かせてあげなきゃって思ったんだよ。だからほら、もっと隙間を空けて幸太くん。あ、イリスちゃんを起こさないよう慎重にね」

「君の優しさは分かったけど理耶《りや》、だからってなんで君まで寝る必要があるんだよ」

「つべこべ言わないで。これは探偵から助手への命令だよ」

指令に命令にやりたい放題なことだ。職権濫用反対。

とはいえ抗《あらが》っても無駄なことは分かりきっているので、僕はやむなく自身に絡みつくイリスごと動いて人ひとり分のスペースを空けてやる。

「それじゃ失礼します」

謎に礼儀よくのたまって、理耶はイリスを挟み込むようにしてベッドに潜り込む。瞬間、ふわりと女の子特有の甘い香りが鼻腔《びこう》をくすぐってきて、僕はもはや眠気を感じなくなっていた。

「やっぱり起きるか」

堪《たま》らず起き上がろうとする僕だったけれど、重石《おもし》のように腰にぶら下がるイリスのせいでままならなかった。

「むにゃむにゃ……行っちゃダメかもお兄ちゃん……すぴー……」

ぐっ、これじゃどうしようもないな。

諦めて脱力する僕の様子を眺めながら、理耶は愉快げに笑みをたたえる。

「まったく幸太くんは本格的に天邪鬼《あまのじやく》な助手だなあ。今の今までもう少し寝たいって言ってたのにさ」

君のせいだよ君の。とは言えず、ジト目で理耶を睨《にら》み返す僕。けれどそんなことは気にもかけず、彼女は愛《いと》しげな表情でイリスの頭をそっと撫《な》ぜた。

「ぐっすり眠っててイリスちゃんは可愛《かわい》いねえ。まさに平和の象徴みたいだ」

まあその点に特別異論はないわけで、僕は無言という形で肯定の意を示す。

すると不意に理耶の眼差《まなざ》しが僕の顔へと向けられた。

「幸太くんの言う通り、たまにはこんな平凡な日常もいいかもしれないね」

そこで僕は思い出す。僕だけが思い出せる理耶の言葉を。理耶の異能によって神が顕現し世界が滅亡しかけたあの日、彼女は僕に言ったのだ。

――たとえ事件が起きなくたって、たまにはみんなで、普通に遊んだりもしたい。

――探偵じゃなくて、助手じゃなくて、友達として、みんなと時間を共有したいんだ。

あれはきっと、普段は本格的名探偵として振る舞う彼女の奥底に秘められた、ひとりの女の子としての推川理耶が抱く本心だったと僕は思っている。

やっぱり推川理耶《おしかわりや》は思った以上に普通の女の子なのだ。だからこそそんな彼女が本格的名探偵を名乗る理由は、そして真実の解明にこだわる理由は一体なんなのだろう――。

いくつもの疑問がにわかに湧き出したその湧水口に、僕は一旦栓をする。

「だろ。こんな風にみんなで楽しく穏やかに休日を謳歌《おうか》する。それこそが僕ら高校生が送るべき正しい青春の姿だよ」

「普通の高校生はこんな遠い離島に子供たちだけで遊びに来たり、立派な別荘に泊まって美味《おい》しい料理をご馳走《ちそう》になりながらバカンスを楽しんだりはできないだろうけどね」

くつくつと笑いながらからかってくる理耶。僕はふん、と鼻を鳴らした。

「そりゃまあそうだけどさ。とにかく、血みどろの殺人事件とは無縁の世界で楽しい日々を過ごしながら仲間たちと親交を深めることの素晴らしさを説いているんだよ僕は」

「ちなみにその親交を深める相手とやらにハングリィさんは入ってるのかな?」

「やめたまえ」

「ごめんごめん。冗談だよ」と口では謝りつつ、理耶は愉快げな表情を見せた。「幸太《こうた》くんの仲間はSIPのみんなだって本格的に決まってるさ。それに昨日も言ったけど、君は誰にも渡さないからね」

そう言って目を細める理耶。むず痒《がゆ》さを覚えた僕は「あっそ」と誤魔化《ごまか》して彼女から顔を逸《そ》らした。

そのまま豪華絢爛《ごうかけんらん》な天井照明を眺めていると、やがて理耶が語りかけてくる。

「でもね幸太くん。きっとこのゴールデンウィークは、やっぱり幸太くんのいう普通の青春の一ページにはならないような気がするよ」

「は？　どういうことだよ」

反射的に理耶を見やると、彼女はじっとこちらを見つめていた。鮮血を凝縮したかのような真紅の双眸《そうぼう》の奥には、確信じみた好奇の火が揺らめいているように見えた。

「だってこの横臥島《おうがしま》は普通の島じゃないもの。本土から遠く離れた離島につけられた鬼《おに》ケ《が》島《しま》の異名、そして島に伝わるオウガ様という名の鬼にまつわる伝承。まるで江戸川乱歩《えどがわらんぽ》や横溝正史《よこみぞせいし》を思わせるおどろおどろしさじゃないか。そこに私という本格的名探偵が――私たち『本格の研究《スタディ・イン・パズラー》』の六人が足を踏み入れたんだ。舞台に探偵と助手が役者《たち》が揃《そろ》った今、なにも起きない方が却《かえ》って奇妙だというものだよ」

「またそうやって創作と現実を混同したようなことを言う」

呆《あき》れて溜息《ためいき》をつきながら、しかし僕は胸の片隅にざわつきめいた感情を抱いた。それは多分、これまでにも似たような発言を聞いた経験があり、そしてそれが現実と化した経験があり、さらには非現実と成り果てた経験があるからに違いなかった。

堪《たま》らず神様に祈りたくなって、そういえば神様はあの日ダベルが葬り去ってしまったのだと思い出す。祈りを捧《ささ》げる先もないとは実に嘆かわしいことこの上ない。

でもやっぱり祈らずにはいられない。誰でもいいから僕に平穏なゴールデンウィークを過ごさせてください。

窓の外――遠くに聞こえるどこまでも穏やかな波音が、嵐の前の静けさとでもいうべきか、却《かえ》って不穏な気配を僕に感じさせるのだった。

【6】浜辺ではしゃぐ少女たち

それから結局、一時間ばかりの二度寝タイムを過ごした僕は（一睡もできなかったけど）、やがて目を覚ましたイリスを抱っこしてやって理耶《りや》と一緒に一階へ下りた。

応接室には既に身なりを整えて優雅に紅茶を嗜《たしな》む姫咲《きさき》先輩とその傍らに控える雨名《うな》の姿があった。僕ら三人も同じ紅茶を振る舞ってもらい、飲み終える頃になるといつものように寝不足そうな目をしたゆゆさんが可愛《かわい》らしくあくびをしながら応接室に入ってきた。

全員揃《そろ》ったところで僕らは朝食を摂《と》った。相変わらずあわよくばスキンシップを図ってくるハングリィに朝から怖気《おぞけ》を覚えつつ、それとなくウサ耳メイド姉妹に目をやる僕だったが、双子姉妹は昨夜のことなどおくびにも出さなかった。

そして朝食を終え、晴れ渡った青空に日も高々と昇った今。僕たちＳＩＰの六人は別荘の前にある砂浜で水遊びに興じている。

「探偵だ！　大人しく両手を挙げてその場を動かないでもらおうか！」

「ひえええ〜……！　いつかの記憶がよみがえってくるよお……！」

浅瀬に足を浸しながら、ハンドガンの形をした水鉄砲を構える理耶と銃口の先でわなわなと絶望に震えるゆゆさん。まるで初めて出逢《であ》った日の再現のようである。ちなみに両者とも私服姿で、水着は着用していない。

「ねえ理耶《りや》ちゃん、まさか本当に撃ったりしないよね……？」青い顔で引き攣《つ》った笑みを浮かべながら理耶に歩み寄るゆゆさん。「撃たれたらわたし、びしょびしょになっちゃうよ……？　そしたらわたし、お終《しま》いだよ……ふへへ？」

「こら！　その場を動くなって言ったでしょ！　フリーズ！　手を挙げなさい！」

「は、はひぃい……っ！」

「からのショット！」

「ぶふぇえっ！」

おいおい。理耶のやつ、ゆゆさんの顔面に向かって容赦なく発砲しやがったよ。もろに直撃を浴びてしまったゆゆさんの可愛《かわい》いお顔が海水でぐっしょりである。

「うわあああん今回は容赦なしだあ〜……！　このままだと全身びしょびしょではしたない姿にされちゃうよお……そうなったらお終いだあ……逃げなきゃ、極悪非道な探偵さんから逃げなきゃだあ〜……！」

「ふふふ、本格的に逃がさないよゆゆちゃん。えいっ、えいっ」

必死の形相で逃げるゆゆさんの背中に向かって次々に海水を発射する理耶。いや本当に容赦がないし、悪魔的な笑顔が探偵ではなくまさに犯罪者のそれである。

「たっ、助けてえ〜……！　探偵さんに、探偵さんに殺されちゃうよお〜……あぶべっ！」ついには足を滑らせてしまい、ばしゃあん！　と盛大に飛沫《しぶき》を上げながらずっこけるゆゆさん。

「あらら、ごめんねゆゆちゃん。大丈夫?」

申し訳なさそうな笑顔をたたえながらゆゆさんの手を取って彼女の上半身を起こす理耶。

ごく浅い水底からの生還を果たしたゆゆさんは、長い髪をぺったりと顔や体にくっつけてぐしょ濡《ぬ》れの有り様だった。

「うわああんびしょ濡れになっちゃったあ~……! なんかちょっと服が透けてる気もするし……わたし、汚れたはしたない女になっちゃうよお~……! 心の傷はわたしにもお治しできないんだあ~……!」

自身の体を抱いて嘆くゆゆさん。確かに服が濡れて透けてる気がする……。

「まあまあ落ち着いて。そんなに気に病むことはないよゆゆちゃん。ここは万桜花《よろずおうか》家のプライベートビーチだから周りに男の人がいるわけでもないし」

いやここに僕がいるんだけどね……。

健全な男子高校生の存在を無視してゆゆさんを慰める理耶だったが、不意にそんな彼女の背後へと忍び寄る影があった。

「イリスのするどい聴覚が脳内にうったえかけるかも、そこに理耶お姉ちゃんがいるのかもー! えやあー!」

ばしゃばしゃと両手で掬《すく》い上げた海水をイリスが飛ばす。煌《きら》めく水飛沫が勢いよく理耶の背中に襲いかかり、瞬く間に彼女の全身をびしょ濡《ぬ》れに変えてしまったのだった。

「ひゃっ」と小さな悲鳴を上げた理耶《りや》だったが、イリスの方を振り返ると嬉々《きき》とした笑顔をかたどった。「まさかこの本格的名探偵たる私の背後を取るとはイリスちゃん、君には隠密《おんみつ》行動の素質があるようだねえ」

そして水鉄砲を構える理耶。

「でももう見つけちゃったからね。逃がしはしないよイリスちゃん」

「わー逃げろ逃げろかもー！」

楽しげに悲鳴を上げながら理耶の連続射撃から逃げるイリス。浅瀬を脱出し、砂浜をこちらに向かって駆けてくる。待て待て目隠しをしたまま走ったら危ないぞイリス。

「あてっ」

ほら。案の定、柔らかい砂に足を取られて転んでしまった。

「大丈夫かイリスー？」

声を張り上げて呼びかけると、むくりと起き上がったイリスは全身砂まみれにもかかわらずにんまりと笑顔を浮かべ、さらには自らごろんと砂浜に寝そべった。

「いひひひひ！　イリスとっても楽しいかもー！　それにこのお砂、やわらかくてあったかくてなんだか気持ちいいかもー！　イリスここで寝ちゃうかもー！」

「あーあ、全身海水まみれの砂まみれにして……洗濯するのが大変そうだな」

なんて母親じみた台詞《せりふ》を吐く僕はといえば、一連の光景をパラソルの下でビーチチェアに座って優雅に見物している次第である。

「うふふ、お召し物の汚れなら気にすることはありませんよ幸太《こうた》さん」

隣のチェアに腰掛け、トロピカルなサイダーが注がれたグラスを手にした姫咲《きさき》先輩が微笑《ほほえ》みながら言った。

「雨名《うな》がちゃんと綺麗《きれい》にしてくれますから。ね、雨名」

「おっしゃる通りですお嬢様。ボクにかかればどんな汚れも一発で綺麗にしてみせやがりますです」

相も変わらずメイド服姿の雨名が自信満々に頭を下げる。ほんとかよすごいな。

「あはは、海で遊ぶのも楽しいねゆゆちゃん」

「なんだかもうめちゃくちゃになりすぎて逆に楽しくなってきちゃったよお……ふへへ」

派手にはしゃいだせいか高揚してハイなテンションになった理耶とゆゆさんがこちらの方へと歩いてくる。

「水着でもないのに随分となりふり構わずやったもんだな。海水に濡れたんじゃ乾いたところでベタベタだろうに」

目の前に立った理耶にそう言うと、彼女は不敵に口端を上げた。

「なんだい幸太くん。ひょっとして君は私たちに水着を着てほしかったのかな？　でも残念だったね、水着姿は夏休みまでお預けだよ」

「別にそういうんじゃないけどさ」本当はちょっと見たかったけど。「服が汚れちゃったんじゃ今夜の業落としはどうするのかなって、そう思っただけだよ」

「逮捕！」

「ぶわあっ！」

水鉄砲の銃口を飛び出した海水が僕の顔面に直撃する。

「おいなにするんだよ理耶《りや》！　おかげで顔がびしょびしょなんだが」

顔をしかめて抗議する僕だが、当の理耶は一切罪悪感のない顔でニタリと笑う。

「だって幸太《こうた》くんが嘘《うそ》をつくから悪いんだよ。嘘つき犯罪者は本格的に逮捕しなきゃだからね。さあ白状するんだ、本当は私たちの水着姿が見たかったたって。ついでに透け透けのゆゆちゃんも眼福だったたって」

「うぇえ？　眼福だったの幸太くん……？」恥ずかしそうに自らを抱くゆゆさん。

「いやだからそんな気持ちは全然――」

「ダウト！　嘘つき助手を成敗する！」

「ぶふわぁっ！」

再び顔面に襲いかかる海水の弾丸。

「待て待て！　これは完全に自白の強要だ！　まったくもって違法捜査だ！」

「問答無用！　本格的名探偵の名の下に、邪悪な犯罪者を断罪する！」

それからも次々と顔面に着弾する海水弾。このままじゃ陸地で溺死というミステリな死体が出来上がること必至だ。まさしく拷問王じみた横暴探偵である。

「分かった分かった！　白状するよ！　本当は君たちの水着姿が見たかった！」

一時、連続射撃が収まる。

「ゆゆちゃんの透け透け姿は？」

「……ちょっとだけ興奮した」

「本当にちょっとだけ？」じゃきん、と改めて水鉄砲が構えられる。

「実はまあまあ興奮した！」

「ふふん。よし、素直になればよろしい」

ようやく水鉄砲を仕舞《しま》う理耶の傍らで「まあまあ興奮したの……？」と顔を真っ赤にするゆゆさんと、僕の隣で「うふふ、まさしく青春ですわね」と微笑《ほほえ》む姫咲《きさき》先輩、そして無反応な雨名《うな》だった。

「それにね幸太くん、別に服のことは心配しなくても大丈夫なんだよ」

軽くウインクを寄越《よこ》しながら理耶が言った。

「ちゃんと着替えは用意してあるってわけか」

「まあそういうことなんだけど。おそらく君の予想とは少し違うかな。前も言った通り、まだすべてを語ることはできないけれどね」

なんだなんだ。なにをそんなにもったいぶっているというんだ。

「ふふ、真実は見てのお楽しみだよ」

どうあっても教えてはくれないらしい。そこはしっかり名探偵らしい秘密主義の徹底ぶりである。まあ無理に聞きたいとは思わないし、待てというのなら待つことにしよう。

そんなことを考えていると、不意に理耶《りや》の視線が桜鬼邸《おうきてい》の方へと向けられた。

「おや、なにかと思えば可愛《かわい》らしい二羽のウサギさんがお出かけのようだね」

理耶の言葉につられて別荘の方を見ると、宇佐手《うさで》ハラワタ・サメザメの姉妹が小川に掛かる橋を渡って港の方へと向かっていく様子が視界に映った。

「あら、本当ですね。村の方へ買い出しかなにかに向かってるのかしら?」

小さくなっていくメイド姉妹の背中を見つめながら首を傾《かし》げる姫咲《きさき》先輩。

「そうかもしれません」主に同意しつつ雨名《うな》は続ける。「ですが今日は皆様方のお夕食は不要だと伝えてありますし、特に買い出しの必要はないはずでやがりますですが」

「わたくしたちの分は不要ですけれど、あのお二方やハングさんの分は必要ですからね。あるいは邸内設備の不具合やそのほか備品関係になにかあったのかもしれませんわ。それで急ぎ調達しなければならない物品が出たのかもしれません。彼女たちはとてもよく働いてくれていますから、特に心配することもないでしょう」

「はい、お嬢様」深々と頭を下げ、それ以上は意見しない雨名だった。

僕は内心で怪しまずにはいられなかった。それはあの姉妹による昨晩の不審な行動を知っているからだ。そしてなにより僕は見た。村の方に向かっていったサメザメは、昨日書斎から持ち出していったあの古びた書物を小脇に抱えていた……。

パンッ、という理耶の合掌音が僕の意識を現実に引き戻した。

「さて、ムッツリな助手くんをやっつけたことだし」おい誰がムッツリだ。「それじゃもうひとはしゃぎといこうかゆゆちゃん」

「また海に戻るの理耶ちゃん……？　でもまあ楽しくなってきたところだったし、楽しい気持ちは心のお治しにもなるしね……ふへ、行っちゃおうか～……ふへへ」

「素晴らしい心意気だねえゆゆちゃん。そうだ、姫咲ちゃんも一緒に遊ぼうよ」

「わたくしもですか？」

理耶に手を差し出された姫咲先輩はわずかに目を丸くしたけれど、すぐに余裕の微笑をたたえてその手を取って立ち上がった。

「承知しましたわ推川《おしかわ》さん。それじゃ例のものをちょうだいな、雨名」

「はい。こちらをどうぞ、お嬢様」

恭しく差し出されたのは近未来的形状をした電動式の巨大なウォーターガンだった。

「やるからには遠慮はしませんよ推川さん。そしてゆゆさんも。なんといっても、わたくしも薄手の服装ですから、敗北したあかつきには透け透けで恥ずかしい姿を幸太《こうた》さんの前に晒《さら》さなくてはいけなくなってしまいますからね」

ちらと横目に僕を見て悪戯《いたずら》っぽく紫水晶の瞳を細める姫咲《きさき》先輩。どうかびっしょびしょに負け……頑張ってください姫咲先輩。

チート級の武器を前にした理耶《りや》は愉快げに笑んだ。

「おっとこれは強敵だねえ。よしゆゆちゃん、ここは一時休戦して共同戦線を張るとしようじゃないか」

「そんな武器反則だよ姫咲さん……うん理耶ちゃん、一緒に戦おう……あ、でも絶対にわたしのことを盾にしたりしないでね……ふへ？」

「そんなことしないよゆゆちゃん。多分ね。それじゃ行こう！」

「ええ行きましょう推川《おしかわ》さん」

「ご武運を、お嬢様」

「多分って言った？　多分って言ったよね理耶ちゃん？　うわあああんこれ絶対盾にされちゃうやつだあ～……！　わたし蜂の巣にされちゃうんだあ～……お終《しま》いだあ～……！」

そして仲睦《むつ》まじく海に向かって走っていった彼女たちを微笑《ほほえ》ましく眺めながら、しかしやはり、僕は胸のうちにさざ波が広がるのを感じずにはいられないのだった。

【7】業落とし、命落つる

やがて日が暮れた頃、僕は桜鬼邸《おうきてい》のエントランスでそわそわと立ち尽くしていた。なんとなく落ち着かないのは、きっと姫咲先輩に渡された濃い鼠《ねずみ》色の甚平を着ているからだ。素足に草履というスタイルも相俟《あいま》って、なんだか風通しが良すぎるのである。

重心を掛ける足を忙《せわ》しなく交代しながら待っていると、やがて二階からきゃっきゃと弾んだ声とともに彼女たちが姿を現わした。

「やあ幸太くん、お待たせ」

いの一番に僕に声をかけてきたのは理耶だった。水色を基調とした花柄の浴衣に身を包んだ彼女は、思わず呼吸を忘れてしまいそうなほどに美しかった。

「どうかな?」

耳に髪を掛けながら訊《たず》ねるその仕草が色っぽくて、思わず僕は息を呑《の》む。どぎまぎする心臓を無理矢理《むりやり》に抑え込みながら、僕は努めて平静を装った。

「ま、まあ……結構いいんじゃないか?」

ほっぺたをぽりぽりと掻《か》きながらちらちらと横目に理耶を見ると、理耶は嬉《うれ》し恥ずかしそうに頬《ほお》を桃色に染めていた。

「そっか。ま、まあ助手に褒めてもらったとあれば、探偵としてはそれなりに嬉しいこと

ではあるね、うん」

　なんだよその乙女っぽい恥じらい方は。こっちまでなんだか調子が狂うんだが。

「まあとにかく。これが君に黙っていた真実なわけだよ幸太《こうた》くん。せっかくの業落とし、お祭りとなれば浴衣を着るのがお決まりってものでしょ？　事前に姫咲《きさき》ちゃんに確認したら全員分用意できるって言ってくれてね。それでみんなで着ることにしたんだけど、どうせなら幸太くんにはサプライズにしようと思ってさ。どう？　喜んでもらえたかな？」

　そりゃ喜んだか喜んでないかでいえば喜んだに決まってるだろう。そもそも理耶《りや》は超がつくほど美少女なのだ。そんな彼女の浴衣姿を見てありがたがらない男子高校生など、それこそ世の中に存在しないと言っていいに違いない。

「まあ、その点について言えば、君のサプライズは成功したと言っても問題ないと思わないでもない」

　恥ずかしくて曖昧な返答をした僕だったが、理耶は「ふふ、ありがとう」と満足げに笑むのだった。

「それじゃほかのみんなのことも褒めてあげてよ幸太くん」

　理耶の言葉を合図にしたかのように、次々と少女たちが姿を現わす。

「ど、どうかな幸太くん……？　似合ってるかなあ……ふへ？」

　彼女のテーマカラーと言っても差し支えないピンク色の浴衣に身を包んだゆゆさんが、

にへらとした笑みをたたえながら恥ずかしそうに階段を下りてくる。目の下の隈《くま》は相変わらずだが、やはり彼女の容姿は神秘的なほど可憐《かれん》である。

「ええ、とっても似合ってて素敵ですよゆゆさん」

「そ、そうかな？　ふへ、ありがとう幸太《こうた》くん……ふへへ」

嬉《うれ》しそうに頰《ほお》を緩めるゆゆさんを追い抜いて、目隠しをしているとは思えないほど器用に階段を駆け下りたイリスが僕の胸に飛び込んでくる。

「お兄ちゃん、イリスは？　イリスは浴衣似合ってるかもー？」

飛び込んできたイリスを抱き上げる。純白をベースにした水玉柄の浴衣は彼女の無邪気で屈託のない幼さにぴったりで非常に可愛《かわい》らしかった。

「ああ。よく似合ってるよイリス。まるでお姫様みたいだ」

そう褒めてやると一層嬉しそうに笑顔を咲かせるイリス。

「えへー。イリスはお姫様なのかもー。そしたらお兄ちゃんは王子様かも？」

「そう言ってくれるのは嬉しいけど、僕は王子様にはなれないかな。いいとこ端っこに控える見習い騎士Aってとこだよ」

「えーお兄ちゃんは王子様かもー。イリスが王子様にしてあげるかもー。だからイリスとずっと一緒にいるのかもー」

「お姫様のイリスがそう言ってくれるなら側近の騎士くらいにはなれるかもな」

「あら、でしたら幸太さんにはわたくしの護衛にもなっていただきたいものですわ」

イリスに続いて手摺《てす》りに手を掛けながら優美な足取りで階段を下りてきたのは、綺麗《きれい》に染め抜かれた紫色をした紫陽花《あじさい》柄の浴衣を着付けた姫咲《きさき》先輩だった。

「それはそうと、わたくしの浴衣姿はいかがですか幸太さん？」

「ええもちろんとっても似合ってますよ姫咲先輩」

「まあ嬉しい。やっぱり幸太さんはとっても優しいお方ですわ」

右頬に手を当てて小首を傾《かし》げながら喜ぶ姫咲先輩の姿は、いつもよりも年相応の女の子らしくて可愛らしかった。

「でも先輩の護衛なら雨名《うな》がいれば十分じゃないですかね」

「福寄《ふくよせ》様のおっしゃる通りですお嬢様。なにがあろうとボクがお嬢様をお守りしてみせやがりますです」

いつものメイド服を脱ぎ藍色の浴衣をまとった雨名が姫咲先輩の背後から現れる。僕にとっては彼女の浴衣姿こそが最も新鮮に映った。

「確かに雨名がいれば身の安全は保証されているといってもいいのですけれど、でも幸太さんが傍《そば》にいてくれればわたくしの心情的にプラスの効果が働くということですよ」

魅了するような眼差《まなざ》しを向けてくる姫咲先輩。思わず僕はドキリとしてしまう。

「またまた。冗談はよしてくださいよ姫咲先輩」

「うふふ、やっぱりあなたはそう言うのですね幸太《こうた》さん」帯から抜いた扇子を広げて口許《くちもと》を隠し笑う姫咲《きさき》先輩。「わたくしはあのときの言葉をずっと忘れていませんのに」

はて、なにか大層なことを僕は言っただろうか……？

「さてこれで全員揃《そろ》ったようだね」

階段を下りきった理耶《りや》はおもむろに僕の手を握った。あまりに違和感のない仕草のせいで、僕はその手を振りほどくことすらできなかった。

半ば呆《ほう》けた僕の顔を理耶の瞳が覗《のぞ》く。彼女の顔もほんのり紅《あか》かった。

「それじゃこれから向かうとしよう。島に伝わる人喰《ひとく》いの守り鬼、オウガ様の鎮魂祭――業落としとやらにね」


夕陽《ゆうひ》が海の向こうに沈んで夜に染まりつつある海沿いの道を、僕たち六人は他愛《たあい》もない会話を交わしながら歩いて村に向かった。歩くうちに闇は一層深まってゆき、ついに辺りはすっかり暗くなってしまったけれど、一方で目線を頭上に向けてみれば、そこには日常目にしているものとは比べものにならないほどの確固たる輪郭をもって鮮明に煌《きら》めく星々がひしめき合っていて、眩《まぶ》しいくらいの夜空がきめ細やかな光を地上に注ぐ様はこの上もなく美しかった。

やがて村の入り口にある駐在所に差し掛かると、明かりのついた屋内から制服姿の男郷《だんごう》さんが出てきて声をかけてくれた。

「やあやあ皆さんとてもお似合いだ。これほど綺麗《きれい》な装いの美男美女が業落としに来てくれるなんて、島のみんなも喜ぶに違いない」

まるまると肥えたお腹《なか》を震わせながら豪快に男郷さんが笑うと、おもむろに理耶が肘でこっそり僕の横腹をつついて、

「美男だってさ幸太くん。君はもっと自分の容姿に自信を持っていいんじゃないのかな」

とニヤニヤした顔でこちらの顔色を覗いてくるのだった。

「うるせ。僕は自分があらゆる点において平々凡々だって誰よりも承知してるんだよ」

そう無愛想に返すと、理耶は微笑をたたえたまま小さく鼻を鳴らした。

「もう、本格的に素直じゃないね私の助手は。それに私自身、幸太くんの顔立ちについてはそう低い評価をつけてるわけじゃないんだけどねえ」

なんと答えたものか分からず、結局、僕は聞こえなかったふりをした。

「それじゃ自分はまだやらなきゃならん仕事がありますので。どうにか『落とし舞』は見に行きたいが、ひょっとすると間に合わんかもなあ」

と、やや嘆き気味の男郷さんに見送られた僕たちは、それから村の中を抜けて役場前の広場へとたどり着いた。ちらとスマホに目をやると、時間は午後七時半だった。

広場に着くやいなや、僕の視線は中央に鎮座する祭り櫓《やぐら》へと引き寄せられる。昨日の昼間に見たときはさほど感動を覚えはしなかったけれど、今や数多《あまた》の提灯《ちょうちん》や照明で明々とライトアップされていて、打って変わって荘厳さすら感じさせる佇《たたず》まいに思わず僕は圧倒されてしまった。

「へえ……これは凄《すご》いな」

「そうだね」隣の理耶《りや》も僕と同じ方向を見つめながら鷹揚《おうよう》に頷《うなず》く。「あそこで男郷《だんごう》さん曰《いわ》く選ばれし踊り子による『落とし舞』とやらが披露されるわけだ。ふむ、こうして見るとまさに儀式のための舞台といった感があるね」

「うわーい、なんだかいい匂いがするかもー！　リンゴあめ屋さんはあるかもー？」

はリンゴあめが食べたいかもー！　リンゴあめ！　ねえお兄ちゃん、リンゴあめ！　イリス

繋《つな》いだ手をイリスが引く。広場を見回してみると、ぐるっと外周を囲むようにして出店が並んでいる。たこ焼き、いか焼き、焼きそば、わたあめ、チョコバナナ……。

そして、あった。リンゴあめを売っているお店だ。

「見つけたよイリス。あっちの方でリンゴあめを売ってるみたいだ」

「ほんと？　食べたい食べたい食べたいかもー！　ねえお兄ちゃん連れてってかも！　それで買ってかも！　リンゴあめ！」

「さらっとご馳走《ちそう》になる気満々じゃないか。まあやぶさかじゃないけども」

おねだり上手な白髪目隠し幼女の右手を引いていき、人波を掻《か》き分けて目的の店までたどり着く。広場にはおそらく島民のほとんどが集まっているように思えた。数人の列に並んだ僕は、威勢のいいおじさんからリンゴあめを二本購入した。

「どうぞ、お嬢ちゃん」

真っ赤な果実につやつやの飴《あめ》でコーティングが施されたそれを差し出すと、イリスは興奮でほっぺたをそれこそリンゴみたいに赤らめながら笑顔を咲かせた。

「うわあ、ありがとうかもお兄ちゃんー！」

受け取ったリンゴあめにかぶりつくイリス。パリッ、と音を立てて砕けたあめごと囓《かじ》りとった実を頬張《ほおば》ると、途端に幼女の笑顔はもう一段階上の満開ぶりを見せた。

「んむ〜！　とってても甘くておいしいかもー！　このリンゴあめ、今まで食べたリンゴあめで一番おいしいかも、これは世界の真理かもー！」

「そりゃよかったな」

まさか出店のおっちゃんも『真実の体現者《マニフエスト》』からお墨付きをもらえただなんて夢にも思わないことだろう。もはや横臥島《おうがしま》を出てリンゴあめ屋として世界で勝負すべきでは。

とまあそんな冗談を考えながら一緒にリンゴあめを囓っていると、やがて散らばっていた面々が再集合する。夕食を出店で済ませる手筈《てはず》だったので、理耶はフランクフルトを、ゆゆさんは焼きとうもろこしを、姫咲《きさき》先輩はたこ焼きをそれぞれに購入したようだった。

「このフランクフルト、いけるね」

「焼きとうもろこしも香ばしくて美味《おい》しいよお〜……。心がお治しされてくなあ、はあ、生きててよかったあ〜……ふへ」

「たこ焼きも美味しいですわ。近海で獲《と》れた新鮮な蛸《たこ》を使っているのかしら」

などとワイワイしながら買った食べ物を堪能する僕たち。

ところが雨名《うな》はここでもやはりメイドに徹しており、黙々と主人の後ろに付き従うだけで食べ物を購入した気配がない。お腹《なか》が空《す》かないのかと心配になってくる僕だった。

すると不意に雨名を見やった姫咲《きさき》先輩が、おもむろにたこ焼きをひとつ差し出した。

「ほら雨名、あなたも食べて」

流石《さすが》は姫咲先輩。雨名にも食べさせるために分けてあげやすいたこ焼きを買ったのか。なんと心優しきお嬢様だ。僕も彼女の召使いになりたい。

「い、いえお嬢様、お嬢様のお食事をメイドのボクがいただくわけには……」

と流石に若干狼狽《ろうばい》した様子で首を横に振る雨名だったが、姫咲先輩は引かない。

「ダメよ雨名。あなたはわたくしの大切なメイドなのだから、無理をしすぎて倒れでもしたらわたくしはとても悲しいし、心配してしまうわ。それにわたくしとあなたの仲なのだから、今さらなにを遠慮することもないのよ。だからほら食べて」

「し、しかしお嬢様……」

なおも躊躇《ためら》う雨名。しかしやはり主人の方が上手だった。

「それじゃ命令よ雨名。お口を開けなさい。はい、あーん」

「うっ……」

主に命じられては従わないわけにはいかない。観念した専属メイドは一度崩れた平静を持ち直しきれず恥じらいがちに口を開ける。

「それでは失礼して……あ、あーん」

「よろしい。それじゃどうぞ」

小さくて可愛《かわい》らしいお口の中に、湯気立つたこ焼きがころんと放り込まれる。

「はふっ！　はふ、あふ、あふっ！　熱い……っ！」

「あらごめんなさい！　まさかまだそんなに熱いだなんて思わなくて……。火傷《やけど》しなかった、雨名？」

心配そうに雨名を見つめる姫咲先輩。そんな彼女に雨名は涙目で笑顔を向ける。

「だ、大丈夫ですお嬢様。ご心配には及びやがりませんです……！」

「ほ、本当？　でも……」

「本当に大丈夫でやがりますので……！　むしろお嬢様からあーんをしてもらえたという喜びと、一方で火傷するほど熱いものを口に放り込まれたというお仕置きじみた仕打ちをうけたという悦《よろこ》びと、二重のよろこびで至福以外のなにものでもないでやがりますです

「……にふぁあ～……」

流石《さすが》は姫咲《きさき》先輩から受ける痛みはなんでも幸福に変換できるドMメイドである。

雨名《うな》がにんまりした顔で頑《かたく》なに無事を主張するものだから、姫咲先輩も「それならいいのだけれど」とそれ以上はなにも言わなかった。

「やあ姫咲お嬢さんにお友達の皆さん。皆さんご一緒に業落としに来てくれたみたいで大変嬉《うれ》しいですなあ」

ちょうど全員が食事を終えた頃、人混みの中からそんな声がかかる。

目を向けると、軽く手を振りながらこちらに歩み寄ってくる桃山《ももやま》村長の姿があった。

「あら桃山さん。お疲れ様です。業落とし、大盛況のようですね」

「まあ島民のほぼ全員が集まっておりますからな。なにせこんなちっぽけな島に暮らす我々にとっては、今日は一年で最も大はしゃぎできる日なのでね」

姫咲先輩の言葉に頭の後ろを掻《か》きながらわははと笑う桃山村長。

「それにしても皆さん浴衣姿がお綺麗《きれい》ですなあ。皆さんのように美しいお嬢さん方が島に住んでおられたらきっと全員が踊り子に選ばれたに違いありませんな」

「まあお世辞がお上手なこと」

うふふ、と口許《くちもと》に手を当ててお上品に微笑《ほほえ》む姫咲先輩だった。

「そういえば村長」と理耶《りや》が声をかける。「その踊り子さんはいつ頃あの櫓《やぐら》の上に現れるんでしょうか」

「おおそうですな」桃山村長は祭り櫓の方に顔を向けた。「お。お待たせました、ちょうど今から踊り子が上がってきます。これから舞台の上でみんなに舞を披露してくれますよ」

「選ばれし生《い》け贄《にえ》の子が先祖の犯した業に落とし舞をつけてくれるというわけですね」

理耶の言葉遊びじみた台詞《せりふ》に口を挟む間もなく歓声が上がる。彼らの黄色い声を全身に浴びながら舞台上に姿を現わしたのは、二十歳前後の若い女性と男性のふたりだった。生け贄に代わる踊り子の娘と、踊り子を守護する付き添いの男。両者とも独特のデザインをした和風の衣装に身を包んでおり、また女性は神楽鈴《かぐらすず》のようなものを手に持っていて、さながらおとぎ話に出てくる登場人物のようだった。

「娘の方は魚里《うおさと》佳苗《かなえ》、青年の方は山岡《やまおか》雄馬《ゆうま》と言いましてな。幼馴染《おさななじ》みのふたりですが、本土の高校を卒業後、両者とも故郷であるこの島に戻ってきてくれたんです。今は一度島を出たらもう戻ってこない者が多いんですが、彼らには頭が下がるばかりですよ」

と、のっぴきならない離島の過疎化問題をほのかに窺《うかが》わせながらしみじみと頷《うなず》く桃山村長をそれとなくスルーしつつ、僕たちは櫓の上に立ったふたりに注目する。

付き添い役の男性——山岡雄馬氏が踊り子役の魚里佳苗さんを残して一度舞台の脇に退く。そこには小ぶりの和太鼓が据えられていて、床に座した山岡氏はおもむろにバチを手に取った。どうやら付き添い役は演奏役を兼任するらしい。

若干のざわつきを残しながらも静まった広場に、やがて心地よい打音が鳴り始める。すると連続する太鼓のリズムに合わせて踊り子が厳かな動きで舞を始めた。

「へえ、美しい舞だね」

感嘆の息をつく理耶《りや》。華麗で洗練されつつもどこか猛々《たけだけ》しさを感じさせるそれは、彼女の反応も頷《うなず》けるほどに神秘的な舞だった。

「本当に、思わず見蕩《みと》れてしまいますわ」舞をじっと眺めつつ姫咲《きさき》先輩が言った。

「おっしゃる通りですお嬢様」主人に同意する雨名《うな》。

「うわあ上手だなあ……。でもすごいなあ……こんなにたくさん人がいる前であんなに堂々と踊れるなんて……。わたしだったら緊張でカチコチになっちゃってお終《しま》いになっちゃうよお～……ふへ」眠たげな目を輝かせながら感心するゆゆさん。

イリスだけは目隠しをしているせいで舞を鑑賞することができないため「いいなーイリスも見たいかもー」と残念そうにするのだった。

「これならオウガ様も怒りを鎮めて眠り続けてくれるだろうな」

なんてちょっと気の利いたことを言ったつもりの僕を隣の理耶が横目に見る。

「いやどうだろうね。眠ってる前で太鼓を叩《たた》かれたり踊られたりしたら逆に目が覚めそうな気もするけれど」

「変に現実的な意見をぶつけてくるんじゃないよ」

「ごめんごめん、冗談だよ」

くすっと笑う理耶。控えめに笑むその様は、清廉な浴衣姿とも相俟《あいま》って思わず息を呑《の》むほど可憐《かれん》に映えた。端的に言えば僕は、踊り子の舞よりもむしろ彼女の姿にこそ改めて見蕩れてしまったのだった。なんだか悔しい僕だった。

と、桃山《ももやま》村長が申し訳なさそうに口を開く。

「さて落とし舞の途中ですが申し訳ない。一応は村長を任されている身として祭りの運営関係で色々としなきゃならんことがありましてな。一旦ここいらで失礼させていただきます。それでは皆さん、引き続き業落としを楽しんでいってください」

ぺこりと頭を下げた桃山村長は忙《せわ》しない素振りで祭り客たちの中へと消えていった。村長ともなればじっくり舞を眺める暇もないようだ。

なんて考えているうちに踊り子の舞が終演を迎える。再び舞台中央へと舞い戻った付き添い役の山岡《やまおか》氏が、踊り終えた魚里《うおさと》さんの手を取ってゆっくりを櫓《やぐら》を降りていった。

地表へと舞い降りたふたりは、そのまま厳かな足取りで会場の中を歩いていき、観客たちに見守られながらやがては役場の裏手にある真っ暗な森の入り口へと向かっていく。

頑張れよーなどの声援が飛び交う中、僕は昨日の桃山村長の話を思い出す。広場での舞を終えた踊り子と付き添い役のふたりは、今度は山の上にあるオウガ様の祠《ほこら》の前で改めて舞を奉納するのだ。

山岡雄馬《やまおかゆうま》氏が左手に懐中電灯を手にし、若い男女はやや緊張した面持ちで手を握り合ったまま夜の山道へと吸い込まれていった。役場庁舎に据えつけられた時計に目をやると、会場の明かりに照らされたそれはちょうど午後八時を指していた。

しばらくは暗闇に向かって応援を送り続けていた島民たちも、次第に立ち並ぶ出店や友人たちとの会話へと意識を戻していく。そう経《た》たないうちに、広場にはがやがやとした祭り本来の喧騒じみた活気が舞い戻った。

やがて理耶《りや》も僕たちの方へと目を向ける。

「それじゃ私たちもお祭りを楽しむとしようか」

「おー、イリスお祭り楽しんじゃうかもー」

僕と繋《つな》いでいない左手の方をぐいっと突き上げて奮い立つイリスに続き、ほかのみんなも各々に同意を示し、僕たちは広場をぐるっと練り歩くことにした。

改めて見てみると、会場内には食べ物以外にも祭りならではの出店がいくつも出店していた。くじ引きに射的に輪投げに金魚すくい、ほかにもヨーヨーすくいやスーパーボールすくいといったいわゆるゲーム的なやつである。

「イリス射的がやりたいかも！」

と熱望した幼女に従ってまずは射的に挑戦。しかし当たり前だがイリスは目隠しをしているわけで。

「イリスのするどい第六感が脳内にささやきかけるかも……ここだあーかもー！」

「あだっ」

外れ。

「ここかもー！」

「いだっ」

また外れ。

「ここかもー！」

「うだっ。もうなんで全部わたしのおでこを襲ってくるのお～……！　おでこは痛いしおかげで狙いも定められないし、これじゃ景品ゲットできずにお終《しま》いだあ～……！」

目隠し幼女の射撃では、当然のごとく的を射貫《いぬ》くことはできないのである。さらに何故《なぜ》か適当な方向へ射出されたイリスの弾丸は、奇跡的な跳弾によって一生懸命に景品を狙うゆゆさんの額にことごとく着弾を果たすのだった。

そんな哀れなお治し魔法少女ナースさん（浴衣姿モード）が赤くなった自分のおでこを「うう、痛いの痛いの飛んでいけー……」とさするその隣で、真剣な眼差《まなざ》しでライフルを構える少女がふたり。理耶と雨名《うな》である。

「本格的名探偵たる者、銃の扱いには長《た》けていなくちゃね」

片目を瞑《つぶ》って狙いを定めた理耶が引き金を引く。すると放たれた銃弾はチョコレート菓子の箱に直撃して見事に倒してみせた。それからも理耶《りや》は、計五発の持ち弾すべてをお菓子に命中させてたくさんのお菓子を獲得したのだった。

「おおやるなあ」

と感心していると、次は雨名《うな》が射撃の態勢に入る。

「頑張って、雨名」

後ろで見守る姫咲《きさき》先輩が声援を送ると、心なしか無感情だったサファイア色の双眸《そうぼう》に闘志が宿ったように見えた。

「かしこまりました、お嬢様」

銃口が標的へと向けられる。射線の先には、おそらく一番の重量級景品であろう鬼のぬいぐるみ。

「お嬢様の専属メイドとして恥ずかしくない結果をお見せしてみせやがりますです」

それから雨名は、目にも留まらぬ早業で五発の銃弾を連射する。立て続けにぬいぐるみへと着弾した五連弾は、最後は標的に天を仰がせた。

「素晴らしいわ雨名。流石《さすが》ね」

姫咲先輩がぱちぱちと賞賛の拍手を送るも、雨名は表情を緩めることなく「お嬢様の専属メイドですから、これくらい当然でやがりますです」と頭を下げるのだった。

それから雨名はぬいぐるみを受け取ると、おもむろにイリスのもとに歩み寄ってそれを差し出した。

「イリス様、よければこちらのぬいぐるみをどうぞ」

「え、イリスにくれるかも？　うわーい、ありがとうかも雨名お姉ちゃんー！」

満面の笑みで喜ぶイリス。ついでに理耶からお菓子もプレゼントしてもらい、自身はゆゆさんのおでこに銃弾をぶつけまくっただけで数多《あまた》の景品を手にすることに成功したお姫様な幼女であった。

「さて次はどうするか」

「イリス、つぎはわなげがやりたいかもー！」

「輪投げも目隠ししてたんじゃ難しいだろうけど、まあそれを言ったら難しいことだらけになっちゃうし、それじゃそうするか」

「わーいかもー」

というわけで次なる目的地に向かおうとしたところで、不意に人混みの向こうにちらと映った人影が気にかかる。

「桃山《ももやま》村長……？」

目を凝らしてみると、それは確かに桃山村長の後ろ姿だった。人目を盗むようにこっそりと、何故《なぜ》か山頂の祠《ほこら》へと続く裏手の道へと向かっていくのである。わずかに視線をずらして庁舎の時計を見てみると、時刻は午後八時二十分だった。

どうしてあんなにこそこそと山道に入っていくんだ……？

闇に消えていく桃山《ももやま》村長の背中に怪訝《けげん》な眼差《まなざ》しを送り続けていると、くいくいとイリスが僕の右手を引く。

「ねえお兄ちゃんどうしたかもー？　はやくわなげ行こうかもー」

「あ、ああごめんイリス」

我に返る僕。それ以上考えることをやめて、僕はイリスに手を引かれるままみんなの輪の中に戻った。

その後は輪投げに興じたり、ヨーヨーすくいに興じたりしてお祭りを楽しんだ。特に輪投げではまたもやイリスの投げ放った輪っかがことごとく跳ね返ってはゆゆさんを直撃し、ネガティブナースさんはそのたびに己の不運を呪って絶望するのであった。

ちなみに輪投げで遊んでいた際——時刻は午後八時三十分を過ぎた頃、山頂の祠《ほこら》から山《やま》岡雄馬《おかゆうま》氏と魚里佳苗《うおさとかなえ》さんが無事に帰還して島民たちの歓声に迎え入れられた。桃山村長は一緒じゃなかった。ふたりは道の途中で桃山村長とすれ違ったのだろうか？

出店回りを続けていると、くじ引きの列に並んでいるところになにやら困った様子の三《み》十路《そじ》前後と思《おぼ》しき男性がやってきて店のおじさんに話しかけた。

「すいません米原《よねはら》さん。村長見なかったですか？」

「おう内木《うちき》。桃山さんかい？」

「ええ。もうあと十五分も経《た》ったら九時になるってのに、さっきからずっと見つからなくて。それどころか電話も繫《つな》がらないんですよ」

「マジか。うーん、そういえば俺も見てない気がするなあ。まあ俺の場合はずっとここにいるからってのもあるけどさ」

「そうですか……。ほかのみんなも見たりしてないですか？」

壮年の男性──内木さんがお客さんたちにも訊《たず》ねる。お客さんもみんな顔見知りというわけだ。……しかし誰もが口を揃《そろ》えて「見てない。知らない」と言うばかりだった。

「桃山さん、落とし舞が始まってしばらくはわたくしたちと一緒におられましたけれど、それからどちらに向かわれたんでしょうね」

頰《ほお》に手を当てながら首を傾《かし》げる姫咲《きさき》先輩。僕は進み出て内木さんに声をかけた。

「あの、桃山村長なら祠に続く裏手の道に入っていくのを見ましたよ」

「え、本当ですか？　それはいつ頃ですか？」

「確か八時二十分頃だったと思います」言いながら僕はスマホで時間を確かめる。「今が八時四十七分ですから、約三十分弱前ですね」

「そんな時間にどうして村長は祠になんか……」

腕を組んで考え込む内木さんだったが、やがてはっとしたように目を見開く。

「そうだ、その時間だったら雄馬と佳苗ちゃんが村長とすれ違ってるんじゃないか？」

内木《うちき》さんは「誰かー！　雄馬《ゆうま》と佳苗《かなえ》ちゃんを呼んでくれませんかー！」と声を張り上げる。やがて人波を掻《か》き分けてふたりの若者が姿を見せた。

「どうしたんですか内木さん」不思議そうな顔をして歩いてくる山岡《やまおか》雄馬氏。

「なにかあったんですか？」魚里《うおさと》佳苗さんもまた、やや心配げな表情をしつつ山岡氏の隣を歩いてくる。

「ああふたりとも。お前らが祠《ほこら》から帰ってくるときさ、村長とすれ違わなかったか？」

内木さんが問うと、山岡氏と魚里さんのふたりは互いに顔を見合わせて首を捻《ひね》った。

「桃山《ももやま》村長ですか？　いえ見ませんでしたけど……」

「ええ。わたしたちは祠からこの広場に戻ってくるあいだ、桃山村長にもですし、ほかの誰にだって会ってないですよ」魚里さんが補足する。

「なに、それは本当か？　でもお前たちは八時半頃にはこっちに戻ってきてたよな？」

「ええまあ」と頷《うなず》く山岡氏。

「ここを八時に出ましたし、祠に着いたのが八時十分頃だったはずです。それから舞を奉納するのにかかる時間が十分くらいですから、向こうを再出発したのはきっと八時二十分頃だったと思います。だとしたら八時三十分頃にこっちに戻ってくるのは不思議でもなんでもないでしょう？」

魚里さんの説明。

「いやまあそうなんだが……」

と予想外の返答に狼狽《ろうばい》しつつ、内木さんは眉間にしわを寄せる。

「時間的に道の途中ですれ違わないのはおかしいんだけどな……あの、本当に山に入っていく村長を見たんですか？」

僕に疑いの眼差《まなざ》しを向け始める内木さんだがそれもやむなしだろう。間違いなく事実なんだけど、はてさてどうやって信用してもらえばいいのやら……。

と、そこで助け船を出してくれたのはほかでもない姫咲《きさき》先輩だった。

「幸太《こうた》さんのおっしゃることは本当ですわ。幸太さんは嘘《うそ》をつくような方ではありませんから。このわたくしが保証いたしますわ」

「あ、あなたは……？」と相変わらず怪訝《けげん》な目つきで姫咲先輩を見やる内田さん。

「わたくしは万桜花《よろずおうか》姫咲ですわ」

「万桜花……？」ぼそりと呟《つぶや》いた途端、内田さんは瞠目《どうもく》した。「あ、あなたが万桜花のお嬢さんですか！　いや確かに久しぶりに万桜花のお方が島に来られてるって村長が言ってましたけど、まさかあなたでしたか……」

「その通りでやがりますです。このお方こそが、桜鬼邸《おうきてい》をお建てになった万桜花万石《ばんじゃく》様の玄孫《やしゃご》様で次期万桜花家当主にあらせられます万桜花姫咲お嬢様でございますです」

雨名《うな》の説明を聞いた人々が「おおー……」と一斉に感嘆の息を漏らす。「大きくなられたなあ」とか「美しく成長なされた」とか、そんな感想に混じって「万石様《ばんじやく》といえばこの横臥島《おうがしま》に大変ようしてくれたお方やけえ、その血筋のお嬢様となりゃあ絶対に善いお方だし、そのお知り合いさんも同じことやでえ」といった呟《つぶや》きなんかも聞こえた。

そんな声が聞こえたのか聞こえていないのか、いずれにせよ内木《うちき》さんは、

「これは大変失礼しました、あなたのおっしゃることは全面的に信じます」

と言って僕に頭を下げるのだった。いやはや万桜花家《よろずおうか》の力はこんな遠く離れた小さな島でも絶大な影響力を誇るのだ。万桜花家万歳。姫咲《きさき》先輩万歳。

さてそれはともかくとして、僕の言葉を信用してくれた内木さんはいよいよ居ても立ってもいられなくなったようだった。

「そうとなればこれは不思議なことです。とりあえず今から自分、オウガ様の祠《ほこら》に行ってきます。裏手の道に入っていったっていうのなら祠にいるのは間違いないでしょうし」

そう残して内木さんは一目散に祠へと続く山道に向かって走っていった。あまりに行動に移るのが早かったため、誰もついていくことができなかった。

「ふむ」と顎に手を当ててなにやら思案する理耶《りや》。「忽然《こつぜん》と夜の山道に姿を消した桃山《ももやま》村長。しかし踊り子と付き添い役は祠からの帰りの道中、村長はおろか誰ともすれ違わなかったという。一体なにが目的で村長は山道に入ったのか。そして何故《なぜ》、踊り子たちは村長とすれ違わなかったのか。……これは本格的に興味深い謎かもしれないねえ」

凛《りん》とした目つきの奥に輝く大きな瞳に、滾《たぎ》るような紅蓮《ぐれん》の好奇心がたちまち宿る。この不可思議な状況に、理耶が強く関心を抱き始めている。そしてそれは同時に、ずっと僕の中でさざめいていた小波を烈風に巻き込んで荒波に変えていくのである。

おいおい頼むよ。今回はゆったりまったり休暇を楽しむために来てるんですよ……？

どうか嵐になる前に落ち着いてくれと願ううち、そんな僕の祈りを断ち切るように、近くにいた若い男性のスマホが着信音を鳴らした。一瞬自分のかと思ってスマホに目をやると午後八時五十八分だった。

「内木からだ！」

どうやら内木さんの友人だったらしい。その男性はスマホを耳に当てた。

「外水《そとみず》だけど、どうだった？」

内木さんと同年代らしき友人——外水さんは電話の向こうの声に耳を傾ける。その後うんうんと頷《うなず》く動作を何度か繰り返したかと思うと、唐突に飛び出さんばかりの勢いで目を丸くして大声で叫んだ。

「なんだって⁉」

そのあまりの驚きようにただならぬ雰囲気を感じ取り、周囲の祭り客や僕たち『本格の研究《スタディ・イン・パズラー》』メンバー一同に緊張が走る。ただひとり、毅然《きぜん》と目を細める推川《おしかわ》理耶を除いては。

「……分かった。俺たちもすぐにそっちに向かう」

最後にそう言って通話を終える外水《そとみず》さん。

「内木《うちき》さんからの連絡はどういったものでしたか、外水さん」すかさず理耶《りや》は呆然《ぼうぜん》とした様子の男性に問うた。「ひょっとして、桃山《ももやま》村長の身になにかありましたか」

訊《たず》ねられた外水さんは我に返ると曖昧ながらに首を横に振る。

「あ、いえ……それが、祠《ほこら》に村長の姿は見当たらないようなんですが、なんというか、祠自体が大変なことになっているらしくて……」

祠が大変なことに……？　どういうことだ？

「どういうことです？」理耶が質問を重ねる。

すると外水さんは混乱した様子のまま、自分の言葉に自信を持てないといったような顔つきでこう告げた。

「それが、その……祠がぐちゃぐちゃに壊されてて、しかもオ、オウガ様が目を覚まし、い、いてるって内木が言うんです」

それは、確かにすんなりと飲み込むにはあまりに信じがたい言葉だった。

「オウガ様が……目を覚ましてる……？」

我知らず外水さんの言葉を繰り返してしまう僕。処理に手間取る脳味噌《のうみそ》を必死に稼働させる僕の隣で、しかしかの自称・本格的名探偵様は、たちまち真紅の双眸《そうぼう》に秘めた好奇と探求の炎を爆発させる。

「本格的に面白い——！　さあ行こう幸太《こうた》くん。そしてみんなも。これは間違いなく私たち『本格の研究《スタディ・イン・パズラー》』の出番だよ！」

「あ！　おい理耶！　待てよ！」

浴衣が崩れるのもなんのその、猛然と駆け出した理耶を懸命に追う。途中で振り返るとほかのみんなは少し後ろを走っていた。イリスは雨名《うな》が背負《せお》ってくれていた。

真っ暗な山道に突入しても理耶はスピードを緩めなかった。スマホのライトを懐中電灯代わりにして、ぐんぐんと道を突き進んでいくのである。見た目は華奢《きゃしゃ》な女の子なのに一体どこにそんな体力を隠しているのやら。

「理耶！　待てって理耶！」

「待たないよ幸太くん！　待ってたら謎に逃げられちゃうかもでしょ！」

いや謎は生き物じゃないし逃げないだろ……！

「なにを言ってるのさ、謎は生き物だよ！　だから幸太くんのことは待ってあげられないの！　だから幸太くんが私に追いついて！　あ、うふふ、ほら追いついてごらん？」

「待て待てぇ〜あはは、じゃないんだよ！　ここは昼間の海辺じゃないから！　鬱蒼《うっそう》とした夜の山道だよ！」

なんてくだらない応酬をしつつ、ついに視界の左右を覆っていた木々が姿を消し、目の前には月夜に照らされた空間が広がった。山頂に到着したのだ。

「はあ……はあ……やっと着いた……！」

理耶《りや》の底知れぬ体力に恐《おそ》れ戦《おのの》きつつ、実は自分が体力不足なだけか？　と情けない気持ちにも浸りつつ、僕は両膝に手をついて何度も酸素を貪った。やがて幾分呼吸が落ち着き顔を上げると、目の前にはじっと前方を見つめる理耶の後ろ姿があった。

僕の視線を感じたのか、理耶がゆっくりと振り返る。その顔には緊張に満ちた微笑がたたえられていた。

「見てごらんよ幸太《こうた》くん。オウガ様が目を覚ましてる」

そして横に体をずらした彼女の向こうに見えたのは、月夜の下、面影もないほど破壊された祠《ほこら》の残骸と、祠があった場所に穿《うが》たれた鼠径《そけい》部まで入りそうなくらいに深い穴、そして――その傍らに自らの両足で大地を踏みしめ屹立する大鬼の像の姿だった。

「オウガ様が……立ち上がってる……！」

それはまさしく、永き眠りに就いていた伝説の鬼――オウガ様が目を覚まして再び立ち上がったかのようだった。

呆然《ぼうぜん》と直立する鬼の木像を見つめていると、後を追ってきた姫咲《きさき》先輩たちが山頂に到着する。姫咲先輩と雨名《うな》は平然としていたけれど、ゆゆさんは「し、死んじゃうぅ……」と汗だくでへとへとになっていた。

屹立《きつりつ》する鬼の像に目線を向けた姫咲先輩が、やや瞠目《どうもく》しつつも平静を保った語調で言う。

「これは……。オウガ様が目を覚ましているという言葉は、この状況を指していたのですね。どうしてオウガ様の像が立ち上がっているのでしょうか。それに祠の損壊もひどい……これはまるで」

「まるでオウガ様が暴れ回って祠を破壊したかのようでやがりますですね」

「おー、鬼さんが目を覚ましてぷんすかしちゃったかもー？」

目隠し幼女が雨名の背中で声を上げる中、姫咲先輩は頷《うなず》く。そしてそれは僕や理耶とて同じだった。三方を囲んでいた朽ちかけの茶色い木材がことごとく砕けて散乱する様は、眼前の大鬼が怒り狂いながら右手の金棒を振り回して祠を破壊する光景を想起させた。

そこに山頂でひとり待っていた内木《うちき》さんが歩み寄ってくる。

「あなたたちが来てくれたんですか……、ええ、その通りですよ。自分もそうとしか思えません、目を覚ましたオウガ様が祠をバラバラに壊してしまったんだ……！」

わずかに震えた声音でそう話す内木さんの表情は見て分かるほど恐怖に歪《ゆが》んでいた。横《おう》臥島《がしま》の住民にとっては、不可解な状況であること以上に、伝承の人喰《ひとく》い鬼が復活したように思えて怖《おそ》ろしいのかもしれない。

しかしそんな内木さんよりも顔面を蒼白《そうはく》にして戦慄の表情をかたどったのは、ほかでもない我らが医務担当助手のナースさんだった。

「ね、ねえ幸太《こうた》くん、あれってもしかして……血……？　ひょえあぁぁあぁあ……」

「ゆ、ゆゆさん大丈夫ですか」

オウガ様の像を指差したかと思ったらへなへなと脱力するゆゆさんを咄嗟《とっさ》に抱き留める。

失神した彼女を「大丈夫かいゆゆちゃん」と案じつつ、続けざまに「幸太くん、しばらく彼女を看病してあげて」と僕に指示した理耶《りや》は、泰然とした足取りで鬼の像へと歩み寄り、ぬっと顔を近づけてまじまじとそれを見つめた。

やがて理耶が呟《つぶや》く。

「本当だ、血がついてる」

彼女が目を留めたのは金棒の先端部分だった。上向きに握られた金棒――といっても一体物の木像なので当然金棒も木製だが――の先っぽの部分、いくつもの棘《とげ》がごろごろと生えた箇所に、黒々とした艶を放つ血痕がべっとりとくっついていたのである。

そしてそれはもはや、この異常な現象に潜む事件性を確定づけるものだった。

「それで内木《うちき》さん、桃山《ももやま》村長の姿は？」

さながら名探偵然とした雰囲気を漂わせて理耶が問う。まずい、完全にやる気スイッチが入ってしまっている……。

訊《たず》ねられた内木さんは戸惑った様子でわたわたと手振りしながら答える。

「えっと、それがどこにも村長の姿が見当たらなくて……」内木さんはほとんど悲鳴に近い声で言った「も、もしかしてオウガ様に食べられてしまったんでしょうか……？」

「いやそれはあり得ませんよ」

理耶の言う通りだ。流石《さすが》にそれはあり得ない。

「だってオウガ様の口には血がついてませんから」

いやそういうことじゃないんだけどね！

「とにかく！」僕はその場の空気を引き締めるように声を割り込ませた。「ひとまず桃山村長を探しましょう。血痕が見つかっている以上、きっとただごとじゃありませんよ」

「幸太さんのおっしゃる通りですわ。祠《ほこら》のことやオウガ様のことも不可解ではありますけれど、まずは桃山さんを見つけるのが先決です」

僕の意見に姫咲《きさき》先輩が加勢してくれたところに、ちょうど何人かの島民（その中には外水《そとみず》さんもいた）が役場裏からの山道を抜けて現れた。

目の前に広がった光景を目の当たりにした彼らは一様に恐怖を顔に滲《にじ》ませたが、桃山村長の姿が見えないと知るや「みんなで桃山村長を探そう！」と一斉に我を取り戻した。

「俺は階段を下ってみるよ！」

「それじゃ俺は茂みの中を探してみるか……！」

「なら俺はあっちの方の茂みを探してみるよ！　血が見つかってるってんなら野生の動物

に襲われた可能性もあるかもしれない！」

「確かにそうだ！　なら俺は向こうの茂みを探してみるわ！」

「だったら俺はあっちの方を！」

そして島の中年男性五人が、桃山《ももやま》村長を探すべく散り散りに駆け出していった。

「わたくしも彼らについて茂みの中を探してみますわ」そう言って身を翻す姫咲《きさき》先輩。

「それではボクもご一緒しやがりますです、お嬢様」

「イリスも行くかもー！　おー」

当然いかなる場所へも姫咲先輩にお供する専属メイドの雨名《うな》と、そんな彼女に背負《せお》われたイリスも一緒に、三人は木々の闇へと突入していった。

人が散り静寂と化した祠《ほこら》跡地にて、直立するオウガ様に嫌な威圧感を覚えつつゆゆさんを抱く僕と、その傍らに真剣な眼差《まなざ》しで黙して立つ自称・本格的名探偵の少女。

やがて彼女は、辛うじて僕に聞こえるくらいに小さな声で独りごちるように言った。

「やっぱり私たちには、ありきたりな青春の一ページは似合わなかったみたいだね」

「……どういうことさ」

理解していながらそう問うと、ただひたすらに、そしてただいたずらに真実を求める真紅の双眸《そうぼう》が僕を射た。

「我々『本格の研究《スタディ・イン・パズラー》』を、そしてこの私——本格的名探偵・推川理耶《おしかわりや》を前にして、不可解な謎というものは本格的に姿を見せずにはいられないっていうことさ」

僕の胸中で可愛《かわい》らしい飛沫《しぶき》を上げていたはずのさざ波は、既に諦めるほかないレベルの嵐へと変貌を遂げて、今では遠慮の欠片《かけら》もなく荒れ狂ってしまっていた。

それでも一縷《いちる》の望みに縋《すが》って、僕は彼女に反論せずにはいられない。

「……別に、まだ大した事件でもない可能性だってあるだろ」

「それは本気で言ってるのかい幸太《こうた》くん？」

僕は言い返せない。

……ああそうさ。分かってるよ。分かってる。そんな可能性を信じる方が論理的でないってくらいに状況は確定的だって、分かってるよ僕だって。内心ではもう、諸手《もろて》を挙げて降参の意思を示してしまっているんだ。

やがて、まるで自分自身に言い聞かせるかのように理耶は言葉を紡ぐ。

「私はもう覚悟をしているよ」

そしてそんな彼女の覚悟に応えるように。

——約十分後、一千段の階段を下った先、港の道端にて、殴殺された桃山村長の遺体が発見されたのだった。

【8】本格的捜査パート

時刻は午後十時を回った——正確にいえば午後十時十五分である。

僕たち『本格の研究《スタディ・イン・パズラー》』一同（いまだ山頂で気を失っているゆゆさんを除く。ちなみに追加で山頂に来た島民の女性陣に任せてある）は、警察官、医師、内木《うちき》さん、外水《そとみず》さん、そのほか村長捜索を手伝ってくれた男性陣五名とで歪《いびつ》な輪を成すようにして、一千段の階段を下った先で物言わぬ人形と成り果てた桃山《ももやま》村長を目の当たりにしていた。

階段を下りきったすぐの場所、港と村を繋《つな》ぐ一本道にて、約十メートルの道幅の真ん中ほどに桃山村長は横たわっていた。

観察を試みようとして、思わず顔を背けてしまう。ついさっきまで会話を交わしていた相手が非業の死を遂げている事実を、僕はすんなりと直視することができなかった。視線を逸《そ》らした先、道沿いに設けられた落下防止の柵の向こうでは、漆黒の波が揺れていた。

意を決し、再び桃山村長の死体へと目を戻す。衣服が土埃《つちぼこり》に汚れ、全身の至る箇所に擦り傷があるのは犯人と揉《も》み合ったからだろうか？　加えて白髪頭は裂けた頭頂部から溢《あふ》れ出した血液で赤黒く染まっていた。最終的に鈍器かなにかで頭を殴られて殺されたことは一目瞭然だった。

「死因は間違いなく脳天に受けた一撃じゃな。ほらここを見てみい。見事に頭蓋骨が砕けてしまっておる。こりゃあほとんど殴られた瞬間にお陀仏《だぶつ》だったじゃろうて」

猿のようにしゃがみ込んで念入りに遺体の状態を確認していた横臥島《おうがしま》の老医師、猿渡金三《さるわたりきんぞう》氏が分かりきった事実を改めて周知する。

知らせを受けて飛んできた男郷《だんごう》さんは、猿渡医師の言葉に一応丁寧に頷《うなず》きつつも焦燥気味に訊《たず》ねた。

「それで猿渡先生、死亡推定時刻とやらはいつ頃になりますかな」

やはりそれが気になるらしい。今もこの場に佇《たたず》む第一発見者の男性——山手司《やまてつかさ》氏が桃山村長の遺体を発見したのは午後九時三十分頃だった。その時点で死後どのくらい経過していたのかが分かれば、今後の事件捜査には大いに役立つことだろう。

そして大体の殺人事件は死亡推定時刻の特定から一歩を踏み出す。それがミステリ小説ではお決まりの流れである。

……ところが猿渡医師はこう言った。

「よう分からんわい」

「分からんのですか」

驚きと失望を顕《あら》わにする男郷さんを猿渡医師は渋い顔で睨《にら》む。

「外目にぱっと見ただけで分かるわけがなかろう。まあ体表面の温度感や死体硬直、および死斑の様子から推察するに死後少なくとも一時間は経《た》った程度、といったところじゃろうな。しかしそれもあくまで憶測。そこまで当てになるもんではない」

やはり現実はフィクションとは違うらしい。けど死後一時間以上か……とすると桃山《ももやま》村長は少なくとも午後九時十五分以前に殺害されたことになる。桃山村長の生きている姿が最後に確認されたのは僕が目撃した午後八時二十分頃だから、犯行時刻はそのあいだの時間となるわけだ。

発見時刻から十五分は犯行推定時刻の範囲を縮められたことになるけれど、それでももっと絞れたらな……。

そんなことを考えていると不意に理耶《りや》が口を開いた。

「桃山村長が亡くなった時刻は、おそらく具体的に特定することができます」

唐突なその宣言にみんなが目を丸くする。もちろん僕も驚きを隠せない。

「本当ですかなお嬢さん」

半ば疑い交じりに訊《たず》ねる男郷《だんごう》さんに、理耶は「ええ」と探偵らしく鷹揚《おうよう》に返す。

「しかしどうやって……」

なおも信じきれない様子の警察官。すると理耶はおもむろに懐から取り出した手袋を装着し（何故《なぜ》に持ち歩いていたんだ）、桃山村長の遺体へと歩み寄った。

そしてしゃがみ込んだ理耶は遺体の左手首を指し示す。そこにはめられているのはスマートな外観をしたデジタル式の腕時計だった。

「これですよ。この比較的新しいモデルの腕時計には、装着者の心拍数の履歴《ログ》を取る機能が備わっているんです」

なるほどそういうことか。履歴を確認すれば心拍数が途絶した時刻が分かる。そこがつまり、桃山村長が息絶えた瞬間というわけだな。

「流石《さすが》は私の助手だね幸太《こうた》くん。その通りだよ」

それから理耶は男郷さんに許可を取って桃山村長の腕時計をしばし操作した。最初は渋った男郷さんだったが、いつものように姫咲《きさき》先輩が話をつけてくれたのだった。おかげで堂々と事件捜査に介入できるようになってしまった自称・本格的名探偵様である。

「分かりました」やがて遺体の左腕をそっと地面に置きながら理耶は言った。「桃山村長が亡くなったのは午後八時五十一分です」

理耶の隣に屈《かが》み込んで画面を見てみると、彼女の言葉通り、腕時計に記録されていた心拍数の推移は午後八時五十一分で唐突に途切れていた。まあ、突き詰めて考えれば犯人による工作の可能性もないではないが……。

「いやそれはないよ」理耶の断言。

「どうしてそう言い切れるのさ」

問うと、理耶は腕時計のベルト部分を指し示す。

「ここを見て幸太くん。触れないよう注意を払っていた場所なんだけど、ほら、ここに血がついてるでしょ」

目を凝らしてみると、飛び散った液体がべちゃっとついたような血痕が、手首部分の皮膚とベルトとにまたがって付着していた。

「おそらく殴られたときに咄嗟《とっさ》に頭を庇《かば》おうとしてついたんだろうけどね、とまあそれはともかく、この血痕は手首手前の皮膚から時計のベルトにかけてひと続きになっているわけだ。それが一体なにを示すのか、君なら分かるよね幸太《こうた》くん？」

「……まさに殺害の瞬間、桃山《ももやま》村長は間違いなく腕時計をはめてたってことか」

「いかにも。だから死亡時刻は午後八時五十一分で確定なんだよ」

相変わらず観察力には目を見張るものがある探偵少女だ。今の推論には文句のつけようもない。これが最後まで持続してくれれば最高なんだけどな。

「だったら八時五十一分にこの場所で桃山さんを殺せたもんが犯人というわけですな」

勝機を見いだしたような顔をかたどり、男郷《だんごう》さんは捜査の主導権を奪還しにかかる。

「犯行時刻にこの場にいることができた者は一体誰か、それを考えていくとしましょう」

さも数多《あまた》の難事件を解決に導いてきた敏腕刑事のような態度で男郷さんは続ける。

「まず前提として言えることは、島の人間はほぼ全員が業落としのために広場に集まっており、そうでない者も村の中におったということです」

「それは確かなのですか男郷さん」

姫咲《きさき》先輩が問うと男郷さんはしっかりと頷《うなず》いた。

「ええ。業落としは島きっての大行事ですからな。基本的に全員が参加するのです。村はさらに複数の地区に分けられておるんですが、各地区長はちゃんと自分の地区の者たちが全員参加しとるか――要するに広場に来ておるかを確認するわけです。一部の参加せん人間たちは病気や怪我《けが》で動けん者たちです」

「なるほど」理耶《りや》は顋に手を当てて思案する。「ですが男郷さん、その不参加者のうち誰かが仮病で、密《ひそ》かに村を抜け海沿いの道を通ってここまで来ることは可能では？」

「それはありませんなあ。村の人間は皆が顔馴染《かおなじ》みですからな、互いのことが筒抜けなんです。なので仮病でないことは確かですよ。嘘《うそ》なんかついてもすぐにバレてしまいます」

村社会ってこわい。などと戦慄していると「それに」と男郷さんが続ける。

「病気や怪我を理由に業落としに参加せんかった者が広場を抜けて上の道を使うことはできませんし、加えて下の道を使って村を抜けることだってできませんからな」

確かに役場裏手の山道を使って祠《ほこら》経由で犯行現場に向かうことは不可能だろう。なんせ業落とし参加を見送ったはずの人間がのこのこと広場に姿を見せるわけにはいかない。

でも下の道も使えないとはどういうことだ……。

「そうか」やがて僕は気がついた。「村の入り口には駐在所がある。しかも中では男郷さんが仕事をしていました。仮に下の道を使ってここへ来ようとした場合、男郷さんの目を避けては通れなかったわけですね」

「その通りです。私はずっと駐在所におりましたが、目の前を通って村を出ていった人間はおりませんでした。さらに言うと駐在所には監視カメラが設置されておりましてな。私が建物の外に出ていないこと、つまり私自身のアリバイも証明できますよ」

「だとすれば」姫咲《きさき》先輩が口を開く。「犯人はやはり上の道――すなわち役場裏手の山道を通って祠《ほこら》に向かい、そこから先ほどわたくしたちが下ってきたのと同様に約一千段の階段を下ってこの場所に来た、ということになりますわね」

「うん。現状、姫咲ちゃんの仮説が有力だね」

理耶《りや》は姫咲先輩の意見に満足げに頷《うなず》き、そして続ける。

「でもそうなると少し話がややこしくなってくる」

ややこしく？　それはどういう意味だ。

「時間だよ幸太《こうた》くん」と理耶は右の人差し指を立てながら言った。「桃山《ももやま》村長は午後八時五十一分にここで殺害された。つまりその時刻に犯人はこの場にいたわけだ。そして遺体発見時、現場に犯人の姿がなかったことから犯人はどこかに逃げ去ったと考えられるけれど、下の道を使って村に戻ることができなかった以上、犯人は再び一千段の階段を上って山頂に向かったと推定される。ねえ、ここで昨日私たちが階段を上ったときのことを考えてみてよ幸太くん。昨日、階段を上り始めてから山頂に到着するまでにどれくらいの時間がかかったかな」

　僕は昨日の日中、汗だくになりながら階段を踏みしめたときのことを思い起こす。

「えっと、確か二十分くらいだったかな」

「そう。約二十分だった。仮に急いで上ったとしても、余程のスポーツマンでもない限り十分程度はかかるはずだよ。要するに八時五十一分にこの場で犯行を為《な》した後、山頂に着くのは午後九時だったはずなんだ。でもそうすると不可解な点が出てくる」

　僕はようやく理耶の言わんとすることを理解した。

「そのとき、山頂には既に内木《うちき》さんがいたわけか」

「ぼ、僕ですか……？」

　びくっと肩を震わせる内木さん。

　そんな彼に理耶は「大丈夫ですよ内木さん。あなたを疑おうというんじゃありません」と落ち着かせるように声をかけつつ続けた。

「よく思い出してほしいんですが、あなたが祠に到着して以降、誰かが階段を上ってきたりしましたか？」

　内木さんは首を横に振った。

「い、いえ……誰も上ってきたりはしませんでした」

　誰も階段を上ってこなかった……。

「ありがとうございます」内木《うちき》さんにお礼を言い、理耶《りや》は真紅の双眸《そうぼう》を僕に向ける。「そうなるといよいよ本格的に不可解だね、幸太《こうた》くん」

……確かにおかしい。

「ああ。犯人は一体どこに消えたんだ……?」

下の道は使用不可。犯人は上の道を使って行き来したはずなのに、犯行後に階段を上った様子がない。だったら犯人はどこに姿を消したというんだ。

「ひょっとして茂みの中か……?」

「ないとは言いきれない。でも可能性は極めて低いと思うよ。そもそもこんな深夜に山の中に入るのは危険だし、それにここにいる彼らが茂みの中を捜索してくれたけど、犯人はもちろん、人が入り込んだ痕跡も見当たらなかったんだからね」

理耶の言葉に先ほど茂みの中に入った面々——名前はそれぞれ一宮二郎《いちみやじろう》氏・二科三太《にしなさんた》氏、三原四季《みはらしき》氏、四谷五堂《よつやごどう》氏といった——は肯定の意を示した。そうだ、桃山《ももやま》村長の捜索のために茂みの調査も行ったのだ。

「それにさ幸太くん」理耶は一千段の石階段へと目を向けた。「これが一番重要なことだけど、山頂の祠《ほこら》が破壊された目的と、地面に開いた深穴の謎、そしてオウガ様が目を覚ました理由を特定しない限り真実を明らかにすることはできないって、私はそう思うね」

僕ははっとする。そうじゃないか。殺人事件に気を取られて頭から飛んでしまっていたけれど、山頂は山頂で不可解な状況なのだ。原形を留《とど》めないほどに損壊した祠。そこに穿《うが》たれた大きな穴。そして立ち上がったオウガ様の木像。きっとそれはこの事件と無関係じゃない。でもどんな風に関係しているのか、現状ではさっぱり見当もつかない……。

「なあ、桜鬼邸《おうきてい》の使用人たちじゃないか!? きっとそうだ！　あいつらが桃山村長を殺したんだよ！　あいつらなら犯行が可能じゃないか！」

一宮氏がやにわに声を上げた。それを聞いた二科氏も腕を組んで神妙に頷《うなず》く。

「確かに……。桜鬼邸からだったら役場裏手の山道も駐在所前の道も通る必要がない。あの屋敷を出て少し歩けばここに着く。それに殺した後はまた屋敷に戻ればいいだけだ。あのメイドふたりや執事の男の誰かが犯人でもおかしくはない……！」

二科氏の推論を聞いた三原氏は確信した顔つきで声を張り上げる。

「間違いないよ！　あの屋敷の三人のうちの誰かが、いやひょっとすると三人全員で桃山さんを殺したに違いないんだ！　そうと分かれば男郷《だんごう》さん、一刻も早く桜鬼邸に行って三人の身柄を確保しましょう！　それで誰が犯人かを確かめるんだ！」

三原氏に続けて四谷氏も男郷さんに訴える。

「そうしましょう男郷さん！　そもそも島の人間が桃山村長を殺すはずがないんだ。村長はみんなに好かれてた。そんな人を殺すなんて島の外の人間しか考えられないですよ！」

やはり島の住民からすれば外部に犯人を求めたくなるものだろう。ほとんど妄信的な四人の主張は、しかし男郷《だんごう》さんにとってもまた納得するに足るものであるようだった。

「ふむ、皆さんの言う通りかもしれませんな。では早速桜鬼邸《おうきてい》の方に行くとしま——」

「彼らに犯行は不可能ですわ男郷さん」

桜鬼邸の所有者である姫咲《きさき》先輩が制した。

「彼らには不可能、ですとな……？　しかし何故《なぜ》分かるのですかな」男郷さんはどことなく疑うような眼差《まなざ》しを姫咲先輩へと向ける。

けれど姫咲先輩は微塵《みじん》も動じず堂々とした態度を崩さない。そして男郷さんの問いに答えたのは、そんな彼女の傍らに凛《りん》と控える専属メイドの少女だった。

「何故ならば桜鬼邸からこの犯行現場まで赴くためには途中、橋を渡らなければなりやがりませんが、そこに監視カメラが設置されていやがるからです」

雨名《うな》の言葉で僕は思い出した。確かにあの小さな橋は、監視カメラに見守られていてセキュリティ万全の環境だった。

「監視カメラの映像はこのスマートフォンで履歴含めて確認が可能でやがりますです」雨名は印籠のごとくスマホを掲げる。「確認したところ、ボクたちが屋敷を後にして以降、橋を通過した人影はひとつとして映っていやがりませんでした」

「それでは屋敷の三人はこの犯行現場まで来られませんな……」

「はい。さらに言えば、桜鬼邸内の各所にも防犯用のカメラが設置されていやがりますですが、犯行時刻には三人ともちゃんと邸内の映像に姿が映っていることを確認済みでやがりますです。ですのであの三人に桃山《ももやま》村長様の殺害は不可能でやがりますです」

それからちらと僕たちに目を向けた雨名は、「ご安心ください。福寄《ふくよせ》様を始めとしたお客様たちのお部屋にカメラはございやがりませんので」とも言った。

これでハングリィ、ハラワタ、サメザメの三人が殺人犯でないことは確定的になった。

「しかし……それではいよいよ誰が犯人なのか分からなくなってきましたぞ」

先程までの名刑事感はどこへやら、一転、男郷さんは困り果てた顔で呻《うめ》くように嘆く。

ほかの人たちも同じ気持ちのようで、みんなが口を一文字に結んで黙りこくった。

ところがやはりというべきか、例のごとく彼女だけはそうでもないようで。

「果たしてそうでしょうか」理耶《りや》は顎に手を当てて考える仕草を見せつつ言った。「私の頭の中には、徐々に真実が組み上がってきていますよ」

男郷さんや猿渡《さるわたり》医師、そのほか近江氏などを含めた島民たちの驚嘆によってざわめく死体発見現場。もしやこの子は本物の名探偵なのか？　と畏敬じみた眼差しで理耶を見つめる彼らだが、しかし一方で僕の胸中には不安と焦りが加速度的に募っていく。

まずい、理耶が推理を組み上げつつある……。それが犯人を暴き出すのならいいが、でも僕の脳味噌《のうみそ》は既に警報を鳴らしているのだ、これは非常に危険な流れだぞと……！

不意にちらと目をやると、姫咲先輩と目が合った。すると彼女は胸の前で祈るように手を組んでは可憐《かれん》に小首を傾《かし》げて微笑《ほほえ》み、声を出さずに唇を動かす。

『がんばってください、こうたさん』

凄《すさ》まじいプレッシャーである。はい、頑張ります姫咲《きさき》先輩……。

くそっ。考えろ、一体誰が犯人なんだ。一体誰になら桃山《ももやま》村長を殺せた。それにどうして祠《ほこら》は壊された？　どうしてあんな大きな穴が地面に掘られた？　どうして横たわっていたはずのオウガ様の木像が立てられたんだ……！

必死になって頭を働かせるが、事件の真相は柵の向こうに揺れる夜の海がごとき暗黒に深く沈んで輪郭すら見えない。だというのに我らが本格的名探偵は、そんな僕を突き放すように真紅の双眸《そうぼう》に探求の灯火《ともしび》を宿らせては新たな手がかりを発見してみせるのだ。

「ねえ幸太《こうた》くん、桃山村長の右手がなにかを握り締めているみたいだよ」

再び被害者の傍らにしゃがみ込んだ理耶《りや》が固く拳を握った右手を指差す。隣にしゃがんでよく見てみると、確かになにか紙のようなものがわずかにはみ出ていた。続けて彼女は躊躇《ためら》いもなく故人の右手を持ち上げると、そのままぐいっと開いてみせる。

するとそこに握られていたのは、やっぱり紙片だった。本の一ページを破り取ったような黄ばんだ紙が、くしゃくしゃと握り込まれていたのである。

「それは一体なんですかな。一体なんと書いてあるのですかな」

辛抱ならず急《せ》き立《た》てる男郷《だんごう》さん。

理耶は悠然とした手つきで紙片を広げる。

その黴《かび》っぽい古紙には、次のような文言が記されていた。


『王之牙様ガ永キ夢見ヲ終フル時、顔ノ下ヨリ宝打チ出ヅ』


「王之牙《おうのきば》様が永き夢見を終うる時、顔の下より宝打ち出づ……」

無意識に声に出して読み上げる僕。男郷さんたちが「オウノキバ様?」と首を傾げるさなか、理耶は得意げに口の片端を吊《つ》り上げた。

「王之牙《おうのきば》様じゃないよ幸太くん。この名前の正しい読み方は王之牙《おうのが》様さ。そしていつしか『之《の》』の音が抜け落ちた。要するにこれは、この島に伝わる守り神であり同時に怖《おそ》ろしき人喰《ひとく》い鬼でもあった、そして人間に討たれ眠りに就いたオウガ様のことだよ」

王之牙《おうのが》様——王牙様——オウガ様、ということか。

「なるほどオウガ様か。確かに君の言う通りだ。これはきっとオウガ様に違いない」

「うん間違いないね。そしてこれはまさに——本格的に面白い手がかりだ」

理耶が立ち上がる。その泰然とした表情は既に、確信といって差し支えないほどの自信をたたえていた。いや、たたえてしまっていた。

「り、理耶……?」

恐る恐る声をかける僕の言葉も、もはや彼女に聞こえているのか分からない。

「だから桃山《ももやま》村長はひとりで祠《ほこら》に向かったんだ……。だから桃山村長は彼らとの遭遇も避けた……。そしてひとり探しているうちに……邪魔になって……。それが間違いだった……。必死に……。でもあえなく桃山村長は……。そうだ、きっとこれが真実だ」

「おいマジかよ……!?」

僕は戦慄した。どうやら彼女はつくりあげてしまったらしい。彼女にとってたったひとつの真実を示す推理を。ていうか早すぎるでしょ！　なんでこうも推理を構築するのが爆速なんだこの探偵少女は。

理耶《りや》が組み上げた論理。果たしてそれは名推理か、あるいは今度もまた迷推理か。どうあがいても後者にBETせざるを得ない僕ではあるが、しかし悲しいことにまだ仮説を導き出せていない。

僕にはまだ推理を披露できない……。となればここは強硬手段だ！

「頼む、待ってくれ理耶！　まだ推理を披露するのは――」

「さてそうとなれば最後の確認だ！　では皆さん、今から階段を上った先、山頂の崩れた祠前へと集まってください。そこで本格的な推理をお聞かせいたしましょう。それじゃ幸《こう》太《た》くん、それにみんなも後から上ってきてね。私は今からこの階段を全力で上らないといけないから。それじゃ！」

「あっおい！　理耶！　待てって理耶！」

「あらあら……推川《おしかわ》さんったら行ってしまわれましたわ」

一目散に階段を駆け上がっていく理耶。僕の制止も虚《むな》しく、姫咲《きさき》先輩の苦笑に見送られながらあっという間に彼女の姿は小さくなり、ついには夜闇に紛《まぎ》れて見えなくなってしまう。ていうかマジで足が速すぎるだろ！

首を傾《かし》げつつも一千段の直線階段を上り始める男郷《だんごう》さんら島の人たち。そんな彼らの背中を見つめながら、しかし僕はどうにも足が進まない。

「理耶のやつ、一体どんな推理を語るつもりなんだ……。本当に真犯人を突き止められたのかよ……？」

正直に言って嫌な予感しかしない。それでも僕たちは『本格の研究《スタディ・イン・パズラー》』の助手だ。この先なにが待ち受けていようとも、腹を括《くく》って山頂に向かうほかないのだろう。はあ。

「ねえお兄ちゃん」

雨名《うな》の背中に背負《せお》われたイリスが言った。

「理耶お姉ちゃんは推理を考えちゃったかもだけど、それにぜんぶは教えてあげられないかもだけど、今からイリスが本当を見てあげよっか？」

彼女自身が幼く未熟であるがゆえにすべてを語ることはできないその力。

本来ならもっと真相に近づいてから最後の一撃として使うはずだったイリスの異能力

──『真実にいたる眼差し《トゥルーアンサーアイズ》』だけれど、もうここまで状況が進んでしまった今、たとえ推理ができあがっていなくとも頼らない手はない。

「ああイリス。君の力に頼ってもいいか？」

「もちろんかもー！　イリス、お兄ちゃんのために頑張るかも」

ぴょいっと雨名《うな》の背中を降りたイリスは、顔上半分を覆う黒布へと小さな手をかける。

そして彼女は、それを首元へと押し下げた。

「──『真実にいたる眼差し』」

あらゆる真相を見抜く銀の左眼と、いかなる真実をも暴き出す金の右眼が露《あら》わになり、威厳すら感じさせる眼光が煌《きら》めきを放つ。

しばし無言で桃山《ももやま》村長の亡骸《なきがら》を見つめ続けた白髪の幼女は、彼女にしか見えない文字を読むかのようにぽつりぽつりと言葉を紡いでいく。

「……見えたかも。そんちょーさんはいっしょうけんめい穴をほっててね……そしたら怒って、そんちょーさんも怒って……それでそんちょーさんの頭にてつが……鬼さんの棒が当たったのかも……」

「鉄？　鬼の棒？　それってもしかして鬼の金棒のことか？」

問いかけるが、なにかに取り憑《と》かれたようにしてイリスは一方的に語り続ける。

「それでね……鬼さんが立ち上がって……祠《ほこら》がバラバラにこわされちゃって……」

鬼……オウガ様が立ち上がった？　そして祠が破壊された……？

「そんちょーさんはね……き……おっきい……それで下まで行って……でもそこで落ちちゃって……それも海に……」

大きい……？　大きいってなんだ？　落ちる？　海……？

イリスによって断片的に語られる真相はやはり曖昧模糊《あいまいもこ》としていて事件の実像を掴《つか》みづらい。でもそれは確実に正しいのだ。考えろ。彼女の言葉は完全に信頼できる手がかりなんだ。今まで見た事実と照合して、どうにか真実を手繰り寄せろ……！

焦燥のあまり奥歯を噛《か》み締めながらちっぽけな頭脳をフル回転させていると、とうとう限界を迎えたらしいイリスがぺたんとその場にへたり込んだ。

一旦思考を中断し、僕は彼女に駆け寄る。

「大丈夫かイリス」

「ほえ、イリス疲れちゃったかも」眠たげに目をとろんとさせたイリスは、寄りかかるようにして僕の胸に頭を預ける。「ごめんねお兄ちゃん……ちゃんとぜんぶお話しできなくて……」

「いいんだイリス。気にするな。君のトゥルーアンサーアイズのおかげで色んな本当を聞くことができた。きっと僕が推理で事件の真相を突き止めてみせるよ」

「うん、お兄ちゃんならぜったいできるかもだよ」睡魔に襲われながらも儚《はかな》げに笑むイリス。「イリス、信じてる……かもだから……すぅー……すぅー……」

そしてイリスは眠りに落ちる。金銀の双眸《そうぼう》を閉じてあどけない寝顔を披露する幼女を、僕は優しく抱いて立ち上がった。

一連の様子を見守っていた姫咲《きさき》先輩が語りかけてくる。

「どうですか幸太《こうた》さん。イリスさんが一生懸命明らかにしてくださった真実は、あなたの推理にとっての道標《みちしるべ》となりましたか」

「……すみません、ひょっとすると先輩たちの手を煩わせることになるかもしれません」

僕は正直に答えた。ここで見栄《みえ》を張ってもしょうがない。

不甲斐《ふがい》ない僕の言葉に、けれど姫咲先輩は落胆の表情を見せることなく、それどころか僕を安心させるように優しげな微笑《ほほえ》みをたたえた。

「いいんですよ幸太さん。わたくしたちは皆が推川《おしかわ》さんの助手なのですから。仮に彼女の力が発動することになったとしても、全員で力を合わせて乗り越えましょう。それこそ『本格の研究《スタディ・イン・パズラー》』の結束力の見せどころというものですわ」

なんて美しいお嬢様なんだ姫咲先輩は。好き。

「ありがとうございます姫咲先輩」

感謝の言葉を返しつつ、僕は改めて顔を引き締めて一千段の石階段の先を見つめる。

そして決意を打ち明けるように、あるいは自分に言い聞かせるようにして僕は言った。

「ですけど、最低限の働きは必ずしてみせます」

【9】かくして孤島の鬼は目覚めた

とはいえできれば理耶《りや》に推理をさせたくはない。

そんな思いで僕は、眠るイリスを雨名《うな》に預けて全力で階段を駆け上った。

月明かりを頼りに必死の思いで山頂を目指すが、一向に理耶の姿は見えてこない。先刻山道を走ったときも見事に置き去りにされたのだ、追いつけなくて当然ではあった。

「くそっ、推理以外の能力は抜群ってのがまた困ったところなんだよな……っ！」

息切れの合間にそんなぼやきを吐きながら鉛のように重たい足に鞭《むち》を打ち続けて、それでもやっとの思いで追い越せたのは島の人たちくらいのものだった。

そしてついに僕は開けた頂上へとたどり着く。姫咲《きさき》先輩たちの到着もほぼ同時だった。

「ぜえ……はあ……ぜえ……ふう……はあ……っ！」

両膝に手をつき腰を折って、一時我をも忘れて酸素を貪る。

しかしそれも束の間《つかのま》、理耶を探すべく歪《ゆが》んだ顔を上げて僕は周囲を見回す。

理耶は、崩れた祠《ほこら》の残骸と屹立《きつりつ》するオウガ様の像に向かって佇《たたず》んでいた。

「あっ幸太《こうた》くん、それにみんなも……」

どうやら意識を取り戻していたらしい。理耶の少し後ろに立っておろおろしていたゆゆさんは、不安げな顔で僕たちの方に振り返った。

「えっと、なんだか理耶ちゃんが推理を始めそうな雰囲気なんだけど……」

その通りですよゆゆさん……。このままだと恐怖の推理パートが開演してしまう！

いまだ整わない呼吸をそっちのけに、僕は懸命に声を張り上げる。

「り、理耶……っ！　待つんだ理耶、一旦落ち着け、ひとまず君の推理がどんなものか、僕と一緒に検討を……っ！」

と、そこで男郷《だんごう》さんを始めとした島の人々が続々と山頂に到着する。

すると理耶は悠然とした動きでこちらに向き直った。

「お待ちしていました皆さん。再びこの場所に戻った時点で、私の推理は完成しました」

まったくこの探偵はとことん聞く耳を持たないねえ！

もはや完全にモードに入っちゃっている。はあ、聞くしかないのかよ、推理……。

「ほ、本当に犯人が分かったのですかな？」

訝《いぶか》しげな顔で訊《たず》ねる男郷さんだが、当然、それでも理耶は顔色を微塵《みじん》も変えない。

「ええ、もちろんです。桃山《ももやま》村長の命を奪った凶悪な殺人鬼の正体を、この私、本格的名探偵・推川《おしかわ》理耶が、今から本格論理をもって明らかにしてみせましょう」

その堂々ぶりに「おお……」とどよめく島民一同。そのどよめきが阿鼻叫喚《あびきょうかん》に変わらないことを祈るばかりである。

そしてついに自称・本格的名探偵、推川理耶の推理が開幕する。

「まず最初に、被害者である桃山《ももやま》村長の行動を考えてみます。今夜は業落とし。病気や怪《け》我《が》で動けない一部の人を除いて全員が役場前の広場に集まっていました。また、一部の不参加者たちも間違いなく村の中にいました。そうした状況の中、桃山村長は午後八時二十分頃、人目を盗んで役場裏手の山道に入っていきます。しかしその折、山頂からは踊り子の魚里《うおさと》佳苗《かなえ》さんと付き添い役の山岡雄馬《やまおかゆうま》さんが広場に戻ってきているところでした。ところがふたりは桃山村長とすれ違わなかった。これは一体どういうことでしょうか」

「わ、わたしたちは嘘《うそ》ついてません！　本当に桃山村長とはすれ違いませんでした！」

後陣として山頂に赴いていた魚里さんが慌てて声を荒らげる。同じく山岡氏も「そうです、僕たちは嘘をついてません！」と声を上げる中、ふたりに理耶《りや》は微笑を向けた。

「大丈夫ですよ魚里さん、山岡さん。あなたたちのことは疑っていません。あなたたちに犯行は不可能ですからね。あなたたちが桃山村長とすれ違わなかったことは真実です。したがって、そうだとすれば——」

「桃山村長が茂みに隠れるなどしてふたりから身を隠した、ってことだな」

言葉を引き取って僕がそう言うと、理耶は満足げに首を縦に振った。

「流石《さすが》は私の助手。その通りだよ幸太《こうた》くん」

そしてそのまま推理を続ける。

「桃山村長には誰にも見つかることなく山頂、もっといえばオウガ様の祠《ほこら》に向かいたい目的があったんです。それは一体なんでしょうか。その答えは、死した桃山村長の右手が握り締めていました」

理耶は皺《しわ》だらけの紙片を掲げる。

「彼が握っていたこの紙片にはこう書かれていました。『王之牙《おうのが》様ガ永キ夢見ヲ終フル時、顔ノ下ヨリ宝打チ出ヅ』。王之牙様とはおそらくオウガ様のことを指しています。そうするとこの文章が意味するところとは――」

「オウガ様が夢から覚めたとき、つまり眠っていた場所から体を動かした際に、そのお顔があった場所の下を探せば財宝が見つかると、そういうことですわね推川《おしかわ》さん」

姫咲《きさき》先輩の言葉に理耶は鷹揚《おうよう》に頷《うなず》いた。

「姫咲ちゃんも本格的に素晴らしいね。その通りだよ」

理耶の推理は続く。

「今彼女が説明した通り、桃山村長はこの紙に書いてあった内容を実践するため、つまりオウガ様の像の下に埋蔵された財宝を掘り返すためにひとりで祠に向かったんです」

驚きの声を漏らす島民たち。「まさかオウガ様の下に財宝が……」「まったく知らなかった……」と、どうやら島の人たちには伝わっていない文章だったらしい。

だからこそ桃山村長の行動には頷ける。誰も知らない事実を手に入れたからこそ、彼は祭りの騒ぎに紛《まぎ》れてこっそりと祠に向かったのだ。財宝を独占するために。

「山頂への山道は片道約十分。午後八時三十分頃には、桃山《ももやま》村長は祠《ほこら》に到着したことでしょう。そして彼はオウガ様の木像の位置をずらすと、顔があった位置を事前に用意していたスコップなどの道具で掘り返し始めます。そうしてできたのがそこに穿《うが》たれた深穴です」

理耶《りや》は祠跡地にぽっかりと空いた穴を指差す。

「時間にして約十分ほど、桃山村長は発掘を続けていたものと推定されます。何故《なぜ》かといえば、午後八時四十分頃にはあの一千段の階段を下り始めないと死亡時刻までに現場にたどり着けないからです」

続けざまに一千段の石階段を指し示し、それから理耶は再び話を続ける。

「必死に穴掘りを続けていた桃山村長が財宝を発見できたのかは定かではありませんが――おそらく見つからなかったものと想像しますが――午後八時四十分頃、状況は一変します。凶暴な殺人者が彼を襲ったのです」

殺人犯が桃山村長を襲撃したという理耶の推測。それはやはり財宝が目当てでのことだったのだろうか。それともまた別の目的があったのか。

「桃山村長は殺人者に対して抵抗を試みますが、相手との力の差は大きく、勝てないことを悟った彼は次に逃走を図ります。そうして逃げた先があの石階段です。懸命に逃げた桃山村長でしたが、しかし階段を下りきった先でついに殺人者は桃山村長へと追いつき、その脳天へと凶器を振り下ろしました。そして午後八時五十一分――これが死亡時刻であることは、彼が左腕につけていた腕時計の心拍数計測システムのログから判明しています——、桃山村長は頭蓋を砕かれ無残な死を遂げることとなったのです。これが私の想定する、桃山村長が殺害されるまでの一連の流れになります」

彼女の仮説には現状、概《おおむ》ね同意できる。なんらかの経緯で例の文章を入手した桃山村長はその意味を読み解き、オウガ様の下に眠る財宝を独り占めするためにこっそりと祠に向かった。しかし何者かが——彼の動向を把握していたのか、はたまた偶然目撃したのかは知らないが——とにかく犯人が桃山村長に襲いかかった。劣勢に陥って逃走を試みた桃山村長だったけれど、最後は階段下の道で犯人に捕まってしまい、頭頂部に一撃を受けて命を落とした。状況から見た流れとしては妥当だ。

ただ気になる点もある。それは例えば、オウガ様の金棒についた血痕……。

理耶の推理はまだ続いていく。

「さて、こうして午後八時五十一分に階段下の現場で殺害された桃山村長ですが、そうなると犯人はまさにその時間、犯行現場にいたことになります。さらには死体発見当時、そこに犯人の姿がなかったことから、犯人はいずこかへ逃走したものとも考えられます。ですからこれを前提として誰が殺人犯たり得るかを考えていきましょう。つまり誰なら犯行現場に行くことができ、かつ現場からの逃走を為《な》すことができたのか、ということです。これを為す上で犯人がたどり得たルートはみっつあります。順番に検証しましょう」

理耶《りや》は右手の人差し指を立てた。

「まずひとつめは村の出入口を使った下のルートです。この道を使えば石階段を上って祠《ほこら》にたどり着くことができます。さらに犯行後、村に戻ることについても最も簡単と言えるでしょう。しかしこのルートは否定されます。何故《なぜ》なら村の出入口には駐在所があり、そこに警察官の男郷《だんごう》さんがいたからです。彼の証言により下のルートを使った人間はいなかったことが分かっています。さらに駐在所に設置された監視カメラによって男郷さん自身のアリバイも証明が可能なため、このルートが使用されたことはあり得ません」

男郷さんは「うむ、その通りですな」と腕を組んで深々と頷《うなず》いた。

「次にふたつめのルートですが」理耶は中指を立てて推理を続行する。「これは同じく下の道を使ったルートでも、犯行現場を起点として第一のものとは対照的なルートになります。すなわち、犯人は村からではなく、その反対方向にある建物――桜鬼邸《おうきてい》から来て、犯行後、再び桜鬼邸に戻ったとするルートです。この場合、犯人は桜鬼邸にいた臨時使用人ということになります。……ですがこのルートも否定されます。桜鬼邸から祠へ向かう際には小さな橋を渡る必要がありますが、そこにはセキュリティ用にカメラが設置されているんです。さらには桜鬼邸内の各所にも防犯用のカメラが設置されていて、それらの映像を確認したところ使用人は三人ともずっと邸内にいたことが分かっています。したがって彼らは犯人ではありません」

さらに言えば、橋のカメラに映った人影がなかったことから使用人でない何者かが桜鬼邸の敷地内に逃げ込んだ可能性も否定されることになるだろう。

「下の道も違う、桜鬼邸の使用人たちも違う……だったらやっぱり犯人は役場裏の道を通って祠に向かったのか……?」

誰かが呟《つぶや》くように零《こぼ》したが、理耶は返答せずに薬指を立てながら言葉を続ける。

「そしてみっつめのルートが役場の裏手にある山道を通って祠に向かう上のルートです。この場合、犯人は逃げる桃山《ももやま》村長を追って階段下の道で殺害した後、再び一千段の石階段を上っていったことになります」

反駁《はんばく》するところはない。村の出入口、そして桜鬼邸へと続く道が使用された可能性が潰《つい》えた今、犯人が選択し得た経路はそれしかないからだ。

「ですがこのルートを検討する上で一点、問題があります。それは時間です。犯行時刻は先述した通り午後八時五十一分ですが、そこから石階段を上ったとなると通常約十五分から二十分ほどを要します。仮に急いで上っても十分程度必要であるというのが目算になりますが、しかしここにいる内木《うちき》さんが少なくとも午後八時五十八分には山頂に到着しているんです。そうですよね外水《そとみず》さん」

「は、はい」外水さんはあたふたしながらスマホを取り出す。「山頂に着いた内木からの着信履歴です。八時五十八分って書いてあります」

液晶画面に表示された着信履歴には確かに八時五十八分と記されていた。電話口で内木《うちき》さんは壊された祠《ほこら》や立ち上がったオウガ様の像に言及していたため、少なくともそれまでには山頂に到着したはずだ。

「ありがとうございます。そして内木さん、あなたが山頂に到着して以降、階段を上ってきた人影はひとつもなかったんですよね？」

「は、はい。間違いなく誰も階段を上ってきたりはしませんでした……！」

内木さんの返答に「ありがとうございます」と小さく頷《うなず》き、理耶《りや》は続ける。

「さて、今お聞きいただいた条件をクリアするためには、犯人は通常必要な時間の半分以下、すなわち約七分にも満たない時間で一千段の階段を駆け上がったことになりますが、果たしてそれは可能なのでしょうか？　その可不可を検証するため、私は全力で階段を上ってみました」

なるほど、先ほどの唐突な全力階段ダッシュにはちゃんと意味があったわけだ。てっきり僕に推理をするなと言われるのが煩わしくて逃げていったのかと思ったが、一応は事件捜査のために動いてはいたんだな。

「結果、私が全力で石階段を上ったところ山頂にたどり着くまでに九分かかりました。こんな格好ではありますが足の速さには自信がありますので、たとえ同じ十代のスポーツ男子を相手にしたとしても二分も差をつけられはしない自信があります」

彼女の断言には説得力がある。事実、裏手の道を走って山頂に向かったときもえげつない速さだった。理耶は男子顔負けの運動神経の持ち主だ。特に見たところ横臥島《おうがしま》の住民は比較的年齢が高めだし、彼女よりも短い時間で一千段の階段を駆け上ることができる人間は皆無といっていいだろう。

「し、しかしですな、そうなるとそのみっつめのルートの可能性も否定されてしまうのではないですかな……?」

太い首を捻《ひね》って困惑気味に訊《たず》ねる男郷《だんごう》さん。彼の反応はもっともだ。理耶がこれまでに語った推理は、考え得る犯人の移動ルートみっつすべてを否定してしまったのだから。

「なあ、理耶……?」と思わず言葉が零《こぼ》れる。

まだ望みは捨てない……まだ望みは捨てないが！　そうはいってもいよいよ僕は頭を抱えたくなる気持ちを抑えきれなくなりそうだ。

しかし僕の悲壮感などお構いなしに、自称・本格的名探偵様は真紅の瞳をきらきらと輝かせながら推理を続行するのである。

「そうです」と、理耶は躊躇《ちゅうちょ》なく言ってのけた。「検討を行なった結果、考え得るルート全てが見事に否定されました」

あまりにあっけらかんとした断言に、男郷さんは慌てた素振りで唾を飛ばす。

「なにをそんな平然とした顔で……！　だったら一体誰が犯人だというんですかな！」

男郷《だんごう》さんの怒声に周囲の島民たちも同調し始める。

しかしそれでもなおその余裕に翳《かげ》りは一切なく、それどころか不敵とさえ思えるほどの微笑を唇の端にたたえて、理耶《りや》はおもむろにそれを指差した。

その瞬間、山頂を満たしていたざわめきが一瞬にして消失する。

理耶の指差した先を見た島の住民全員が言葉を失ったのだ。

そしてそれは僕だって同じだった。薄らと予期していながらも、どうか杞憂《きゆう》であってくれと願っていた結末が、やはり今回の事件においても訪れてしまったのである。

だって、理耶が指差したのは。犯人だと指摘したのは。

ほかでもない——オウガ様の像だったのだ。

「おい理耶……まさかそのオウガ様が桃山《ももやま》村長を殺した犯人だっていうのか……!?」

「そうだよ幸太《こうた》くん」

自信を持って答える理耶の言葉には当然、冗談の欠片《かけら》もない。

「桃山村長を殺害することはこの島にいるいかなる人間にも不可能だった。でも彼にならーーずっとこの山頂にある祠《ほこら》で眠っていたオウガ様になら、犯行が可能だったんだよ。屈強な鬼ともなれば人間を遙《はる》かに超える身体能力を持つことは想像するに容易《たやす》い。だから階段下で桃山村長を殺したオウガ様は、七分とかからずここまで戻ってくることができたわけだね。つまり山頂に駆けつけた内木《うちき》さんが見たオウガ様は、犯行を終えて戻ってきた後

のオウガ様だったんだよ」

「でも、だからって伝承の鬼が殺人を犯しただなんてそんな馬鹿なことが……！」

天地がひっくり返ろうとあるわけがないのだが、

「そんな真実があるんだよ幸太《こうた》くん」

平然とそう言ってのけちゃうのが、そして天地をひっくり返しちゃうのがうちの探偵なんだよなあ……もうやだ！

「それにオウガ様の右手に握られた金棒を見てごらんよ幸太くん。べっとりと血がついてるじゃないか。疑いようもなく桃山《ももやま》村長の頭を殴打した際についた血痕だ。オウガ様が桃山村長を殺したなによりの証拠だよ」

確かにそれは僕も疑問に思っていた点だ。桃山村長の殺害は階段の下で行われたはずなのに、どうして山頂にあるオウガ様の像に血痕がついているのか。しかしその理由がオウガ様が桃山村長を殴り殺したから、というのは絶対にあり得ない！　んな無茶苦茶《むちゃくちゃ》な展開があってたまるか！

「仮に君の推理が現実にあり得るとしてもだ理耶《りや》、そもそも何故《なぜ》オウガ様は桃山村長を殺さなくちゃならない？　永い眠りに就いていたはずのオウガ様が目を覚ます理由ってなんなんだよ？　まさか財宝を守るためなんて言うつもりか……？」

すると理耶は口の端を吊《つ》り上げてちっちっちと指を振る。

「違うよ幸太くん。オウガ様が自ら財宝を蓄えて守っていたなんて話はどこにも出てきてないからね。事実はもっと単純なんだ。つまり、オウガ様は桃山村長を殺害するために目を覚ましたんじゃない。桃山村長がオウガ様を起こしてしまったから、オウガ様は桃山村長を殺害したんだよ」

桃山村長が、オウガ様を起こしてしまったから……？

「そう。これまでの説明にあった通り、桃山村長はオウガ様の像の位置をずらしてから、顔があった場所を掘り返して財宝を探してたわけだけど、見て分かる通り結構な深さまで掘られていることからおそらく財宝が出てこなかったんだと推測できる。そこで桃山村長は掘る範囲を広げようと考えて、そこでちょっと位置をずらしただけのオウガ様の像を邪魔に思うわけだ。それで桃山村長はオウガ様をもっと遠くにずらして……そこでやめておけばよかったのに、ふと彼は考えてしまったんだ。寝かせたままにしておくよりも立てておいた方がより邪魔にならないと」

そこで理耶は一度言葉を切り、告げる。

「そして桃山村長はオウガ様を立たせてしまった——いや、オウガ様を起こしてしまったんだ」

「オウガ様を、起こしてしまった……」

んな言葉遊びみたいな……。

「そうだよ幸太《こうた》くん。本来目覚めるはずのなかったオウガ様を、横臥《おうが》していたオウガ様を、桃山《ももやま》村長は深く考えもせず起こしてしまった。そうして起きてしまったオウガ様は、もちろんかつて人間に受けた仕打ちを忘れてはいなかった。だから覚醒したオウガ様は、視界に映った人間——桃山村長に敵意を向けたんだよ。手に持った金棒を怒りのままに振り回して祠《ほこら》を粉々に破壊したオウガ様は桃山村長を追いかける。怖《おそ》れを成した桃山村長は必死に石階段を駆け下りて逃げようとするけれど、人ならざる存在を相手に逃げ切れるわけはなかった。そしてついにオウガ様は桃山村長の背中を捉え、振り下ろした金棒が彼の頭頂部を無残に砕いてしまったんだ。これが今回の事件の真相だよ」

理耶《りや》の双眸《そうぼう》が真紅の煌《きら》めきを放つ。ああ言ってしまう。ついにあの台詞《せりふ》を口にしてしまう。そしてもう、それを止める術《すべ》は僕らにはない。

推理を終えるべく彼女、推川《おしかわ》理耶は告げた。

「よって桃山村長を殺害した犯人はオウガ様、いわゆる鬼、すなわち鬼《オーガ》だ。——以上、本格論理、展開完了」

言っちゃった。全然本格じゃない論理を展開しちゃったよ。今回もまたとんでもない推理を披露してくれちゃったよこの迷探偵は！

助手仲間たちへと目を向ける。姫咲《きさき》先輩を始めとした彼女たちは、困ったような笑みを浮かべて僕を見返した。

申し訳なさに僕は小さく頭を下げる。

「すみません皆さん、お手を煩わせることになってしまいました」

「気に病まないでください幸太さん。まだ取り返しはつきますから」

姫咲先輩……どうしてこの人はこんなに優しいんだ。いつか先輩の執事になりたい。

「ふぇえ、オーガが出ちゃうのお……？　うわあん、一歩間違えたら食べられちゃうんだあ……うう、でも大丈夫だよ幸太くん、わたし、頑張ってお治しするからね……！」

ゆゆさん……本当は絶望したいのに勇気を振り絞ってくれてありがとうございます。

「ボクはお嬢様と癒々島《ゆゆしま》様をサポートさせていただきやがりますです。福寄《ふくよせ》様はどうかイリス様と推川様をお守りしやがってくださいです」

雨名《うな》がイリスを僕に託す。その凜々《りり》しい振る舞いが心強いよ。もっと仲良くなろう。

この上なく頼もしい助手仲間たちに感謝しながら、僕はオウガ様の像を睨《にら》みつける。

理耶の推理は完成した。よって彼女の特別な力が、彼女の中に宿った規格外の異能――『名探偵《ルールブック》は間違えない』が発動する。彼女の推理に従って、彼女の語った真実が世界にとっての真実へと書き換えられるのだ。

――『事件』は終わり、そして新たに『事変』が始まる。

……ミシリ、と。屹立《きつりつ》するオウガ様の像が微動した。朽ち木が裂けるような音を立てながら微動を繰り返す鬼の像は、隆々と膨張しその外観を変容させていく。苔生《こけむ》した茶色だった皮膚は血の通った――というよりも血を吸ったような赤黒い色に染まり上がった。捻れた二本の角は黒炭のような色をして鈍く輝き、ギロリと剥《む》いた眼球が金色の瞳孔を宿す。鋭利な牙はぬらりと光り、憤怒に満ちた唸《うな》り声を肺腑《はいふ》から吐き出した。全身を覆う筋肉が獰猛《どうもう》に脈動する様は、見る者すべてに本能的な恐怖を抱かせる威圧感を具《そな》えていた。右手を見ると、血に濡《ぬ》れた木製の金棒は実際に鉄製の凶器へと姿を変えていた。

「ううぅぅうぐるるるああアアアアア……ッ!!」

まさにこの世のものならざる邪悪な咆哮《ほうこう》が深夜の山頂全体に響き渡る。

理耶《りや》の異能は寸分の狂いなく彼女の推理を実現した。すなわち、この世界に鬼《オーガ》なる空想上の怪物が顕現してしまったのである。

「お、オウガ様だあああああ!」「オウガ様が……オウガ様が目を覚ましてしまわれたあ……っ!」「に、逃げろ! さもないとオウガ様に喰《く》われるぞ!」

伝承に伝わる大鬼を目の当たりにして逃げ惑う横臥島《おうがしま》の住民たち。中には腰を抜かしてその場にへたり込んでしまう者も出て、山頂は一気に阿鼻叫喚《あびきようかん》の図と化した。

悲鳴が飛び交うさなか、理耶は眼前の怪物を毅然《きぜん》として見つめる。

「やっぱり犯人はオウガ様だった。私の本格的な推理は正しかったみたいだね……!」

いや毎度のことながら君の推理がこんな現実をつくりだしちゃってるんですけどね！

「とにかく理耶！　まずはその場を離れてこっちに来るんだ！」

顕現したオウガ様――もといオーガから距離を取りつつ理耶に向かって叫ぶ。流石《さすが》の理耶もその声には従順に従ってくれ、彼女はイリスを抱いた僕のもとまで退避した。

木陰に身を隠しながら僕は嘆息する。

「まったくえらいことになったもんだな……」

理耶の助手になってからというもの、毎度のことじゃあるんだけど。

「ほんとだねえ。オウガ様ったら私に真実を突かれて怒っちゃったみたいだ」

もう内心で突っ込むのも疲れるからなにも言わないぞ。

「でもこれからどうしようか幸太《こうた》くん。私は真実を明らかにすることはできるけど、あんな怖《おそ》ろしい怪物を倒せるほど格闘派の探偵じゃないからさ。あくまで肉体的にはか弱い女の子だもん」

「か弱い、ねえ……」

「なにその懐疑的な眼差《まなざ》しは。ちょっと心外なんだけど」

突っ込まないって決めたばかりだからなにも言わないよ。

「とりあえず君があの怪物と戦う必要はないよ。その役目を担ってくれる存在はほかにいるから」

「ほかにいる？　それって一体――」

「探偵の推理の後始末をやるんだ。そりゃもちろん、助手に決まってるだろ」

「私の、助手が……？」

理耶《りや》の視線がオウガ様の方へと向く。

暴れる大鬼の眼前。そこに佇《たたず》むのは、自称・本格的名探偵の助手たる三人の少女。

「うふふ。それじゃひと仕事とまいりましょうか、ゆゆさん」

「うわあめちゃくちゃ怒ってるよこの鬼さん……あのトゲトゲした金棒に当たったらわたしの儚《はかな》い命なんかお終《しま》いだよお～……！　うう、でも分かったよ姫咲《きさき》さん、ちゃんとお治し頑張るよ……だってそれが助手としての務めだもんね……ふへへ」

「その通りですわゆゆさん。あなたはとっても偉い子ですわね」

「ふへへ」

「姫咲お嬢様、癒々島《ゆゆしま》様、最大限援護いたしやがりますです」

「ええ、必要なときはお願いするわね雨名《うな》」

「雨名ちゃんありがとお～……ふへへ」

「では気を引き締めて――いざ、鬼退治を開始いたしましょう」

そして姫咲先輩は優雅に告げる。

「さあ久々の出番よ。――来なさい、ダベル」

　刹那、漆黒の嵐が巻き起こり姫咲先輩の全身を包み込む。やがてそれは黒褐色の外殻を成し、ついには魔人のごとき異能解放形態――『天魔を喰らいし者《ヴァイルイーター》』が顕現した。

　変身を完了し姫咲先輩と人格交替をしたダベルは、大鬼にも劣らぬ邪悪な笑みをたたえて気合い十分とばかりに自身の手のひらへ拳を打ちつけた。

「――いよっしゃあああああ！　マジで久々に俺様の出番がきたぜえええええ！　んあ？　おいおいなんだこのうすのろそうなデカブツはあ？　よーしそのたるんだ土手っ腹に俺様が特大の風穴を空けてやるから覚悟しなあ！　ギャハハハハハ！」

　悪役じみた哄笑《こうしよう》を轟《とどろ》かせるダベルの隣で、今度は注射器のようなヘッド部をしたハンマー型マジカルステッキ――インジェクションを掲げたゆゆさんが告げる。

「偉大なる恵みの星、地球よ。汝《なんじ》、ウェルケアネスが結びし円環の盟約に従い、我に力を与えたまえ――インジェクション・オン！」

　その瞬間、高速で回転駆動し始めたマジカルステッキが幾何学模様の描かれた光の帯を放出しゆゆさんの全身を包み込む。繭のごとき外観を成した光の塊の中から、やがてナースさんを思わせつつもふりふりの可愛《かわい》らしい衣装を身にまとった魔法少女——治癒系大魔法の使い手たる『地恵の魔法使い《ナースオブファース》』が姿を現わした。

「奇跡のお治しをあなたにお注射！　『地恵の魔法使い』、参上ぷりん！」

ちなみに魔法少女モードのゆゆさんはネガティブ感がなくなり、さらには苦手な血も克服し、あと何故《なぜ》か語尾にぷりんをつけちゃうという設定が付加される。

「す、すごい……！」

ふたりの変身を目の当たりにした理耶《りや》は、目を丸くしながらも薄く笑みをたたえた。

「ふたりにこんな秘密があったなんて、これは本格的に興味深い真実だね……！」

いつかどこかで見たような顔、そして聞いたような台詞《せりふ》だ。

「別に初めてじゃないんだけどなあ」

「え？　なに？」

「別になんでもないよ」

自分しか覚えていないことを言ってもしょうがないので僕は誤魔化《ごまか》した。

というよりも、今はのんきにお喋《しゃべ》りをしている場合でもない。

「オラオラオラオラオラアアアアアアッ!!　そんじゃとっととくたばりやがれよメタボリック豚野郎！　必殺俺様のガチボコぶち殺しパ————————ンチ!!」

ダベルがオーガに飛び掛かり、開戦の幕が切って落とされる。どう聞いても敵役じみた罵倒を撒《ま》き散らしながら幼稚な技名とともに繰り出されるダベルの拳は、しかしおよそ人の理解を超えた攻撃力を秘めていることを僕は知っている。

まともに喰《く》らえば、いかに大鬼の異形だろうとひとたまりもないはず――。

ところが僕の予想に反して――そしておそらくダベルの予想にも反して――オーガは俊敏な身のこなしでダベルの打撃をひょいと躱《かわ》してみせた。

「うおっ⁉」

まさか避《よ》けられるとは思っていなかったらしいダベルは空振りの勢いで体勢を崩してしまう。そこに目がけて、オーガはすかさず金棒を振り下ろした。

「ウガアアアアアアアッ！」

そして棘《とげ》だらけの凶悪な形状をした鈍器がダベルの脳天を直撃する。

「いでえええええええっ！」

打ち込まれた杭《くい》よろしく地面に顔面を埋没させるダベル。しかし防御力においても並外れた外殻を持つ魔人はすぐに顔を地面から引っこ抜き、さながら猛犬のように鬼に向かってわんわんと吠《ほ》えた。

「なにしやがんだテメエ！　俺様の超高性能で繊細な頭を殴りやがってよお！」

いや高性能でも繊細でもないだろ。

「つーか避けんじゃねえよクソデブがよお！　てめーみたいなボテボテ野郎は普通もっと

トロいはずだろうが！　見た目に反して動けるデブやってんじゃねえよったくよお！」

「ウガアアアアアアッ！」

「ぐわあああああああああああ！」

問答無用で横薙《よこな》ぎに振るわれた金棒が直撃し、彼方《かなた》へと飛んでいくダベル。

「ファー！」とゴルフのキャディさんみたいに声を張り上げながら山の中に突っ込んでいくダベルを見送るゆゆさん。「大丈夫ぷりんダベルさ――ん？」

と形だけの心配の言葉を空に投げつつ、次は自分の出番だとばかりにオーガの前に立ち塞がる。

「さあオーガさん、今からわたしがお相手をしてあげるぷりん！　あなたはこの世界にはいちゃいけないんだぷりん。だからお治しさせてもらうぷりん。いざ、お覚悟ぷりん！」

インジェクションが光を放ち、ヘッド部のニードルが回転する。地面を蹴ったゆゆさんは瞬時に大鬼の懐に潜り込み、巨大な注射器を一切の躊躇《ちゅうちょ》なく振り抜く。

「でやあああ～っ！」

「ウガアアアアアアッ！」

しかし今回もオーガの反応は早かった。襲いかかる注射器型ハンマーと自らとの間に金棒を滑り込ませて受け止めたのだ。

「まだまだまだまだまだまだまだぷりん～！」

どう見ても重量級のハンマーを軽々と振り回すゆゆさん。本来は回復魔法を得意としており、またダベルと違って衣装以外の外見に大きな変化がない彼女だけれど、流石《さすが》は魔法少女だけあって人間離れした身体能力を有している。

触れれば肉塊と化す一撃の嵐が大鬼へと殺到する。

「ウガアアアッ！　ウガッ！　ウガッ！　ウガガガガアアアッ！」

しかしこれにも対応する鬼の怪物。ゆゆさんの連打にことごとく反応し、振るわれた金棒がすべての打撃を見事に弾《はじ》き返してしまうのだ。

しばし続いた応酬の果て、ついに相手の隙を捉えたのは、なんとゆゆさんではなくオーガの方だった。

「グルウウウアアアアッ！」

命を容易《たやす》く叩《たた》き潰す凶器が、ゆゆさんの華奢《きやしや》な体躯《たいく》へと迫る――！

しかし棘塗《とげまみ》れの金棒が少女の柔肌を裂く寸前、甲高い音が鳴り響く。そして大鬼の攻撃を防いだそれ――幾何学模様が刻まれた巨大な両手が、眩《まばゆ》い光を放ち存在を顕《あら》わにした。

「――地恵魔法『母なる大地の守り手《マザーハンド》』。地球の愛に守られたわたしはあなた程度じゃ傷つけることはできないぷりん！　でやあああ～っ！」

そしてお返しに注射器型大鎚《おおづち》による打撃をお見舞いするゆゆさん。鋭いニードルが金棒を弾き、振り返しざまに叩き込まれた一撃がオーガの巨体を森の中まで吹き飛ばした。

巻き添えになった樹木たちが次々と倒れていく。地響きのような轟音《ごうおん》の連続を経て訪れる静寂。普通なら全身粉微塵《こなみじん》で生きていられないはずだが……。

と考えたのも束《つか》の間《ま》、すぐに重量感のある足音が凄《すさ》まじい速度で近づいてくる。

「ウガアアウウウアァアッ！」

金棒を振るい木々を薙《な》ぎ倒しながら、怒り狂ったオーガが森から飛び出す。やっぱり簡単に倒れてはくれないらしい。

しかしそれでもゆゆさんに焦った様子はない。

「ごめんねぷりん、森の木々さんたち。でも大丈夫、わたしがお治ししてあげるぷりん」

そう呟《つぶや》いた彼女は、おもむろにインジェクションのニードルを地面に突き立てる。

「──地恵魔法『恵みを祈りし大地の涙・注入《クリスタルティアー・インジェクト》』！」

高速回転するニードルから大地に注ぎ込まれる治癒魔法。それは地面に浸透してゆき、根から吸い上げられて倒木たちをたちまち甦《よみがえ》らせた。

けれどなおもゆゆさんは注入を止めない。

「わたしの魔法はただお治しするだけじゃなくって、もっと元気にしてあげることだってできるぷりん！」

彼女の叫び声に応じて、治癒した木々が本来の姿以上の急激な成長を遂げ、見る見るうちに幹を太くし枝を伸ばしていく。まるで意思を持ったかのようにうねりながら肥大化していくそれらは、ゆゆさんに襲いかかろうと突進するオーガに絡みつくとそのまま四肢をきつく縛り上げた。

大地を操るかのような芸当。なんとも凄《すご》い能力だ。彼女の魔法は単に対象に癒やしを与えるにとどまらず、本来持ち得る以上の力――恵みを付与することも可能らしい。

「ウガア！　グルウアアアッ！　アアアァアアアッ！」

涎《よだれ》を撒《ま》き散らしながらもがくオーガ。しかしその捕縛は強力で逃れることはできない。

地面から抜いたマジカルステッキを肩に担ぎ、満足げに額を拭うゆゆさん。

「ふい～っ。これでひとまず動きは封じられたぷりん～」

するとちょうど見計らったかのようなタイミングで乱暴な叫び声が近づいてくる。

「オラオラオラオラオラアッ!!　てめーよくも俺様をナイスショットしてくれやがったなあゴルアァ！　仏の顔もサンドイッチ食うまでって言うけどよお！　どんなに食うのがおせえ奴《やつ》でもそろそろご馳走《ちそう》様の時間だぜえ？　つうことで俺様ついにプッチンだよコラァ！　今度こそガチのマジでけちょんけちょんにぶち殺す！」

意味の分からない罵詈雑言《ばりぞうごん》を叫び散らしながら猛進するダベル。やっぱり大したダメージはなかったようだ。以前に神様と戦ったときはかなりの苦戦を強いられたものだが、どうやらオーガくらいの異形であれば正直ダベルにとってもゆゆさんにとってもさほど手強《てごわ》い相手ではないらしい。

やがてダベルが木々に捕らえられた大鬼の姿を認める。

「うおっ⁉　なんだてめえ！　いつの間にか捕まってんじゃねえかよ！」

一瞬だけ驚いたのち、ダベルは嗜虐《しぎゃく》的な笑みをかたどった。

「ギャハハハハ！　それじゃあもう俺様の攻撃を避《よ》けることたあできねえなあ！　俺様に逆らったことを後悔しながら木っ端微塵《こっぱみじん》に砕け散って死にやがれえ！　必殺俺様怒りの反逆フルスイングデッドキリング死ね死ね死ねパ――――――――ンチ！」

漆黒の稲妻を伴った凶悪強大な鉄拳がオーガに向かって繰り出される――が、しかし。

「――地恵魔法『母なる大地の守り手《マザーハンド》』！」

ガギイイイインッ！　と、先刻は大鬼の攻撃からゆゆさんを守った巨大な両手が、今度はダベルの攻撃から大鬼を守護した。

「あああああん⁉　なんだこりゃあ！　おいクソぷりぷりクソ魔女娘え！　これっててめーの仕業だろ！　敵の味方をするたあ一体どういうつもりだコラア！」

「ダベルさんこそ考えなしはダメぷりん！　まだ幸太《こうた》くんが真犯人を見つけてないでしょぷりん？　だからわざわざ動きを封じてそのままにしてるんだぷりん～。あと二回もクソ呼ばわりしないでぷりん～！」

やっぱりゆゆさんは理耶《りや》に対する負荷のフィードバックを防ぐため、そのために僕に推理する時間をつくろうとオーガを捕縛してくれたのだ。

今の言葉でダベルもそれを理解したらしい。

「ちっ、なんだよそういうことかよ。おい小僧！　とっとと推理して俺様にこいつをぶち倒させやがれコラア！」

と治安の悪い台詞《せりふ》を僕に飛ばしてから改めてゆゆさんに向き直るダベル。

「それとクソふたつは意味が違うクソだからいいんだよクソぷりぷりクソ魔女娘！」

「意味が違うってどういうことぷりん？」怪訝《けげん》な顔をするゆゆさん。

「強調のクソとうんこのクソだよ」

「絶対にやめてぷりん！　特に二個目に関しては意味が分からないぷりん！」

確かにプリプリプリンのことはダベル含め誰も覚えていないはずなのだが。いやそもそもプリプリプリンは素晴らしい治癒魔法であって決してう……ではないんだけど、うん。

「なんかてめーを見てるとうんこが思い浮かぶんだよなあ」

「人を見て一体なにを連想してるぷりん!?　失礼どころの話じゃないぷりん！」

などと言い合いをするふたりはさておき、早くこの事変を終わらせるためにも真犯人を見つけなくてはならない。考えろ、考えるんだ僕。理耶の迷推理は止められなかったけれど、せめて彼女への心身負荷の還元を阻止するくらいはやれないと助手失格だぞ。

とはいえ、理耶の推理があり得ないにしてもどうやって犯人は階段下の現場で桃山《ももやま》村長を殺害し、そして誰にも見咎《みとが》められずに一体どこへ姿をくらましたのか皆目見当がつかない。なにかしらのからくりがあるはずなんだが……。

「いやあ姫咲《きさき》ちゃんもゆゆちゃんも本格的に凄《すご》いんだね」感心した様子で助手たちを見守っていた理耶《りや》がこちらを見やる。「なに、どうしたのさ幸太《こうた》くん。まるで未解決の事件に頭を悩ませる探偵みたいな顔をして」

いやまさにそうなんだけどね。言っても信じないだろうから言わないけど。

とにかく糸口が欲しい……と頭を悩ませて、ふと抱きかかえる幼女に僕は目を落とす。

これまでに見聞きした情報の中で、最も信頼を置けるのはやはりこの子、イリスの言葉になるだろう。この子の『真実にいたる眼差し《トゥルーアンサーアイズ》』は本物だ。事件解決への手がかりを掴《つか》むのなら、純度百パーセントの真実から手繰り寄せるべきだ。

もう一度思い起こせ、イリスがなにを話したのかを。

——見えたかも。そんちょーさんはいっしょうけんめい穴をほっててね……そしたら怒って、そんちょーさんも怒って……それでそんちょーさんの頭にてつが……鬼さんの棒が当たったのかも……。

——そんちょーさんはね……き……おっきい……それで下まで行って……でもそこで落ちちゃって……それも海に……。

イリスの言葉もやはり穴を掘ったのが桃山《ももやま》村長であることを示している。そしてあるとき彼の頭に鉄が、オウガ様の金棒が当たった、か。……言葉通りに受け取れば、まるでオウガ様が桃山村長の頭部を殴ったように聞こえてしまうがどういうことなのか。

それから桃山村長は階段の下まで向かう。でもおっきいってなんだ？　下まで行ったところでなにが落ちた？　海になにかが落ちたのか……？　考えてみれば桃山村長が穴を掘るのに使った道具——スコップなどは見つかっていない。武器として手に持ったまま階段を下りたがなにかの拍子に落とした？　それこそとどめを刺されたときに？　勢いよく地面を滑っていき、偶然にも落下防止柵の隙間を縫って海に落ちたのか……？

ダメだ。分からない。仮にスコップが海に落ちたからってなんなのだ。そんなもので犯人を特定することはできない。解き明かさなくちゃいけないのは犯人消失のからくりだ。

焦れば焦るほどに思考が乱れ、情報の整理がつかなくなる。初夏の夜更けはともすれば肌寒いくらいの気温だというのに、僕はじっとりとした嫌な汗が肌に滲《にじ》むのを感じた。

答えを見いだせずに頭を抱える僕に、ダベルが待ちくたびれたような顔を向ける。

「おい小僧まだかよ。俺様は早くこいつにいかに俺様が最強かってのを分からせてやりてえんだけどよお！　いつまでもこの豚野郎の間抜け面を眺めてんのも飽きてきたぜ」

それから四肢を縛られたオーガの方を見てぐいっと顔を近づける。

「おーらぶぇろぶぇろぶわあ～そのザマじゃ俺様に指一本触れることはできねえなー！」

「ウガ……ウガアアアッ！　ウガ！　ウガ！　ガアアアアアッ！」暴れる大鬼。

「ギャハハハハハ！　キレてやがんの！　おら悔しかったら抜け出してみろよ角豚デブ野

郎～！　まあ魔女娘の魔法だし無理だろうけどなあ！」

「グルウアアアッ！　ガアアッ！　ガアッ！」

言葉を解すのかは不明だが悪趣味な挑発に激昂《げきこう》して暴れ狂うオーガと、そんな鬼の異形の眼前で油断しきったダベル。嘲弄に熱中するあまり、ダベルは次第にミシミシと軋《きし》み始めた枝木に気づかなかった。

やがて大鬼の骨太な手足が、自らに絡まる自然の呪縛を引きちぎった。

「グルウウオオアアアアッ！」

「うおっ⁉　こいつ抜け出しやがった！」

驚きつつも咄嗟《とっさ》の反応でオーガの攻撃を受け止めるダベルだったが、前のめりの巨体の重量にのし掛かられるようにして背中から地面に倒れ込んだ。

ダベルに覆《おお》い被《かぶ》さるオーガ。ダベルは相手の両手首を掴《つか》んで攻撃を封じている。おかげで睨《にら》み合うばかりかと思いきや、流石《さすが》は人ならざる怪物、ならば相手の肉を喰《く》いちぎらんと牙を剥《む》き何度も顔を突き出した。

「グルウアッ！　ガアッ！　グルアッ！　ウルアアアッ！」

「おいこいつ俺様を喰おうとしてやがるぞ！　俺様の肉を喰らって最強パワーを取り込むつもりに違いねえ！」

え、なにそれ、そんな設定が存在したのかよ。

「ダベルさんを食べると力が増すのぷりん？」僕と同様に気になったらしいゆゆさん。

「いや知らねえけどよ」

　適当かよおい。

「ちょっとくらい食べられたらどうぷりん？」ゆゆさんはジタバタするダベルに呆《あき》れた顔でジト目を向ける。「お腹《なか》いっぱいになって大人しくなってくれるかもぷりん」

「俺様を生《い》け贄《にえ》扱いするんじゃねえ！」

「あとでお治ししてあげるから心配無用だぷりん。ダベルさん、新しい顔よーぷりん」

「頭喰われたら普通に死ぬわ！」

　などと叫びつつ、ダベルはひたすら噛《か》みつきを繰り返す怪物を睨《ね》めつける。

「あーもうウザってーんだよてめえ！　そんなに腹減ったんなら俺様じゃなくてそこの木の板でも喰ってやがれってんだ！　てめーみたいな雑魚は肉じゃなくて草とか木みてーのを喰ってんのがお似合いだぜ！」

　不意に祠《ほこら》の残骸へと視線が向く。木っ端微塵《こっぱみじん》に砕かれた祠のなれの果て……かつて横臥していたオウガ様を囲っていた壁材だっただろう木の板が大量に飛散している。

「……ん？」

　と。そこで僕はとある違和感を抱いた。

……ない。ないような気がする。そこにあるべきなにかが、どうにも見当たらないような気がしたのだ。

なんだ。一体なにが足りない。本来存在するべきなにが欠落してしまっているんだ。

脳内で曖昧な輪郭がぐにゃぐにゃと形を変え——唐突にピントが合って鮮明になる。

「そうか！　それなんだ！」

反射的にイリスを理耶《りや》に預けて走り出す。「ちょっと幸太《こうた》くん!?　危ないよ！」と叫ぶ理耶の声もどこか遠くに聞こえて僕を止めるには至らなかった。

脇目も振らずに自分の方へと駆け寄ってくる僕の姿を認めたダベルがやや驚きつつもちょっと嬉《うれ》しそうに声を上げる。

「おいおいどうした小僧！　まさか俺様を助けようってのか？　やめとけ小僧、てめえみたいに弱っちい人間じゃぺしゃんこに潰されてお終《しま》いだぜえ？　まあなんだ、俺様を助けたいって気持ちは嬉しくないわけじゃないけどよ、へへっ。ようし見てな、こいつ程度のクソ雑魚豚野郎なんざ俺様が本気になりゃちょちょいと——」

華麗に通過。

「ってておおおおい！　てめえなに俺様の前を素通りしてんだクソガキがあ！　ちったあ心配しろよアホタレえ！　助けろお！　俺様を助けろお！」

雨名《うな》が手を出してないってことは本当にピンチなわけじゃないんだろ。それに僕に戦闘力は皆無だしスルー安定である。

喚《わめ》き散らかすダベルを横目に僕が向かったのは祠《ほこら》の残骸だ。腰を屈《かが》め、積層する木片を直に確かめる。そこにあるのは砕けた茶色の破片、破片、破片……。

僕は確信した。

「やっぱりここにはあるべきものがない……！」

途端に思考がフル回転を始める。

どうして祠は壊されたのか。

どうして桃山《ももやま》村長は階段を下った先で死んでいたのか。

どうして犯人は姿をくらますことができたのか。

どうしてオウガ様が握る金棒に血痕がついていたのか。

そしてなにより、どうしてオウガ様は立ち上がったのか。

すべてが繋《つな》がって、たったひとつの道筋を示す――。

僕は急いで周囲を見回して……そこに彼の姿を見つけた。

立ち上がった僕は一目散に山頂の片隅を目指して駆け出し、たどり着くや否や腰を抜かしてへたり込むその人物の肩を正面から掴《つか》んだ。

「正直に答えてください。桃山村長を殺害したのはあなたですよね――山手司《やまてつかさ》さん」

びくりと肩を震わせた男性、第一発見者の山手氏が怯《おび》えきった顔で僕を見た。

「お、俺が犯人……？　俺は、俺は……」

どうやら山手《やまて》氏は混乱している。無理もない。自分が真犯人だというのに、理耶《りや》が推理した通りオウガ様が顕現して暴れ回っているのだから。

彼を落ち着かせるべく、そして自身の罪を認めさせるべく、僕は導き出した推理を語る。

「この事件において最も不可解だったのは、桃山《ももやま》村長を殺した犯人がどこに姿を消したのかということでした。一千段の階段を下った先の道で桃山村長を殺した犯人には、その後逃げる先がどこにもないからです。けれどそもそもその考え方が間違っていました。村長は階段の下で殺されたんじゃない。——ここ、山頂で殺害された後に遺体が階段下まで移送されたんです」

そう。桃山村長の殺害現場は遺体発見現場とイコールではなかったのだ。

「それじゃ犯人はどうやって桃山村長の遺体を階段下まで運んだんでしょうか。八時五十一分に犯行を為《な》してから内木《うちき》さんが山頂に到着するまでには約七分しかありません。死体を担いで山を下りていたんじゃ到底間に合わない。そんな中で犯人が利用した手段とは一体なんなのか。……壊された祠《ほこら》を見て僕は気づきました。そこには破壊された壁材が散乱していた。そう、壁の残骸しかないんです。——つまり、どこにも屋根が見当たらないんですよ」

——屋根は大の大人が寝転がれるほど大きく、また縁の盛り上がった水平の板状をしていて、まるで嵩《かさ》が低くて巨大な升を逆さに向けたような形をしていた。

「そしてそれこそがからくりの正体だ。山手さん、あなたは祠の屋根をひっくり返し、そこに桃山村長の遺体を乗せてソリの要領で階段下まで運んだんです」

　約一千段にもおよぶ直線の石階段。言い換えれば山頂から麓まで真《ま》っ直《す》ぐ続く斜面を、祠の屋根を使って滑走させれば、瞬く間に死体を階段下まで搬送することが可能だ。

「このトリックを使ったとすれば、そもそも犯人が階段下の道で犯行を為したとする前提が崩れ去ります。犯行はこの山頂で行われた。きっと穴を掘るのに使っていたスコップなどが凶器ですね。山手さん、動機は定かではありませんが――おそらく財宝に関する口論かなにかだと推測しますが――あなたはその凶器で桃山村長の頭部を殴って殺害しました。その際、倒れた村長の頭がちょうどオウガ様の金棒部分に当たったんでしょう。だから金棒に村長の血がついた」

　それが僕の推測する、オウガ様の像に血痕がついていた理由だ。

「その後あなたは少しでも容疑を別の人間――たぶん桜鬼邸《おうきてい》の使用人たち――に向けさせようと考えた。そこであなたは祠の屋根に目をつけました。これを使えば迅速かつ簡単に死体と凶器を下まで運ぶことができると。そしてあなたは凶器を使って祠を破壊し屋根を利用したんです。祠の壁を成していた木材を徹底的なまでに壊したのは、屋根の木材が足りないことを誤魔化すためですね」

　犯人は原形を留《とど》めないほどに破壊することで、屋根材の消失に気づかせないよう目論《もくろ》んだ。

「同様の理由から、さらにあなたは工作を試みました。それがオウガ様の木像を起立させることです。横臥していたオウガ様が立ち上がったとなれば、それを発見した島の人たちの注目はそこに集中するでしょう。中には本気でオウガ様の仕業だと信じる人も出てくるかもしれません。それほどオウガ様という存在は島の人々にとって畏怖の対象となっていますから。つまりはオウガ様を立たせたことも、祠を破壊した本当の理由に気づかせないための作為だったんです」

要するに、祠《ほこら》をバラバラに壊したことも、オウガ様の像を起き上がらせたことも、総じてトリックに利用した屋根材の消失を悟らせないための囮《おとり》だったというわけである。

顕現したオウガ様への恐怖に滲《にじ》んでいたものとは異なる、自身の犯行を暴き出され窮地に追い込まれていく犯罪者特有の脂汗が、山手《やまて》氏の額に大きな粒をつくり流れていく。

もう推理は終盤だ。僕は言葉を続ける。

「ここまで分かれば犯人を特定するのは簡単です。階段下の道で桃山《ももやま》村長の死体が発見されたとき、そこには屋根も凶器もありませんでした。死体だけが道端に振り落とされて、屋根と凶器は勢いのままに海へ落ちたんでしょうか？　……いいえ、それはあり得ません。何故《なぜ》なら道の辺には海への落下を防止するための柵があるからです。したがってそれらは犯人によって処分されたはずです。では、それが可能だったのは誰でしょうか？　……そうです、それが可能だったのは第一発見者である山手さん、あなたしかいません」

祠の屋根に乗せられた桃山村長の死体が一千段の直線階段を滑走していく。階段を下りきった屋根板は弾み、死体と凶器を振り落とし、なおも地面を滑っていくが落下防止柵に阻まれて海には落ちない。そうして死体の傍らに残ったトリックの痕跡を、真っ先に階段を下りてきた山手司《つかさ》氏が柵の向こう——夜闇に染まった漆黒の海へと放り捨てる。それは彼にしかできなかったことであり、だからこそ真犯人は彼でしかあり得ない。

「トリックを実行したあなたは内木《うちき》さんの接近に気づいて茂みの中に隠れていたんでしょう。その後、僕たちの後を追って一宮《いちみや》さんたちが駆けつけるのに紛《まぎ》れて、あたかも自分も広場からやってきたように見せかけて姿を現わした。そして村長の捜索を装い、あなたは率先して階段の下に向かってトリックの証拠を隠滅し、第一発見者としてみんなに村長の死体発見を知らせたんだ。これが僕の導き出した真実です。そうですよね、山手さん」

真《ま》っ直《す》ぐに山手司氏の目を見つめると、やがて完全に諦めた彼は力なく頷《うなず》いた。

「……はい。俺が、俺が村長を殺しました。だってあの暗号は俺が見つけたんだ。俺がもらったあの本から……。でも俺ひとりでやるのは不安だったからこの島で力を持ってる村長に相談したのに……宝に目が眩《くら》んだ村長は色々と自分が取り計らってやるんだから分け前のほとんどを渡せって言い始めて……それで喧嘩《けんか》になって、カッとなって……気づいたらスコップで村長を……まだ宝も見つかっちゃいなかったってのに、俺はなんてことをしてしまったんだ……」

わなわなと震える手で頭を抱える山手《やまて》氏。財宝に目が眩《くら》んだ人間の醜さに呆《あき》れるとともに、なんて救いようのない話なんだと僕は気が重くなった。

「この騒ぎが終わったら、ちゃんと自分の罪を償ってください」

それと同時に僕はイリスの言葉を思い出す。

――それでそんちょーさんの頭にてつが……。

僕はイリスが言った『てつ』という言葉を『鉄』だと解釈していた。しかし『てつ』はあくまで『てっ』だった。犯人の名前は山手司《つかさ》。やまて、つかさ。きっと彼の愛称は『てつ』なのだろう。イリス、君はやっぱり真実を語っていたんだな……。

ともかくこれで本当の犯人は明らかになった。僕は最低限の役割を果たせたわけだ。

「ダベル！　ゆゆさん！　真犯人を明らかにしました！　事件は解決です！　だから心おきなくオーガを倒して事変を終わらせてください！」

僕の叫びを聞きつけたダベルが、待ってましたとばかりにニタリと牙を剥《む》く。

「ったくおせえんだよ小僧！　よっしゃあようやく俺様のすんばらしい真の力を解放できるぜえ！　おらいつまでも俺様に乗っかってんじゃねえ！　どけよツノデブ野郎！」

「グルブフグオア……ッ！」

覆《おお》い被《かぶ》さる大鬼を思いきり蹴り飛ばすダベル。腹部に強烈な蹴りを入れられた怪物は痛みに目を剥きつつ上空を泳ぎ、そして再び落下してくる。

「さっきは俺様をナイスショットしてくれやがったからなあ！　お返しに俺様は超絶ゴールシュートだぜえ！」

などと叫びながら、ダベルは落ちてきたオーガの躯体《くたい》を森の中へと盛大に蹴り込んだ。

「グルァゥアアア……ッ！」

悶絶《もんぜつ》の鳴き声を伴って闇に消えるオーガだったが、屈強な外見通り堅牢《けんろう》な肉体を持った異形はしぶとく漆黒から這《は》い出てくる。

腰を低く屈《かが》めた大鬼が金棒を構える。力を溜《た》めてダベルに突進する気だ。

しかし相対するダベルは愉快げに大きな口を広げて笑った。

「いいねえ、いいねえ！　威勢がいいねえ！　全力で向かって来いよ豚野郎！　まあ残念だが今からてめえはこの俺様の最強技によって跡形もなく消滅しちまうわけだがなあ！」

そしてダベルも重心を落として構えの姿勢をとる。すると漆黒の嵐が周囲に吹《ふ》き荒《すさ》び、続けて暗黒の稲妻が威圧感に満ちた破裂音の連続を伴って迸《ほとばし》った。

「金持ちお澄まし馬鹿娘がうるせえからよ！　今回はちっとばかし配慮ってもんをしてやるぜえ！　おいぷりぷり魔女娘！　周りに俺様の攻撃が広がらないよう魔法の壁であのクソ鬼野郎を囲え！　弱っちい壁じゃぶっ壊れちまうからな、気合い入れてつくれよな！」

「わ、わたしの魔法防御壁でオーガさんの周囲を囲めってことぷりん？」

唐突な指示に困惑しつつも、ゆゆさんはインジェクションを構える。

「分かったぷりん！　――地恵魔法『母なる大地の守り手《マザーハンド》』特大版ぷりん〜！」

ゆゆさんの詠唱に反応したマジカルステッキが光を放つと、間もなく超巨大な守護の手が出現してオーガを包み込むように包囲した。

「上出来だぜぷりぷり魔女娘え！　そんじゃお見舞いといくからよお！　全員目ん玉ひん剥《む》いてよーく見ときなあ！」

ダベルの笑みが一層邪悪さを増し、それに呼応して漆黒の嵐と稲妻も激しさを増す。

「ウウウ……グルルアアアアアアッ!!」

それでもなお敵意を緩めないオーガが、ついに地面を蹴ってダベルに向かう。

自身に迫る大鬼の怪物に向かって、ダベルは右拳を突き出した。

「喰《く》らいやがれ俺様必殺滅殺瞬殺最強パンチ――『集約するnの一撃《エヌ・ワン》』!!」

これまた一丁前な技名の咆哮《ほうこう》とともに嵐と稲妻が混合した暗黒の衝撃波が放たれる。それは絶叫のような轟音《ごうおん》を響かせつつ、大蛇のごとくうねりつつも一直線に伸びてたちまちオーガを飲み込んだ。金棒を振り上げながら猛進していた大鬼は、断末魔の悲鳴を上げる間もなくあっけなく消滅した。

ゆゆさんが出現させた魔法の手によって破壊の怒濤《どとう》は拡散することなく、やがて勢いを減じて消えていく。回帰する静寂。大きく抉《えぐ》られた爪痕だけが山頂に残ったのだった。

「かあ～っ！　どうよ俺様の最強っぷりはよお！　木っ端微塵《こっぱみじん》にオーガとやらをぶち倒してやったぜえ！　ギャハハハハハ！」と勝ち誇った顔で哄笑《こうしょう》するダベル。

「ふい～っ。周りの人たちを巻き込まずに済んでよかったぷりん。これで無事にお治し完了だぷりん～」額を拭いつつ笑顔を咲かせるゆゆさん。

「流石《さすが》はお嬢様。お見事でした」結局出番のなかった雨名《うな》は恭しく頭を下げた。

そして世界の復元が開始する。事変の終息を告げるその光景にようやく安堵《あんど》感が込み上げ、小さく息をついた僕はイリスを抱える理耶《りや》のもとへと歩いて向かった。

「もう、急に駆け出すから何事かと思って心配したよ幸太《こうた》くん」

ちょっとだけ怒ったように顔をしかめつつ僕を出迎える理耶。

「ごめんごめん」

頭の後ろを掻《か》きながら謝ると、理耶は気まずそうに苦笑を浮かべた。

「それと、どうやら私は推理を間違っちゃってたみたいだね。真犯人はあそこにいる山手《やまて》さんだった、そうなんでしょ？」

「まあな」

「うう……絶対に本格的な論理を展開できたと思ったのに」しょんぼり肩を落とす理耶。

「オーガの実在を突き止めたところまでは惜しかったんだけどなあ」

今日のところはもう突っ込みませんよ僕は。

「今度からはもっと本格的に推理するよう心がけなきゃなあ。よし、今日という日の教訓をしっかりとこの胸に刻みつけておかなくちゃ」

堪《たま》らず僕は苦笑いを零《こぼ》す。

「いつか本当にその日がくることを願ってるよ」

「え、どういうことさ幸太《こうた》くん？」

きょとんと理耶《りや》が首を傾《かし》げたタイミングで世界の修復が完了する。『名探偵は間違えない《ルールブック》』によって顕現したオーガが世界に与えた影響およびその痕跡は抹消され、世界にとって事変はなかったことになる。物理的にも、そして非物理的にも。

「……あれ、どうして私はイリスちゃんを抱いてるんだろ？　ついさっきまで私はみんなの前で本格的な推理を披露してたはずなのに」

やはり僕しか保持し得ない事変の記憶。能力者本人すら忘れてしまうその過去を、どうして僕だけが記憶し続けることができるのだろうか。

でもまあ今はさておこう。まずは姫咲《きさき》先輩たちに事変の終息を知らせねば。

僕は通常状態に戻っている姫咲先輩たちへと声を投げる。

「姫咲先輩、ゆゆさん、雨名《うな》！　安心してください！　事変は無事に終息しました！　ちゃんと手順も踏めてます！」

すると姫咲先輩がにっこりと微笑《ほほえ》みを返してくれる。

「あらそうでしたか。それは大変ホッとしましたわ。ありがとうございます幸太さん」

「ってことはわたしたち、ちゃんとオーガさんを倒せたんだ……ふへ。やったあ無事にお治しできて生き延びられたあ〜……ありがたやありがたや……ふへ、ふへへ」

九死に一生を得た安堵《あんど》顔でにへらにへらと笑いながら天に感謝を捧《ささ》げるゆゆさん。

「承知いたしやがりましたです。福寄《ふくよせ》様も推理、お疲れ様でございやがりましたです」

雨名は相変わらず無表情ながらぺこりとこちらに頭を下げるのだった。

ともあれまあ、これで大波乱だった業落としと、それに連なって発生してしまった島の財宝にまつわる悲劇的な殺人事件も終幕というわけである。

「さあ、みんなのところへ行こうぜ理耶」

「うん。そうだね幸太くん」

そして再び眠るイリスを預かった僕と理耶は姫咲先輩たちのもとへ歩き始める。

桃山《ももやま》村長の命が失われた事実には依然として胸が痛むが、とはいえ夜も大概遅い。正直へとへとに疲れたし、一刻も早く桜鬼邸《おうきてい》に戻って自室のベッドにダイブしたい……。

……と、そこで僕はとある事実に引っ掛かりを覚えた。

桜鬼邸。深夜の書斎。そこで見かけた怪しげな行動をとるふたりのメイド。

姉妹のひとりが持ち出した、ひどく古びた一冊の書物。

――この島の郷土資料ですよ。

――この書斎に収蔵されている資料で勉強しようと思ったんです。そうしたらちょうどよさげな書物を発見しまして。

さらに今日の日中見かけた、村へと向かっていく双子姉妹の背中。

――おや、なにかと思えば可愛《かわい》らしい二羽のウサギさんがお出かけのようだね。

――あら、本当ですね。村の方へ買い出しかなにかに向かってるのかしら？

そして先ほど耳にした、桃山《ももやま》村長を殺した犯人である山手《やまて》司《つかさ》氏の発言。

――だってあの暗号は俺が見つけたんだ。俺がもらったあの本から……。

爆発的かつ連鎖的に、脳内に点在していた記憶が一本の鎖へと連結していく。

そうしてできあがったそれは、ひどく冷たくてぞっとするほどの事実だった。

堪《たま》らず僕は立ち止まって理耶《りや》の顔を見やる。急に足を止めた僕にびっくりしながら、理耶は怪訝《けげん》な顔をして僕の目を見つめ返した。

「ど、どうしたの幸太《こうた》くん。なんか急に顔色が悪いよ？　なにか心配事でも思い出したの……？」

心配事どころじゃない。

もし僕の推論が正しいとすれば、事件は本当の意味での解決を迎えちゃいないんだ。

「なあ理耶聞いてくれ。僕は今とんでもない推理を思いついてしまったんだ」

「とんでもない推理……？」

「ああ。僕の推測が間違っていなければ、この殺人事件を仕組んだ本当の犯人といえる存在は――」

――そのとき。なんの前触れもなく起こった爆発が僕たちを襲い、灼熱《しゃくねつ》と絶対零度の入り混じった爆風が僕・理耶・イリスの体を紙人形のごとく易々《やすやす》と吹き飛ばした。

「うぐわあああああっ！」

「きゃあああああっ！」

三人ともがバラバラの方向に飛ばされる。受け身を取る暇もなく何度も地面に体を打ちつけながら転がって、ようやく僕の体は動きを止めた。

激痛に顔を歪《ゆが》めながらも上半身を起こし、爆発の原因を考えるよりも先に、僕はもうもうと立ち込める土煙の向こうへと目を凝らす。

「理耶……イリス……無事か……！」

やがて晴れた視界の向こう、そこにあったのは、気を失った理耶《りや》の姿と、今もなお眠りから覚めないイリスが土の上に伏す光景だった。

懸命に起き上がろうとするが上手《うま》く体に力が入らない。ぷるぷると小刻みに震える両腕でなんとか上体を支えていると、かつん、かつん、かつん、と石階段を上ってくるふたつの足音がどうにも好ましからぬ空気をまとって鼓膜に届いた。

そして現れたふたつの人影が、それぞれに愉悦じみた笑みを伴って僕たちを見渡す。

やがて立ち並ぶふたつの影のうち、小さな方がニタリと不気味に歯を剥《む》いた。

「よおよお盛大に吹き飛んじまった……じゃなくて吹き飛びあそばされたでございますなあお三方よお。まあこちとらこれまでずっと我慢させられてハラワタ煮えくり返りそうだったからよ、過度な威力もやむなしってもんだ……じゃなくてやむなしでございますぜ」

続けて大きな方の影が粛々とした笑みをかたどる。

「ええ本当に、あたくしも従順なメイドを演じるのが窮屈で窮屈でサメザメ泣き凍えてしまいそうでした。それとハラワタ、もう語尾に敬語をつける必要はないんじゃなくて？」

メイド服にウサ耳のカチューシャをつけた紅蓮《ぐれん》髪のツインテール少女と白群髪のツインテール少女——宇佐手《うさで》ハラワタと宇佐手サメザメが、いかにも飄々《ひょうひょう》とした佇《たたず》まいで夜更けの山頂に姿を見せたのである。

それは驚きとともに自分の推論に確信を与える理由となった。

僕は精一杯の敵意を込めた眼差《まなざ》しを彼女たちに向ける。

「ハラワタ、サメザメ、今の爆発は君たちの仕業か……？　ここに来たってことは、やっぱり君たちが事件の黒幕だったんだな……！」

するとハラワタはニタリと挑発的な笑みをたたえた。

「んあ？　ああそうだぜ、今のはあたしとこいつがやったんだ」誇らしげに隣の妹を親指で示す双子の姉。「けどなんだ黒幕って。なんかよく意味が分かんなくてハラワタ煮えくり返っちまうぜあたしはよ！」

「ふふふ。おそらく福寄《ふくよせ》さんは、あたくしたちがあの小男をけしかけたことをおっしゃっているんですよ」

さも愉快げな微笑をたたえるサメザメ。今の言葉はなによりの自白だ。

「やっぱりそうか……桃山《ももやま》村長の死体が握っていた財宝の在処《ありか》を示す暗号文は、昨日の夜に君が書斎から持ち出した書物に記されていたんだな……。そして君たちふたりは、それを山手《やまて》さんに渡して暗に財宝の存在を仄《ほの》めかした……おそらく桃山村長を関わらせることも含めて、そして最後には仲違《なかたが》いさせることも含めて、すべては今回の事件を引き起こすために君たちが仕組んだことだったんだ……！」

「あらあら最後の推論に関しては証拠が足りないんじゃありませんか福寄さん。それはあくまで憶測の域を出ませんよ。勝手に殺人事件の黒幕に仕立て上げられてしまっては、あたくしサメザメ泣き凍えるしかありません」

と乾ききった双眸《そうぼう》に手を当てて泣く真似《まね》をしてみせ、再びサメザメは笑みをかたどる。

「ですがまあ隠しても仕方のないことですし、ええ認めましょう。この殺人事件はあたくしたちが仕組んだことです。あたくしと姉のハラワタが、山手司《やまてつかさ》という名の小賢《こざか》しく矮小《わいしょう》な男を唆し、最終的には村長である桃山俊和《ももやまとしかず》を殺害するように仕向けたんです」

一切の罪悪感もなく、ただ淡々と、そして堂々と自分たちの仕業であることを認めるサメザメ。そこには、普通の人間と乖離《かいり》した命への軽薄な価値観がありありと見て取れた。

背筋を寒気が駆け上がり、次いで怒りが込み上げる。

「一体どうして……どうしてそんなことをしたんだ！」

人の命というものは、そんなに軽々しく奪われてよいものじゃないはずなのに。

けれど悔いる様子もなければ怯《ひる》む様子も彼女たちにはない。それどころかハラワタは、僕の憤りに却《かえ》って愉悦を覚えたかのごとく挑発的に唇を歪《ゆが》めてみせる。

そして次に彼女が放った言葉は——しかし、予想だにしないものだった。

「あたしたちがどうして殺人事件が起きるよう仕組んだかだって？　そんなもん、ハラワタ煮えくり返るほどうざってーこのガキんちょに邪魔くせえ目ん玉を使わせておねんねしてもらうために決まってんじゃんか」

思考が途絶する。

なんだ。どういうことだ。目を使わせる？　眠らせる？　どうしてそんな言葉がハラワタの口から出てくる？　考えられることはただひとつ。

「ハラワタ、サメザメ、ひょっとして君たちはイリスの力のことを知っているのか……!?」

するとハラワタとサメザメは嘲るような表情で僕を見る。

そして彼女たちは言った。

「あたしたちがガキんちょの力を知ってる？　んなもん当たり前だろうがよ」

「だってあたくしたちは、イリスさんと同じ――『真理の九人』たる体現者《マニフェスト》ですから」

宇佐手《うさで》姉妹が告げる、驚愕《きょうがく》の事実。

あまりに意表を突いたその告白に、僕は呆然《ぼうぜん》とするよりなかった。

「君たちが、真理の九人だって……!?」

「ああそうだよ」

開いた口を閉じることができない僕に嘲笑を寄越《よこ》しながら、ハラワタは地面に伏して眠るイリスの小さな体を左手で乱暴に掴《つか》み上げる。

「おいハラワタなにを――」

「このガキんちょの両眼――『真実にいたる眼差し《トゥルーアンサーアイズ》』はすげー厄介でハラワタ煮えくり返っちまうからよ、こうして力の反動で大人しくなんのを待ってたんだ。これでようやく回収できるってもんだぜ」

「回収だって……!?」
「ええそうです」サメザメが答える。「今回あたくしたちが万桜花《よろずおうか》家の臨時使用人として
あなた方と接触を持ったのは、すべてこの子、イリスさんの真実の力を回収するためだっ
たんですよ」
まさか宇佐手《うさで》姉妹がただの黒幕ではなく『真理の九人』の一員たる体現者《マニフェスト》だったとは。
さらにその目的が同じ体現者であるイリスの身柄を回収することにあったとは。それが一
連の出来事における真相だったとは。
いかなる名探偵だろうと見通せなかっただろう真実に、僕は戦慄するほかない。
でも、だからといって呆《ほう》けてばかりはいられない。だって。
「イリスを君たちに渡すことなんて絶対にできない……!!」
回収の理由がなんであれ、それはきっとイリスにとって望ましいものじゃない。それど
ころか、彼女にとっておぞましいものである可能性すらある。だから絶対に、彼女たちに
イリスを渡してしまうわけにはいかない……!
「ええまったくもってその通りですわ幸太《こうた》さん」
気づけば隣に姫咲《きさき》先輩が立っていた。彼女はいつものごとく優美に、けれど明確な怒気
をたたえてふたりの臨時メイドを見据えている。
「それにしても、我々万桜花の目を欺き使用人として潜入なさるとは大したものですね」

「簡単でした」サメザメは得意げに答えた。「『詐偽の体現者』の力――詐偽の真理をもってすれば容易《たやす》いことです」

それがどんな力なのか判然としないが、人を欺く力なのだろうか。いずれにせよ異能を使ったということらしい。姫咲先輩は「そうですか」とだけ言って言葉を続ける。

「ともあれハラワタさん、そしてサメザメさん。あなたたちは万桜花のメイドとして失格ですわ。わたくしの大切な友人たちには丁重な態度で接するようにお願いしたはずです」

「はっ！」姫咲先輩の厳しい眼差《まなざ》しを鼻で笑って弾《はじ》き返すハラワタ。「あんたのメイドなんか失格で上等上等！　こちとら聞きたくもねー命令を聞かされてハラワタ煮えくり返ってたんだ。むしろこっちから願い下げってやつだぜ、なあサメザメ？」

「ええその通りですねハラワタ。可愛《かわい》がっていただいたお礼といってはなんですが、あたくしたちから皆さんにこの世の真理というものを教えて差し上げるとしましょうか」

「くひひっ！　ああそうだなあ！　そうするとしようぜえ！」

刹那、山頂の宵闇がたちまち紅《あか》と蒼《あお》の光に照らし上げられる。

それは怒り狂うような紅蓮《ぐれん》の焔《ほのお》と、悲しみ凍《い》てつくような白群の冷気だった。

宇佐手ハラワタが火炎に包まれ巨大な輪郭を得た右腕を掲げ、対するサメザメが氷結に包まれ巨大な輪郭を得た左腕を掲げる。

「真理の九人がひとり、激昂《げきこう》の体現者《マニフェスト》――『激昂にて焼き尽くす右腕《エンドレスマッドフレイム》』」

「真理の九人がひとり、悲嘆の体現者――『悲嘆にて凍て尽くす左腕《エンドレスサッドフリィズ》』」

その超常の力を目の当たりにして、ようやく僕は真に理解する。今目の前にいるふたりの少女は、間違いなく尋常ならざる世界に身を置く存在なのだと。

だがそれは、彼女たちだけの特権的なものではない。

「真理の九人だろうとなんだろうと、わたくしたちはわたくしたちの大切な仲間をお守りするだけですわ。準備はいいかしら、ゆゆさん？」

微塵《みじん》も臆せぬ姫咲《きさき》先輩と、彼女の言葉に応じてゆゆさんが立ち上がる。どうやらゆゆさんは失神した理耶《りや》に応急の手当てをしてくれていたようだった。

「事変の次は真理の九人だなんてめちゃくちゃ災難だあ……！　なんかハラワタさんの右腕はめちゃくちゃ燃えてるし、サメザメさんの左腕はめちゃくちゃ凍ってるしい、そんな手に捕まったら即刻人生お終《しま》いなやつだよぉ～……！」

などと嘆きながらも、ゆゆさんはしっかりと足を踏みしめ姫咲先輩の隣に立ってインジェクションを構えてみせる。

「でもね、イリスちゃんはわたしたちと同じ理耶ちゃんの助手で、それにわたしたちの大切なお友達だから、あなたたちに連れていかせちゃうわけにはいかないんだ……！　だからわたしは、あなたちをお治しするよ……！」

ゆゆさんの決意に微笑《ほほえ》みかけ、改めて姫咲先輩は眼前の双子姉妹を見据えると背後に控える専属メイドへと指示を出す。

「雨名《うな》、あなたはまだ山頂にいる島民の方々を安全な場所へ避難させてちょうだい」

「かしこまりましたお嬢様」

そして闇に溶けるように消える雨名。その動きは目にも留まらぬほど素早い。

そうしてついに、真理の九人――激昂の体現者・悲嘆の体現者と、『本格の研究《スタディ・イン・パズラー》』の助手――『天魔を喰らいし者《ヴァイルイーター》』たる姫咲先輩と『地恵の魔法使い《ナースオブアース》』たるゆゆさんが対峙《たいじ》する。

「さあもう一度出番よ。――来なさい、ダベル」

「偉大なる恵みの星、地球よ。汝《なんじ》、ウェルケアネスが結びし円環の盟約に従い、我に力を与えたまえ――インジェクション・オン！」

助手ふたりが瞬く間に変身を終え、四人の臨戦態勢が整った。

真っ先に火蓋を切ったのは、獰猛《どうもう》な闘志を顕《あら》わにしたダベルだった。

「おいおいてめえらも敵だったとはなあ！　んじゃさっさとぶち殺すぜ！　つうわけで俺様の最強に怖《おそ》れ戦《おのの》きぶちのめされなあ！　俺様最強ガチボコりパ――――ンチ!!」

ハラワタ目がけて猛然と殴りかかるダベル。しかしハラワタの燃える右腕は、人外の破壊力を誇るその拳を容易《たやす》く受け止めてみせた。

拮抗《きっこう》する両者。

「おいメラメラ小娘え……！　てめえ意外とやるじゃねえか……！」

「くひひひっ！　お嬢様こそまさかこんなバケモンを飼ってるたあおどろきだぜ、大した異能も持たねえ箱入り娘かと思ってたのによお」

その傍らで相対するのはメイドの片割れと魔法少女。

「申し訳ないけど手加減はできないぷりん！　全力でお治しお注射ぷりん～ッ！」

全力で振り下ろされたゆゆさんのインジェクション、その鋭利なニードルを、しかし宇《う》佐手《さで》サメザメは容易く掴《つか》んでみせた。

左腕に掴まれたニードルが、たちまち氷結してその回転を強制的に停止させられる。

「くううう……っ！」と奥歯を噛《か》み締めるゆゆさん。「まさかインジェクションのニードルをこんなにも簡単に受け止められるなんてぷりん……！」

悔しげな魔法少女に悲嘆の体現者《マニフェスト》は嬉々《きき》とした微笑を返す。

「こちらこそまさかですよ。真理の九人の中でも最上位たる真実の担い手があなた方のような得体の知れない人たちに匿《かくま》われていたなんて。せっかくですから教えて差し上げますが、真実の力はとてもあなた方の手に負《お》えるものではありませんよ。さらにいえば現在混《こん》沌《とん》化しつつある世界を均衡させるためには彼女の真実の力が必要不可欠なのです。だから是非ともここは大人しく彼女を、いえ、彼女の眼だけでも渡してはくれませんか？」

「なにを言ってるぷりん……！　大事なイリスちゃんのことを眼だけでもくれなんて言う人に、絶対渡したりなんかするはずがないぷりん！」

彼女の怒りはもっともだ。僕だって怒りが込み上げる。だからこそふたりが宇佐手姉妹を抑えてくれているあいだに、僕がイリスを取り返してみせなくては……！

せめぎ合う四人の能力者を横目に、僕はただひたすら眠る幼女を目指して走り出す。

イリスはハラワタの左肩に抱えられている。彼女の燃える右腕がダベルと拮抗している今なら十分に奪還を狙えるはずだ……！

異能力者たちの意識の隙間を掻《か》い潜《くぐ》って、僕はイリスへと手を伸ばす——。

しかしそこでハラワタが厭《いや》らしく笑った。

「おいおいがっつきやがるじゃあねえかおい。でもこのガキんちょは渡しちゃあやれねえぜえ？」

そしてハラワタは、イリスの小さな躯体《くたい》を捨て去るように自身の背後へ放り出した。

「イリスっ！」

思わず叫び声が喉を飛び出す。意識のない小柄な体躯《たいく》は軽々と宙を舞い、港へと続く直線階段の方に落ちていく。このままだと大怪我《おおけが》は免れない。受け止めなければ。くそっ。でもどうやったって着地点には間に合わない……っ！

無駄だと分かっていながら手を伸ばす。

縋《すが》るような指先の遙《はる》か先を、小さな彼女が落下する——。

しかしそこで僕は気づく。落下点にはもうひとつの人影があった。気配を殺し、夜闇に潜み続けていたもうひとつの影が。

微笑の仮面を顔に貼りつけたその影が、眠る幼女の躯体《くたい》をぞんざいに受け止める。

イリスが石階段に衝突せずに済んだことに安堵《あんど》する暇もなく、むしろ僕は一層の不安を掻《か》き立てられずにはいられない。

何故《なぜ》ならイリスを受け止めたその影は。

寒気がするような微笑《ほほえ》みをたたえた人影の正体は。

灰色の髪に白い肌。そして漆黒の執事服。

「ハングリィ……!?」

ほかでもない桜鬼邸《おうきてい》の臨時使用人、ハングリィ・ヴォイドレッドだったのだ。

「これはこれは福寄様《ふくよせ》」

わざとらしく恭しい態度の執事を前に、僕は疑念を持たずにはいられない。

どうしてハングリィがここにいる。それにどうしてハングリィは笑っている。寒々としていて、なのにさも嬉々《きき》としたその微笑に、僕はどうしてぞっとしている？　不安になっている？　怒りを覚えている？　焦りを覚えている？

それはきっと、無意識に予想がついたからだ。

だから僕は足を止めない。

このままじゃ、イリスの身は依然として危ない──！

「ハングリィ！　イリスを返せ──」

言い終えるよりも早く、ハングリィ・ヴォイドレッドの細められた双眸《そうぼう》がすうっと僕を見据えた。

「申し訳ございません福寄様。それにはお応えいたしかねます」

続けてハングリィが告げる。


「──『虚無を映し出す脳髄《オールエンプティブレイン》』」


刹那、轟音《ごうおん》を伴った衝撃とともに地面が崩壊する。山頂に幾筋もの亀裂が走り、隆起しては無数の断層を成す。大地の裂け目に飲み込まれそうになりながら。かと思えば上昇する地面に突き上げられながら。さながら天地反転を思わせる理解不能の異変に五感を撹拌《かくはん》されるがままに、衝撃で跳ね上がった土塊が礫《つぶて》のごとく連続して僕の全身を打ち叩《たた》いた。

紛《まご》うことなき超常の現象。やっぱりハングリィ・ヴォイドレッドも異能力者か……!!

けれど弄ばれる自分自身をどうすることもできないまま、僕は悠々と階段を下り始めたハングリィに視線を定めることすらままならない。

いまだ目を覚まさない白髪の幼女が、灰色髪の少年に連れ去られていく。

「待て……待てハングリィ……っ！」

伸ばした手は、やはり今度も届かない。

不敵な微笑をたたえたハングリィが横目に振り返る。

「それではこの未熟な真実の器、確かに頂戴いたしました」

そして再び階段を下り始めたハングリィの背中が、そしてその腕に抱かれたイリスの姿が見えなくなる。

連れ去られてしまった。仲間が。

連れ去らせてしまった。幼くか弱い少女を。

「イリス……っ！　イリス────っ!!」

怒りと無力感に任せた僕の叫び声は、しかしたちまち土雨の轟音《ごうおん》に掻《か》き消され、きっと眠る彼女の鼓膜を揺らすことはできなかった──。

【10】黒幕の思惑

――――……。

――――……。

――……。

――……つめたい。

まるで水底のようにぼんやりとした感覚の中、イリスは意識を取り戻した。

目隠しのために視界は真っ黒だ。小さな手で恐る恐る周囲を探ると、ぺたぺたとした木の床のようだった。どうやら屋内らしいとイリスは思った。

「ようやく目を覚ましましたかイリスさん。随分と長いおやすみでしたねえ」

何者かが正面にいる気配がした。イリスは思う。この声は確か……。

「執事さんかも……？　そしたらここは姫咲《きさき》お姉ちゃんの別荘かも……？」

「その通り、ここは桜鬼邸《おうきてい》のエントランスです。床の上で眠り続けるアナタが目覚めるのを、ワタシはこの中央階段に腰掛けてずっと待っていたんですよ」

やはり、ここは万桜花《よろずおうか》家の別荘らしい。

「お兄ちゃんたちは？」

「いません。ここにいるのはワタシとアナタだけです」

「え……どうして？」

「彼らは今この場には不要ですから、少し外で遊んでもらっているのです。というわけで一対一でお話しをしようじゃありませんか。ねえ――『真実の体現者《マニフェスト》』」

イリスは恐怖混じりの驚きを覚えた。どうして彼は自分の眼のことを知っているのか。

「どうしてイリスが体現者だって知ってるかも？　執事さんもＱＥＤの人かも？」

「違います」執事――ハングリィは即座に否定し、続けた。「もっと単純な答えがあるじゃないですか。――つまりワタシもアナタと同じなんですよ」

「イリスと同じ？　それって……」

「ええ。このワタシ、ハングリィ・ヴォイドレッドもアナタと同じくこの世の真理を体現する者――『真理の九人』のひとりです。中でもワタシが担当する真理は虚無。すなわちこのワタシこそが――『虚無の体現者』なのですよ」

イリスの背筋を冷えた稲妻が走った。この男、ハングリィ・ヴォイドレッドも自分と々真理の力を持っている。そして担う真理は虚無。虚無の体現者。ということは――。

暴れる拍動はまるで警報のごとく。イリスは咄嗟《とっさ》に目隠しの上からさらに隠すかのように手で眼を覆った。

ハングリィは嘲笑じみた微笑《ほほえ》みをたたえる。

「さらに言えばハラワタは『激昂《げきこう》の体現者』、そしてサメザメは『悲嘆の体現者』です」

「メイドのお姉ちゃんたちも真理の九人……」

まさかあの意地悪なメイド姉妹までもが真理の九人だったとは。つまり三人の体現者《マニフェスト》が目の前に現れたことになる。

でもなんで――。

「でもなんで」ハングリィは見透かしたように言った。「でもなんで虚無、激昂《げきこう》、悲嘆の体現者がこの横臥島《おうがしま》にいるんだと、アナタはそう言いたいのでしょうイリスさん？」

虚無の体現者の声は穏やかでいて、しかし身の毛がよだつほどの冷酷さを秘めている。

イリスは本能的に嫌悪と恐怖を抱いた。

怯《おび》えるイリスを見たハングリィは一層嬉々《きき》とした笑みを浮かべる。

「それについても至極単純な答えが思い浮かぶじゃありませんか。そう。アナタのためですよイリスさん。アナタに会うために、ワタシたちは万桜花《よろずおうか》家の臨時使用人としてわざわざこの離島にまで足を運んだのです。詐偽の真理を駆使してまでね」

ハングリィは続ける。

「そして今度こそ真実を。イリスさん、アナタの所有する真実を回収することが我々の最終的な目的です」

「イリスの真実を、回収……」

その言葉はイリスの心臓を締めつけた。同時に彼女の中に過去の記憶が巡る――。

「ええそうです」ハングリィはわざとらしく溜息《ためいき》をついた。

「まったくアナタの消息を掴《つか》むのには苦労しましたよ。年端もいかない孤独な少女程度がどうしてこうも見つからないのかと首を傾《かし》げたものです。まさかＱＥＤなどという胡乱《うろん》で奇特な異能者組織に身を置き、稚拙な事象を弄ぶばかりの有象無象に紛《まぎ》れ込んでいるとは思いもよりませんでした。確かに我々は真理の体現という使命を怠らない限りその方法は各自の判断に委ねられているものの、とはいえそれは真理の九人としてあるまじき愚行ですよイリスさん」

「なんでＱＥＤに入るのがダメかも？　イリスたちはみんなで力を合わせて世界が大変にならないように頑張ってるのかも。それってきっと悪いことじゃないかもでしょ？」

するとハングリィはあからさまに眉をひそめた。

「確かに世界の調律は体現者の使命です。ですがイリスさん、アナタがＱＥＤに入って行っている具体的なことは一体なんですか……？」

具体的なこと……？

「えっと、イリスは理耶《りや》お姉ちゃんの助手になって、色んな事件で理耶お姉ちゃんとかお兄ちゃんとかの推理をお手伝いして――」

「なんてことだ！」

ハングリィが声を張り上げて嘆く。イリスは思わず身を縮こまらせた。

「そう、なんと愚かな真似《まね》をしてるんですかアナタは！　真理の九人が！　その中でも最上位たる真実の体現者《マニフェスト》が！　どうしてかあの推川理耶《おしかわりや》などという自称探偵の女子高生の助手役に収まり、人をひとりやふたり殺した程度の無価値な一般人を見つけ出すだけのつまらない児戯に耽《ふけ》っている！　まったく嘆かざるを得ません！　ワタシたちに与えられた使命とはそんなちっぽけなものではありません。この世の理を守護することこそがワタシたちの行うべきことなのです。決して些末《さまつ》な殺人事件の犯人を暴くような雑事に使われるべき力ではないんですよ。今回は目的のため逆にそれを利用させてもらいましたが、それでもワタシは虚無感を覚えずにはいられません」

虚無の体現者たる少年は大仰な身振り手振りで訴える。

しかしイリスは彼の言葉に理解を示すことができない。

……彼女は独りぼっちだったのだ。そんな彼女にとって、QEDは間違いなく居場所だった。さらに今のイリスにとっては、理耶お姉ちゃんが、ゆゆお姉ちゃんが、姫咲《きさき》お姉ちゃんと雨名《うな》お姉ちゃんが、そして——お兄ちゃんがいる『本格の研究《スタディ・イン・パズラー》』こそがなによりも大切な居場所なのだ。だからこそ。

「イリスは今いる場所が大好きかもだよ」

「くだらないですね」

ハングリィは吐き捨てるように言った。

「むしろ哀れだ。最も異変に近しいはずのアナタが、それも真実の体現者たるアナタがそれに気づかず、あまつさえそんな戯言《たわごと》を抜かすようでは、やはりアナタに真実を所有する資格はなかったと言わざるを得ません。所詮は偽りの継承者だ。一刻も早く回収せねば」

「どうして……。どうして執事さんはイリスの力がほしいかも……?」

「決まっているでしょう。この世の真理を体現するためですよ」

わずかの間もなくそう答え、ハングリィは言葉を続ける。

「QEDに身を置いていたなら分かるでしょう。今この世界はまさに混沌《こんとん》としている」

「混沌、かも……?」

「そうです。大前提、この世界を構成する要素とは、虚無・真実・詐偽・狂喜・激昂《げきこう》・悲嘆・愉悦・嗜虐《しぎゃく》・慈愛の名を冠した九つの真理であり、それらをワタシたち真理の九人が体現することで世界の骨格――すなわち秩序を成しているわけです。要するにワタシたちの存在こそが世界そのものなんですよ。これがどういう意味か分かりますか? そう、本来であればこの世界に真理を扱う人間はワタシたちだけであるはずなんです。選ばれし者である我々だけが、この世界の秩序と同一・同列たる存在である我々だけが、普通の人間には持ち得ない特別な力を行使できるはずなんです。

だというのに実際にはどうでしょうか? アナタもご存じの通り、今この世界にはワタシたち以外にも異能と呼ばれる力を所有する人間たちが存在しています。それこそアナタが身を潜めていたQEDなどはその最たる例ですよ。そこに集《たか》る異能力者という名の有象無象は、そのどれもが真理とは似ても似つかない紛《まが》い物《もの》ではあれど、確かに尋常を逸脱した力を行使します。……実にあり得ない、不可解な事態です！　世界の根幹は我々九人で成されているはずなのに！　担い手たる我々と異なって単に真理に隷属するだけの人間たちに、人智《じんち》を超えた理を体現することはできないはずなのに！

……まさに混沌《こんとん》です。原因は不明ですが、どうやら秩序が崩れつつあります。世界が輪郭を曖昧にした影響が人類個々の存在にも及び、ワタシたち以外の烏合《うごう》の衆にまで自己境界を外れた理外の理を体現する力を与えてしまっているのです。由々《ゆゆ》しき……実に由々しき事態ですよ」

どうやらハングリィ・ヴォイドレッドという男は、自分たち真理の九人以外が異能を有している状況を危惧しているらしいとイリスは理解する。しかし彼はその原因を特定するまでは至っていないらしい。

イリスは内心で思う。なにが世界の骨格だ。なにが世界の秩序と同一・同列だ。自分たちはそんな高尚な存在ではない。むしろそれは、そして彼の言う混沌の原因は――。

「ですからワタシは決めたのです。いえ、体現者《マニフェスト》としてのこれまでの怠惰を悔い改め、己の果たすべき使命を果たすと誓ったのです。すなわち、今一度九つの真理を体現することで確固たる世界の輪郭を取り戻し、すべてを正しき在り方へと導くのだと」

もはや狂信的、あるいは妄信的なほど熱の籠もった言葉に怖《おそ》れを抱くイリス。早くお兄ちゃんたちのところに行きたい……。しかし逃げる隙がない。

どことなく悦に浸ったようなハングリィの瞳がイリスを見る。

「そしてそのためにイリスさん、アナタの真実ももちろん必要になるというわけです」

混沌と化しつつある世界を彼の思う正しい在り方に矯正すること。それが目的であり、そのためにハングリィはイリスの真実の力を欲している。

「さてイリスさん。そこでひとつ、ワタシからアナタにご提案があります」

不意に優しげな声音を出すハングリィ。でもイリスは警戒を解かない。

「な、なにかも……？」

「ワタシの計画に協力してください」ハングリィは微笑交じりに言った。「そうすれば、確かにアナタは未熟ですが、強引に真実の力を奪い取ることはやめておきましょう」

「計画って、どんなことをするのかも……？」

虚無の体現者はにこりと笑った。

「ですから真理の体現、世界の浄化、正常化ですよ。要するにですねイリスさん、我々正しき真理の担い手以外の贋物《がんぶつ》をすべてこの世から排除するんです」

「はいじょ……？」

「ええそうです。伝わりませんか？　でしたら分かりやすく言い直しましょうか」

その微笑に邪悪な色が混じった。

「つまりですね――我々真理の九人の手によって、ワタシたち体現者以外の異能力者を全員殺してしまうのですよ」

　あまりに信じがたいその言葉に、イリスは思考もろとも硬直するほかなかった。

　自分たち真理の九人以外の異能力者を抹殺する？　それはつまり――。

「そしたらみんなは？　みんなはどうなるのかも……？　理耶《りや》お姉ちゃんは？　ゆゆお姉ちゃんは？　姫咲《きさき》お姉ちゃんは？　雨名《うな》お姉ちゃんは？　……お兄ちゃんは？」

　虚無を担いし体現者《マニフェスト》、ハングリィ・ヴォイドレッドの言葉に躊躇《ちゅうちょ》はなかった。

「無価値な一般人であれば真理の妨げとはなり得ません。しかし仮に彼女たちが異能を具《そな》えた存在だというのなら――少なくともアナタと同様にＱＥＤに所属している人間はそうなのでしょうが――当然、この世から排除しなくてはなりませんねえ」

「そんなのやだ！」

　イリスは咄嗟《とっさ》に恐怖を忘れて叫んだ。

「イリスはみんながいなくなるのなんてやだ！　理耶お姉ちゃんが死んじゃうのも！　ゆゆお姉ちゃんが死んじゃうのも！　姫咲お姉ちゃんが死んじゃうのも！　雨名お姉ちゃんが死んじゃうのも！　それとお兄ちゃんが、お兄ちゃんが死んじゃうのはやだ！　イリスは執事さんには協力しないかも！」

堪《たま》らず夢中叫び続けて……そこでイリスははっとした。

ハングリィが立ち上がったような気配がしたのだ――。

「――『虚無を映し出す脳髄《オールエンプティブレイン》』」

聞こえた瞬間、耳をつんざく轟音《ごうおん》とともに天地を見失うほどの地震がイリスを襲った。

「きゃあああああっ！」

必死に床にしがみつくイリス。

揺れは収まらない。暗黒の視界の中、なにかも分からぬなにかが鈍重な衝撃を伴って降り注ぎ、一層イリスを恐怖させる。肌身に感じる建物の倒壊。断末魔じみた桜鬼邸《おうきてい》の悲鳴にイリスは身を強張《こわば》らせた。

これがハングリィ・ヴォイドレッドが体現する真理……！

「そう。これがワタシの虚無の力です。虚無とはつまり虚《うつ》ろたる無の概念。ワタシの真理が体現するのは、存在として形を成す悉《ことごと》くを等しく虚無に還元した世界だ」

崩壊する桜鬼邸の中を悠々と歩くハングリィ・ヴォイドレッド。

やがて震動が終息し、イリスは恐る恐る顔を上げる。

「きゃうっ！」

ハングリィの右手がイリスの首を掴《つか》み、そのまま体を持ち上げた。

「う……うぐぅ……っ！」

喉が絞まって上手《うま》く息ができない。苦しみに喘《あえ》ぎつつ足をばたつかせたところで、幼い少女の力ではその捕縛から逃れることは敵《かな》わなかった。

「せっかくの提案を、譲歩を拒んだのはアナタだ。なら仕方がありませんね」

「な、なにする、かも……!?」

「当初の計画通りに事を進めるだけです。アナタから真実の力を、その金銀の双眸《そうぼう》を抉《えぐ》り出して回収します」

イリスの背中を恐怖と戦慄が駆け上った。

「イリスの、眼を……!?」

「ええ」邪悪な笑みを浮かべるハングリィ。「強制的にアナタから真実を引《ひ》き剥《は》がし、このワタシのものとします。前回は——アナタのお兄ちゃんのときは失敗してしまいましたが、今回こそは逃しません。なにしろ未熟なアナタでは他者に力を継承させることもままならないでしょうからね」

その言葉でイリスは理解した。

やはり、この男がお兄ちゃんを——。そして今度は自分を殺すつもりなのだ。

この眼が、真実を体現する力が、『真実にいたる眼差し《トゥルーアンサーアイズ》』が欲しいから。

ハングリィはイリスの目隠しに左手をかけた。

「さあまずは不熟の証左たるこの黒布を剥《は》ぎ取って差し上げましょう」

そして『虚無の体現者《マニフェスト》』はイリスの目隠しを外す――。

――ひゅん！

風を切りながら飛んできた石礫《いしつぶて》が、黒布を外さんとしていた左手に命中した。

「……意外な展開ですね」

「イリスからその手を離せハングリィ!!」

続けてハングリィに人影が衝突する。体現者の手からイリスが離れると、人影は彼女を抱き留め、そのまま敵から距離を取った。

自身を抱く相手から伝わる温かさ。その温《ぬく》もりに、イリスは確かに覚えがあった。

間違いない。自分を助けてくれたのは。

「お兄ちゃん……？」

どこか祈りにも似た彼女の問いに、温かい声が言葉を返す。

「ああイリス。君のことを助けに来たよ」

福寄幸太《ふくよせこうた》が、自身の腕に収まるイリスに優しく微笑《ほほえ》みかけた。

「お兄ちゃあん……！」

胸のうちには喜びが満ちていくのに、笑顔をつくりたいのに、訪れた安堵《あんど》とこれまでの恐怖に堪《たま》らずイリスは泣いてしまう。

「ごめんなイリス、遅くなっちゃって」

そう言って、幸太《こうた》は一度イリスから目線を外す。

彼が睨《にら》み据えるのは、執事服をまとった灰色髪の少年、ハングリィ・ヴォイドレッド。

幸太の鋭い眼光を受けたハングリィは、しかし崩さぬ余裕で幸太を見返した。

「崩壊した桜鬼邸《おうきてい》の瓦礫《がれき》に身を隠して機を窺《うかが》っていましたか。さらには手頃な破片を投擲《とうてき》して攻撃を行うことであえて存在の方向を認識させ、実際には素早く移動して別方向からの急迫を試みる、と。戦闘経験皆無の一般人にしてはなかなかどうして見込みのある判断です。アナタは随分と賢い頭脳をお持ちのようですね、福寄《ふくよせ》幸太様」

「お前なんかに褒められたってちっとも嬉《うれ》しくなんてないな」

幸太はハングリィの言葉を斬り捨てるが、眼前に立つ体現者《マニフェスト》の表情に変化はない。

「それにしても、アナタがここにたどり着くとは意外と言うほかありません。アナタ方にはハラワタとサメザメをあてがったはずですが」

「あいつら双子姉妹なら倒したよ」

ハングリィの片眉がぴくりと微動する。

「激昂《げきこう》と悲嘆の体現者がアナタ方ごとき有象無象の一片に敗北を喫するとは、にわかには信じがたいですねえ」

「信じがたいもなにも、ここに僕がいるんだから真実だろ。僕たち『本格の研究《スタディ・イン・パズラー》』を、姫《き》咲先輩《さき》やゆゆさんや雨名《うな》をなめるなよ」

「…………」

黙すハングリィ。畳みかけるように幸太は続けた。

「お望みとあらば聞かせてやってもいいんだぜハングリィ。双子を倒した本人たちがもうすぐここに到着するはずだからな。でもそんな必要もないだろ。お前たちの計画は失敗して終わりなんだ。イリスのことは渡さない。大人しく諦めて、とっととこの島を出て行ってもらうぞ！」

刃の切っ先を突きつけるかのごとく幸太は言い放ち、無音の時間がその場を満たした。

崩壊し瓦礫に埋もれた桜鬼邸の中央で、幸太とハングリィの眼差《まなざ》しが交差する──。

【11】 蒼血冥士《ブルーブラッド》統べる深淵

――――。

――――。

――――。

――イリスに届かなかったこの手、この身。この叫び。

すべてがもろともに、崩落と隆起を混合した荒ぶる頂へと呑《の》み込まれる――。

「おい小僧！　なにぼーっとしてやがんだコラア！」

ダベルの怒声にはっとする。

急速に意識が覚醒し、どことなく曖昧だった視界が鮮明になる。

……途端に僕が抱いたのは違和感だった。

「山が……崩れてない……!?」

僕の目に映るのは、天変地異のような崩壊が起こる直前の光景そのままだったのだ。宵闇に染まった山頂の真《ま》っ只中《ただなか》、依然としてぶつかり合う四人の能力者たちの姿がそこにあった。唯一、イリスの姿が消失したということだけが、僕の認識と相違なかった。

「てめーがボケッとしてるからよお！　目隠し小娘があのいけ好かねえ執事野郎に連れていかれちまったぜ！」

「ハングリィがイリスを……？」

やっぱりハングリィがイリスを連れ去ったことは事実らしい。しかしどうにも記憶と現状が一致しない。一体どういうことだこれは……？

「くひひひっ！　ハングの虚無にやられちまった奴《やつ》の顔を見るのはいつだって面白えなあ！　おかげでハラワタの煮えくりもちっとだけ落ち着くってもんだ、なあサメザメ？」

「ええハラワタ。彼の虚無に翻弄された人間が浮かべる滑稽な呆《ほう》け顔は、サメザメ泣き凍えるあたくしの心をほんのりと暖めてくれますね」

揃《そろ》って嘲笑を浮かべる双子姉妹。虚無にやられる？　虚無に翻弄……？　その言葉から察するに、ハングリィが持つ真理の力は虚無なのだろう。その実態がなんなのかは、まだはっきりと理解できないが……。

でも今はそんなことはどうだっていい。ハングリィにイリスが連れ去られてしまった。それだけは確かなのだ。とにかく、今すぐ奴を追いかけなければ。

「くそっ、待ってろイリス……っ！」

交戦する四人の合間を縫って再び石階段に向かう僕だったが――しかし、瞬時に豪炎と凍結の怒濤《どとう》が目の前に立ちはだかり、混ざり合ったそれが生じさせた爆風が問答無用とばかりに僕の体を後ろへと吹き飛ばした。

「ぐわあああっ！」

無様に地面を転がる僕を眺めつつ、ハラワタは燃え盛る右腕でダベルを弾《はじ》き飛ばしながら嗜虐《しぎゃく》的に笑んだ。

「行かせるわけねえだろがよー！　それがあたしらの役目だからな！　あんたら全員ここで細胞ひとつ残らず丸焦げだ！　それが激昂《げきこう》の真理ってもんだぜ！」

サメザメも、凍りつかせたインジェクションごとゆゆさんの体を投げ飛ばし、澄ました顔で僕に嘲りの眼差《まなざ》しを向ける。

「そう。行かせるわけにはゆかず、そして生かすわけにもゆきません。あなたたちは全員、ここで細胞の一片まで残らず凍《い》てつき死を迎えるのです。それが悲嘆の真理ですから」

嘲謔の中に窺《うかが》える悪意。彼女たちは本気で僕たちを殺すつもりだ。

吸い込んでしまった土埃《つちぼこり》を咳《せき》と一緒に吐き出す。どう動くべきか考えあぐねていると、僕を庇《かば》うようにダベルとゆゆさんが立ち上がり、そして前に進み出た。

「おい小僧。まずは俺様たちがあのクソうぜえメイドたちをぶち倒す。目隠し小娘を連れ戻しに行くのはその後だ。つーことでてめーは邪魔だからその辺に隠れてろ！」

「ダベルさんの言う通り、まずはハラワタさんとサメザメさんを倒すのが先決ぷりん、幸《こう》太《た》くん。だから幸太くんは理耶《りや》ちゃんのことを護《まも》っててあげてほしいぷりん」

ダベルとゆゆさんが僕の壁となり、ふたりの体現者《マニフェスト》を見据える。

実際問題、僕に戦闘力と呼べるものはなく、眼前に立ちはだかる異能力者を退けるには彼女たちの力を頼るほかない。そして僕は明らかに足手まといであり、場合によっては彼女たちの弱点にもなり得る明確な障害物だ。

「……分かりました。すみません、ダベルもゆゆさんも、どうか負けないでください」

なにもできない自分を悔やみつつ、僕は木陰に横たわる理耶のもとまで退いた。

僕の後退を見届けたダベルが改めて凶悪な笑みを浮かべて臨戦の体勢を構える。

「つーわけでようやく思いっきり戦える状態になったからよお！　今度こそムカつくてめーらまとめてギッタンギッタンのボッコボコにしてやるぜえ！」

同様にハンマー型マジカルステッキ、インジェクションを構えるゆゆさん。

「早くイリスちゃんを助けに行かないといけないからねぷりん、ごめんなさいだけどあなたたちのことは全速全力でお治しさせてもらうぷりん！　覚悟してほしいぷりん！」

そして『本格の研究《スタディ・イン・パズラー》』が誇る魔人と魔法少女が激昂・悲嘆の体現者をめがけて踵《かかと》を蹴って猛進する。

確かに真理の九人たるハラワタとサメザメは超常の力を使役する異能力者だ。しかし外見上、その特殊性は全体のごく一部に現れているにすぎない。要するに、ハラワタでいえば燃え盛る右腕、サメザメでいえば凍りつく左腕と、どうやら身体の一部に象徴的な異能を発現するに留《とど》まっているのだ。

確かにハラワタの右腕から放たれる灼熱《しゃくねつ》は万物を焼き尽くすほど凄《すさ》まじい。そしてサメザメの左腕から放たれる氷結も同様だ。しかしほとんど生身に等しい彼女たちと比して、こちら側は人外や魔法少女という特殊存在に全身を変身させたふたりなのだ。したがって僕は、姫咲《きさき》先輩（ダベル）とゆゆさんの方こそが有利だと踏んでいた。

だからこそ、僕はこの衝突に勝機を見いだした——のだが。

宇佐手《うさで》姉妹が、それぞれ勝ち誇ったように唇の端を吊《つ》り上げた。

「おい化け物よお、その激昂《げきこう》が自分の身を焼き尽くすぜえ？」

「ねえ魔法使いさん、その悲嘆がご自身の身を凍《い》て尽くしますよ？」

その言葉の意味を理解しかねた僕だったけれど、一瞬後、否も応もなく強制的に事実を突きつけられることとなる。

すなわち、彼女たちの言葉が体現されたのだ。

「ぐあああああっ⁉　あっちいいいいいっ！　クソッ、なんだこりゃあ……ッ！」

「あううううっ⁉　つ、冷たくて寒いぷりん……っ！　一体なにが起きてるの……っ⁉」

双子姉妹に向かって猛進していたダベルとゆゆさんの脚が止まり、それぞれが苦悶《くもん》に表情を歪《ゆが》める。突如として発生した超常の現象。ダベルの全身が煉獄《れんごく》のごとき火炎にたちまち染まり、ゆゆさんの全身に極北の凍気がたちまち染みる。

赫々《かくかく》と焼け焦げたダベルが脱力して地面に伏し、白々と氷結したゆゆさんが屈して膝をつく。

「ダベル！　ゆゆさん……っ！」

予想だにしなかった事態に呆然《ぼうぜん》とする僕。一体、今起こった現象はなんなんだ……!?

「これがあたしらの真理の本当の力だぜ」

「これがあたくしたちの真理の本当の力です」

余裕と自尊をたたえた双子姉妹の双眸《そうぼう》が、ダベルとゆゆさんに見下したような視線を投げる。ダベルとゆゆさんは、苦痛と困惑に滲《にじ》んだ表情でメイド姉妹を見返した。

「本当の真理だあ……？　クソが……てめえら一体俺様になにをしやがった……！」

「あなたたちにはなんの素振りもなかったぷりん……。どういうことか理解できないぷりん……！」

「くひひひっ！　そのわけ分かんなそうな顔、最高に愉快ってもんだぜ！」

愉悦の笑みを浮かべつつハラワタは言った。

「どうせあんたらは死ぬ運命だしな。冥土の土産に教えてやるよ。あたしの『激昂の力』はな、あたしに向かってキレたりとかムカついたりとかした奴《やつ》のよお、そんな怒りに根ざした敵対感情を発火させて燃やし尽くしちまうんだぜえ？　化け物お嬢様、あんたはあたしに対してムカついてた。だからその怒りが業火となってあんた自身を焼いたのさ」

次いでサメザメも恍惚《こうこつ》の微笑をたたえつつ言った。

「そしてあたくしの『悲嘆の力』は、あたくしに向かって悲壮、絶望、果ては恐怖まで、嘆きに根ざしたあらゆる感情を抱いた対象を凍て尽《い》くしてしまうのです。魔法使いさん、あなたは心のどこかであたくしと相対することに怖《おそ》れにも似た嘆きの感情を抱いていました。ゆえにその嘆きが極限の冷気となってあなたご自身を氷結させたのです」

自分に向かって怒りに根ざした感情を抱いた相手を内側から燃やし、あるいは自分に向かって嘆きに根ざした感情を抱いた相手を内側から凍りつかせてしまう……。

僕は戦慄した。なんだよそれ。デタラメすぎる。怒りも苛立《いらだ》ちも嘆きも怖れも、敵対する相手に対して抱かずにはいられない感情だ。それを覚えたが最後、真理の力によって一方的かつ必中の攻撃が発動するだなんて、不条理以外のなにものでもない……！

「そんなの勝てるはずがない……！」

思わず零《こぼ》してしまったその一言に、『激昂《げきこう》の体現者《マニフェスト》』・『悲嘆の体現者』は一層満足げな笑みを浮かべて僕に視線を寄越《よこ》した。

「物分かりがいいじゃねーか。まあそういうこった。あたしら体現者とあんたらみたいな紛《まが》いもんとじゃ格が違うんだよ」

「ですからあなた方は、あたくしたちの真理の前に為《な》す術《すべ》なく死する運命なのです」

絶対的な自信に基づいた不遜な出で立《いた》ち。

僕は甘く見すぎていた。見くびりすぎていた。

これこそがイリスと同じく強大な異能を持つ、『真理の九人』――。

「――地恵魔法『恵みを祈りし大地の涙《クリスタルティアー》』……！」

凍りついていたハンマー型マジカルステッキの内部が駆動しては熱を持って氷を溶かし、幾何学模様が刻み込まれた光の帯を放出する。それはゆゆさん、ダベルの頭上に輪をつくり、そこから透明色の滝が降り注いだ。

回復魔法液を浴びたふたりの傷が、洗い流されるように癒えていく。そして治癒し立ち上がったダベルとゆゆさんの瞳には、決して諦めの色は見えなかった。

「まだ戦えるよねぷりん、ダベルさん」ゆゆさんがインジェクションを構える。

「余裕に決まってんだろぷりぷり魔女娘。なんせ俺様は最強なんだからよ」ダベルは手のひらにばしん、と拳をぶつけてみせた。

「へー。激昂の力に内側から焼かれたってのにすっかり回復してんじゃん。魔法って言ったか？　意外とやるじゃんよ」

と物珍しそうにふたりを見やったハラワタに、ダベルは凶悪な形相を向ける。

「この俺様がてめえらなんかに負けるかよコラァ……！　今すぐぶち殺してやるから覚悟しやがれよ……！」

「くひひっ！　へえ、けどどうやってあたしらの真理を逃れるつもりだあ？　なにか算段でもあるってのかあ？」

「ったりめーだろクソガキがア……!!」自信と敵意に満ちた顔で牙の羅列を覗《のぞ》かせるダベ

ル。「だよなあぷりぷり魔女娘？」

「いやまさかのわたし任せぷりん!?」

ぶるんと首を捻《ひね》り目をまん丸にしてダベルを見やるゆゆさんだったが、しかし反論することもなく再び双子姉妹に視線を戻す。

「まあ手はあるけどぷりん……！　――地恵魔法『予め与えられた癒やし《オーバーペインティング》』！　重ね掛けぷりん！」

詠唱に伴って放出された光がゆゆさんとダベルを幾重にも覆い、すぐに透明無色になって形を消す。かつて彼女が使用した魔法だ。未来で負《お》うダメージを先取りして治癒しておく、いわばバリア的用途の先行回復魔法。確かにその魔法を使えば、宇佐手《うさで》姉妹の真理の力も防ぐことができるに違いない。

「これでさっきみたいにやられることはなくなったぷりん。さあダベルさん、一気にお治しを終わらせちゃおうぷりん！」

「よっしゃあああ今度こそやってやるぜゴルア！　死ねええメラメラクソメイドオッ！」

「思いきり唸《うな》りを上げてインジェクション！　やあああああっ！」

凶悪な猛獣のごとくハラワタに飛び掛かるダベルと、ほぼ同時にインジェクションを振りかぶりながら跳躍のごとき加速でサメザメに肉薄するゆゆさん。

彼女たちを、ふたりの体現者《マニフェスト》が悠々とした態度で迎え撃つ。

「馬鹿かよバケモン。自分の怒りに燃え尽きな！」

「愚かな魔女さん。ご自分の嘆きに凍《い》て尽きてください」

その瞬間、再びダベルの全身を豪炎が覆い尽くし、ゆゆさんの全身を氷結が包み込む
――が、予め与えられた治癒がそれを相殺し、ふたりの肉体から炎と氷を取り払った。

「効かねーんだよクソ雑魚メラメラメイドがあ！」

「おいおいあたしの激昂《げきこう》に焼き尽くされないってどういうことだあ？　ったくハラワタ煮えくり返っちまうぜまったくよ！」

驚きに悪態をつきながらも燃え盛る右腕でダベルの攻撃を受け止めるハラワタ。一方のサメザメもわずかに瞠目《どうもく》しつつ、しかしあくまで冷静さを保ちつつ凍て盛る左腕をもってインジェクションを受け止める。

「これはやや驚きました。まさかあたくしの悲嘆を打ち消すだなんてサメザメ泣き凍えたい気持ちです。……ふむ、先ほどのあなたの力を見るに、おそらくは治癒を与えるあなたの魔法とやらで常にあたくしたちの真理を相殺し続けているのですね。どことなく彼女――『慈愛の体現者』にも似た力です」

「へえ……！　あなたたち真理の九人にもお治しをする人がいるんだぷりん……！」ゆゆさんはステッキの柄に力を込めてどうにか振り抜こうとする。「どんな人か一度会ってみたいぷりんねえ……！」

ぐぐぐ、と押し込まれるインジェクションを、サメザメの左腕は負けじと押し返す。

「気にするだけ無駄です。どうせあなたはここでお亡くなりになるんですから」

「大した余裕ぷりんね！　もうさっきの遠隔攻撃は通じないんだからわたしたちにだって十分すぎるほどの勝機があるぷりんよ！」

ゆゆさんの叫びとともに振り抜かれるインジェクション。けれどその一振りは虚《むな》しく空を切り、サメザメは澄ました足取りでゆゆさんから距離を取った。

「ぷりぷり魔女娘の言う通りだぜえ！」

その傍らで、今度はダベルが荒々しく大声を撒《ま》き散らしながら脳筋全開の連続打撃をハラワタに向かって叩《たた》き込み続ける。それらを器用に避《よ》けながら、あるいは轟々《ごうごう》と火炎を放ち続ける右腕で弾《はじ》き返しながら、ハラワタは自身への直撃を免れる。

が、それでもお構いなしとばかりにダベルの拳は降《ふ》り止《や》まない。

「クソほど卑怯《ひきょう》なさっきの技はもう効かねえ！　つまりてめーにはもうそのボーボー燃える右手しか武器はねえわけだな！　そんな野郎によお、この最強な俺様が負けるわけがねえだろうが！　ギャハハハハハハ！」

「あぁうぜえ！」一度後退し、苛立《いらだ》たしげに眉根を寄せるハラワタ。「なんで燃えねえんだよこんちきしょー！　ハラワタ煮えくり返って仕方がねえぜったくよ！　おいどうするよサメザメ！」

ふて腐れた子供のように声を荒らげるハラワタとは対照的に、今に至ってもなおサメザメに焦りは皆無だった。

「問題ありませんよハラワタ。このままあたくしたちは真理を体現し続けるのみです」

サメザメの微笑。相対するゆゆさんの表情が苦々しげに歪《ゆが》んだ。

「彼女たちは別に、あたくしたちの力が完全に効かなくなったわけではありません。あくまで回復の異能によってダメージを相殺している状態なんですよ。つまり癒々島《ゆゆしま》さんはあたくしたちの激昂《げきこう》と悲嘆を相殺するために、今このときも常に魔法を行使するためのエネルギー――魔力のようなものを消費し続けているに違いありません。そしてそのエネルギー、もしくはそれを生み出すためのなにかは、おそらく有限でしょう。すなわち、このまま交戦を続けていればいつか魔力は底を突き、彼女たちを守る魔法は消《き》え失《う》せます。そのときこそ、彼女たちが激昂と悲嘆の前に死を迎える瞬間です」

「なーんだそういうことかよ」ニタリとハラワタが歯を剥《む》いた。「だったらこいつらは無敵になったわけじゃねーんだな！　くひひひっ、びっくりして損したぜ！」

パリン、とガラスが割れるような音とともにダベルとゆゆさんを覆っていた光の膜が一枚砕けた。

「まさかこんなすぐに見破られるなんてぷりん……！」

恨めしげにサメザメを睨《ね》めつけるゆゆさん。対するサメザメは薄く目を細める。

「察するに容易《たやす》いものでした。だからこそあなたはお仲間の魔人さんに『一気に終わらせたい』といった風なことを言っていたんでしょう？」

図星を突かれたためか、ゆゆさんの顔が苦虫を噛《か》み潰したように一層歪《ゆが》む。

僕も同じ気持ちだった。たったひとつの台詞《せりふ》をもって看破されてしまうとは……。

けれどゆゆさんはインジェクションを握る手にぐっと力を入れた。

「見破られたって問題ないぷりん。魔力が尽きる前にあなたたちを倒す、それで万事解決ぷりん！」

「そうだぜぷりぷり魔女娘ぇ！」悪役じみた笑みを浮かべながらダベルが同意する。「今のお前の台詞はよお、まんま俺様好みの台詞じゃあねえか！　お前の言う通り、魔法のバリアが効くうちにとっととクソメイドどもをぶちのめしてお終《しま》いだア！　つうわけでやんぞオラアアアアアアッ！」

飛び出すダベル。そしてまたハラワタとの衝突。大気を焦がすような紅蓮《ぐれん》の炎が飛び散り、空を裂くような漆黒の稲妻が駆け巡る。

「はいぷりん、ダベルさん！」

ダベルの猛進に引っ張られるようにしてゆゆさんも地面を蹴り、瞬刻を経てサメザメと交錯する。

「あたくしたちのことを甘く見すぎですよ」

凍《い》てついた巨大な左腕でゆゆさんの攻撃を受け止めながらサメザメは淡泊に言う。

「激昂《げきこう》・悲嘆の担い手は、肉弾戦だろうとあなた方に引けを取ることはありませんから」

彼女の言葉は、根拠のない偽りではなかった。

巨大な怪物をも易々《やすやす》と屠《ほふ》るだけの戦闘力を具《そな》えたはずのダベルを前に、『激昂の体現者《マニフェスト》』たるハラワタは轟々《ごうごう》と燃え盛る右腕をもって互角の応戦を見せた。人外の膂力《りょりょく》と渡り合い、漆黒の波動には灼熱《しゃくねつ》の波動をぶつけて掻《か》き消す。また時折隙を突くようにして爆炎を拡散させてはダベルを巻き込みダメージを与えた。好戦的で荒々しい戦闘スタイルは両者ともにどこか似通っていて、まるで獣同士の殺し合いのようだった。

そして『悲嘆の体現者』たるサメザメもまた、地球の象徴を司《つかさど》る魔法少女に互角以上の応戦を見せた。一撃一撃が致命の一打になり得るインジェクションの嵐を悠々と躱《かわ》し、金剛石のごとき堅牢《けんろう》な氷塊をまとった左腕で殴り返す。さらには分厚い氷壁を出現させてゆゆさんの攻撃を防御したり、かと思えば周囲の地面を氷結させてゆゆさんの動きを止めたりと、多彩な異能の使い方は予測不能に近く、まるで奇術師を思わせる戦いぶりだった。

宇佐手《うさで》姉妹を捉えきれず、刻一刻と時間だけが過ぎる。一枚、また一枚と魔法の膜が砕けて散っていく。重ね掛けされた魔法が尽きかける度にゆゆさんは再び詠唱するものの、ただただ消耗するだけの展開が続くばかりだった。

「おらおらどしたよバケモン！　ハラワタ煮えくり返ったような顔してんなあ！　くひひ

ひっ！」

「ちょこまかちょこまかとうざってえなクソメイドがゴルアッ！　大人しく俺様にぶちのめされやがれってんだよッ！」

ハラワタの挑発にダベルが苛立《いらだ》ち怒声を上げる。心地よさげにそれを聞きながら、サメザメはゆゆさんに不敵な微笑を寄越《よこ》してみせた。

「ふふ、だいぶ表情に焦りが見えていますね癒々島《ゆゆしま》さん。きっともう、魔法を使う余力は残っていないのではないですか？」

「くっ……！」

奥歯を噛《か》むゆゆさん。おそらくサメザメの推測は正しい。既に『予め与えられた治癒《オーバーペインティング》』は数えきれないほどに砕け散った。彼女の眉間には焦燥のしわが寄り、肉弾戦のせいもあるのだろうが、おそらく過度に魔力を消費した疲労による汗が額に滲《にじ》んでいた。

やがて無慈悲に破砕音が鳴り響く。ダベルとゆゆさんを覆っていた守護の光が散った。

「『予め与えられた癒やし』が完全に剥《は》がれたぷりん……っ！」

すぐに魔法を再発動しようとして、しかしインジェクションのヘッド内部の回転が上がらない。ゆゆさんの表情に明確な怖《おそ》れが浮かんだ。

「ダメぷりん……！　短時間に魔法を連続使用しすぎたせいで、インジェクションがオーバーヒートを起こしてるぷりん……っ！」

ついにゆゆさんの魔法使用回数が上限を迎えた。一時的な疲弊にせよ、きっと今すぐに魔法を使うことはできない。

それが示すのはつまり。

「ぐおああぁあぁあ……ッ！」

「うぐうぅうぅうぅ……っ！」

魔法の守護を失ったダベルの肉体が内なる怒りの感情によってたちまち炎上し、ゆゆさんの肉体が内なる嘆きの感情によってたちまち凍結する。

体現者《マニフェスト》の異能によって責め苦を与えられたふたりは、やがて立っていることすらままならなくなり、ついには崩れ落ちるように倒れ伏した。

ダベルを覆っていた黒褐色の外殻が溶けるように霧散していき、火傷《やけど》まみれの姫咲《きさき》先輩が現れる。次いで魔法少女姿のゆゆさんを弱々しい光が包んではすぐに消え、霜のような凍《い》てつきと凍傷にまみれた痛々しげな姿が現れた。

ふたりとも懸命に起き上がろうとして……しかし、指先すら満足に動かせない。

そしてそれを見下ろすのは『激昂《げきこう》の体現者』・宇佐手《うさで》ハラワタと、『悲嘆の体現者』・宇佐手サメザメ。

否定したくともできない。眼前に広がる光景が絶対的な証拠だ。

姫咲先輩とゆゆさんが、真理の九人たる双子姉妹に敗北を喫してしまった。

「そんな……姫咲《きさき》先輩、ゆゆさん……！」

宵の空にハラワタの哄笑《こうしょう》が響き渡る。

「くひひひひっ！　ざまあねーなあんたら！　やっぱりあんたらごときじゃあたしら真理の九人には勝てっこねーんだよ！　なんせこの世界を形づくる力こそ、あたしらの真理の力なんだからな！　あんたらは所詮、偽もんの紛《まが》いもんだぜ！」

ハラワタは誇示するように燃え盛る右腕を振るった。

「さーてそんじゃとどめを刺してやるからよ！　最期に言いたいことがあるってんなら聞いてやるぜえ？」

けれど姫咲先輩もゆゆさんもなにも言わない。あるいは、唇を動かすのも辛いのか。

つまらなそうな表情を浮かべ、ハラワタは侮蔑の眼差《まなざ》しをふたりに向ける。

「なんだよったく、つまんねーなー。そんなんじゃ殺し甲斐《がい》ってもんが皆無だぜ」

「きっとまた自身の感情を体現されることを警戒しているのでしょう。今さらなにを警戒したところで結末に変わりはないのですが。サメザメ泣き凍えたくなるほど虚《むな》しい努力というものです」

サメザメがそう言うと、ハラワタは納得したように唇の片端を吊《つ》り上げた。

「ほーん、なるほどな。めちゃくちゃ小賢《こざか》しいじゃねーか！　まったくハラワタ煮えくり返るほどの悪知恵ってやつだぜ。よし殺す！」

右腕の拳を握り、地に伏すふたりに向かって歩みを進め始めるハラワタ。

「姫咲先輩、ゆゆさん……っ！」

己の無力も忘れ、ふたりを助けようと咄嗟《とっさ》に茂みを飛び出しかける僕だったけれど、しかし姫咲先輩の手が見せたわずかな動きが視界に入った。

姫咲先輩は僕だけに分かるように手のひらをこちらに向けている。

動くな、ってことですか……？

一体どんな理由があるのだろうか。ひょっとして僕を危険な目に遭わせないためだけの指示なのか？　だとしたらそんな指示は聞けないですよ姫咲先輩……！

確かな理由を推し量りかね、逡巡《しゅんじゅん》する。しかし最終的に、僕はその場に留《とど》まった。姫咲先輩の真意は分からない。でもあえて先輩は僕に合図を出した。そこには単に僕を危険から遠ざける以上の意味があったはずだと、僕はそう信じたかった。

紅蓮《ぐれん》色に照らし上げられた嗜虐《しぎゃく》の笑みが姫咲先輩たちに近づいていく。

いよいよ距離が縮まりきろうかという頃、不意に姫咲先輩が口を開いた。

「……ハラワタさん、あなたは、本当にわたくしたちに、勝ったおつもりですか？」

ぴたり、とハラワタの足が止まる。怪訝《けげん》な表情が姫咲先輩を見下ろした。

「なあに言ってんだお嬢様よー？」

「ですから、あなたは、いえ、あなた方は、本当にわたくしたちに勝ったおつもりですか、とお訊《たず》ねしたのですわ」

ハラワタの口許《くちもと》に嘲笑が浮かんだ。

「無様に地面の上にぶっ倒れた状態でなに言ってんだあんたは？　どっからどう見てもあたしらの勝ちで確定だろうがよー？　あんたもそこの魔女っ子さんもよお、死にかけのくせになにができるってんだ？　あたしもサメザメもピンピンしてんだぜ？　こっから逆転勝利なんてあるわけねーだろ、くひひひっ！」

すると姫咲《きさき》先輩も薄く笑みをたたえる。

「ふふ、あなたたちは、まったくもって未熟ですわ……。万桜花家《よろずおうか》のメイドたるもの、もっと視野を広く持ち、常に謙虚さと誠意を持ち合わせていなければ、なりません。ハラワタさんも、サメザメさんも……やっぱりメイド失格ですわね」

姫咲先輩の挑発的な台詞《せりふ》にハラワタは眉をひそめた。

「はあ？　ハラワタ煮えくり返るほどどうぜーんだが？　あたしらは別にメイドの資格なんてどうだっていーんだよ！　臨時メイドになったのはあの目隠しガキんちょに接触するためで、それ以上の意味なんてねーんだ。だから失格で大いに結構だよ。それにんなもん気にする必要ねえだろ。だってあんたは今から死んじまうんだからよ」

ハラワタの言葉に呼応するかのように、右腕にまとわりつく火炎が一層の苛烈さを増して夜空に紅《あか》を滲《にじ》ませる。

けれどそれでも姫咲先輩は微笑を崩さない。

「わたくしは、死にません。そしてゆゆさんも、推川《おしかわ》さんも……幸太《こうた》さんも、皆さん決して死なせはしません。このわたくし、万桜花姫咲の名の下に」

「だーもうやかましい！　万桜花の名前なんてこの状況じゃなんの役にも立たねーだろうが？　あんたの名前が万桜花姫咲だからって、あたしの激昂《げきこう》はあんたのことを焼き尽くすのに躊躇《ちゅうちょ》なんかしないいんだぜ？」

「ふふ、ふふふ……」

「この野郎……なに馬鹿にしたように笑ってやがんだ……っ！」

「ハラワタ」

こめかみに青筋を浮かべるハラワタをサメザメが制した。ただわずかに、ほんのわずかにその声には焦りが混じっている。

「そのお嬢様の戯《ざ》れ言《ごと》に耳を貸すのはやめなさい」加えて目つきにも急《せ》くような感情が微《かす》かに滲み出す。「その言葉に意味なんてありません。もし仮に意味があるとすれば、それはきっと……」

「ありがとうございました。もう十分ですわ」

姫咲先輩が言った。

「……どういう意味だ？」

苛立《いらだ》たしげにハラワタが問うと、さも余裕に満ちた声色で姫咲《きさき》先輩は答える。

「時間稼ぎは十分に間に合ったということです」

「時間稼ぎ、だと……ッ⁉」

瞠目《どうもく》するハラワタ。

そして同時に僕も思い至った。

そうだ。僕たちはまだ完全に負けてない。だって僕たち『本格の研究《スタディ・イン・パズラー》』にはまだ。

「ええそうです」

とハラワタの言葉を肯定し、それから姫咲先輩は夜闇に向かって語りかける。

「もう島の人たちの避難は済んだでしょう？　だったら次のお願い事をしても構わないわよね――」

そして貴き主君然として、万桜花《よろずおうか》のご令嬢は彼女に命令を下した。

「――この双子姉妹にお仕置きをしてあげなさい、雨名《うな》」

その影は、一瞬の間もなく漆黒の闇から現れた。

「――かしこまりました、姫咲お嬢様」

そう、僕たち『本格の研究』にはまだ、寿《ことぶき》雨名という仲間がいるのだから。

いつの間にか仕事着に装いを変えたメイドの少女が、燃え盛る右腕と凍《い》てつく左腕を前にして、いつもとなんら変わらぬ無表情と無感情な眼差《まなざ》しをそれらに向けている。

相対するハラワタとサメザメは、それぞれに侮りきった表情で雨名を見返した。

「くひひひっ！」ハラワタはわざとらしく豪快に嗤《わら》う。「なんのための時間稼ぎかと思えばあんた待ちだったのかよメイド長さんよー！　ちょびっとだけ焦って損したぜ。あんたが来たところで状況は変わんねーなー？」

「ハラワタの言う通りです。あなたのお仕えする異形飼いのお嬢様ですらあたくしたちの前には手も足も出ませんでした。それをたかがメイドのあなたが独力でどうにかできるとでもお思いですか？」

雨名はなにも言わない。まるで興味などないとでも言いたげに。

「なんだメイド長さんよー？　黙って睨《にら》みつけてきやがって、お嬢様がやられてムカついてんのかあ？　けどそんな目で睨まれたらよ、こっちの方こそハラワタ煮えくり返っちまうってもんだぜ！　いいよメイド長、あんたはそのままそうやって突っ立ってな！　そうすりゃこのあたしがとっとと燃やし尽くしてやるからよ！」

「為《な》す術《すべ》なく棒立ちというわけですか？　それとも恐怖で動けませんか？　まったくサメ

ザメ泣き凍えるほかありませんね。でしたらそのままお待ちください。このあたくしがただちに凍《い》て尽くして差し上げましょう」

まずい。宇佐手《うさで》姉妹は例の遠隔異能を行使するつもりだ。理不尽とさえいえるその異能力は、たとえ雨名《うな》がどんな力を持っていようと躱《かわ》しようがない……！

助けに向かう間もなく、ハラワタが右腕を掲げ、サメザメが左腕を掲げる。

そしてふたりの体現者《マニフェスト》は無慈悲に告げた。

「自分の激昂《げきこう》に焼き尽くされな！」

「ご自分の悲嘆に凍て尽くされてくださいな」

回避不能の発火と氷結が、雨名に襲いかかる――。

――が、しかし。

「……おいどういうことだ？」ハラワタが不可解そうに首を傾《かし》げる。

「……どういうことです」サメザメが怪訝《けげん》そうに眉をひそめる。

予想した未来とは異なる現状に、僕もなにが起こったのか分からず戸惑った。

いや、なにも起こらなかったことに僕は戸惑ったのだ。

宇佐手姉妹の前に佇《たたず》む雨名には何の変化もなく、今もなお無表情で真《ま》っ直《す》ぐに彼女たちのことを見据えているのである。

ややあって状況を理解したらしいハラワタとサメザメは、しかしそれを受け入れがたいような、驚愕《きょうがく》と困惑とがない交ぜになったような表情を浮かべつつ雨名を見つめる。

「おいまさかあんた……」

「まさかあなたは……」

激昂を体現する異能力者、悲嘆を体現する異能力者が導き出した結論とは。

「ひょっとして怒りの感情がないのか？」

「もしかして嘆きの感情がないんですか？」

こめかみに薄く汗を滲《にじ》ませるふたりの体現者を、雨名の碧《あお》く冷徹な双眸《そうぼう》が射た。

「ボクはお嬢様の専属メイドでやがりますです。お嬢様からいただいたご命令に、どうして怒りを覚える必要がありやがりますでしょうか。どうして嘆きを覚える必要がありやがりますでしょうか。そんな感情、ボクが抱くはずありやがりません。まあ、強いて言うとするならば、ボクがお嬢様からのご命令に対して感情を抱くとすれば――」

あくまで淡々とした言葉をもって、雨名は躊躇《ためら》いもなく告げる。


「――それは悦《よろこ》び以外にあり得やがりません」


絶対的な断言。

僕は理解した。だから雨名には宇佐手姉妹の異能が効かないのだ。専属メイドである彼女にとって姫咲《きさき》先輩の命令は絶対遵守の対象。そこに私情を挟む余地など毛頭ない。……それにだ。雨名《うな》の特殊な性癖を鑑みれば、彼女の思考をこう推測することもできる。

——困難な命令であればあるほど、至難の指示であればあるほど、雨名は怒りも嘆きもなく、その重圧に却《かえ》って悦びを感じるのだと。

きっとそうなのだ。だから雨名には激昂《げきこう》の体現も、悲嘆の体現も、なんら影響を及ぼしはしないのである。

おそらく初めて直面したであろう不可解な現実を、宇佐手《うさで》姉妹はいまだ受け入れることができない。

「そんな馬鹿げてるぜ……！」

「ありえません……！」

狼狽《ろうばい》するふたりの体現者《マニフェスト》を、雨名の眼差《まなざ》しが今一度射た。

「それでは、お嬢様の専属メイドであるこのボクが、今から不出来なメイドのあなた方を躾《しつ》けて差し上げやがりますです」

雨名の宣言を受けたハラワタとサメザメは、はっと我に返るとそれぞれに右腕と左腕を構え直した。

「けどよ！　だからって別にどうってこたーないぜ！　怒りの感情がないってんなら、このあたしの右腕で直々に燃やし尽くしてやるだけだ！」

「ええそうです。嘆きの感情がないというのでしたら、このあたくしの左腕をもって直々に凍《い》て尽くしてあげましょう」

彼女たちの戦意に呼応するかのように、火炎と冷気が激しさを増した。

そしてハラワタの右腕が豪炎の波動を放ち、サメザメの左腕が氷結の波動を放つ。

周囲一帯を巻き込みながら、相反するふたつの波動が雨名に殺到する――！

標的へと到達し混合する灼熱《しゃくねつ》と冷気。途端に爆発的な衝撃が蒸気を伴って拡散した。

「雨名……っ！」僕は思わず前のめりになる。

ハラワタとサメザメは嗜虐《しぎゃく》的な笑みを浮かべた。

「くひひひっ！　どうだメイド長さんよー！　見事に直撃しちゃってよー、木っ端微塵《こっぱみじん》に吹き飛んじまったんじゃねーのかー？」

「ふふ、なんともあっけない」

あっという間の決着を確信してやまない双子姉妹。

しかしその背後に突如現れる影。

「一体どこを見てやがりますですか」

「「――っ!?」」

驚愕《きょうがく》しつつ振り返りざまに異能を振るうハラワタとサメザメ。紅蓮《ぐれん》の怒濤《どとう》と白群の怒濤が暗闇に向かって放散されるが、しかしそこにもう人影はない。

ハラワタは堪《たま》らず怒声を上げる。

「どこだ！　どこにいやがる！」

「ここですが」

「んな……っ⁉」

雨名《うな》の声がしたのと同時、ハラワタが上下逆さまになって宙に浮き、そのままあえなく地面に転がる。訳も分からず地面に放り投げられたハラワタの視線の先には、相変わらず無関心げな表情で彼女を見下ろす雨名の姿があった。

「あんた一体なにをした……⁉」

「別に。ただ足首を掴《つか》んで投げ飛ばして差し上げただけでやがりますです」

「こんの……！」苛立《いらだ》たしげに雨名を睨《にら》み上げるハラワタ。

「背中を見せるなんて愚かですね」

雨名の背後からサメザメの嘲笑。そして悉《ことごと》くを凍《い》てつかせる巨大な左腕が絶対の冷気と殺気をまとって振り抜かれた。

が、それすらも虚《むな》しく空を切る。

「であればあなたは愚かでやがりますですね」

「ぐう……っ⁉」

刹那のうちにサメザメの背中へと回り込んだ雨名が敵を羽交い締めにする。

「どうやってあたくしの後ろに……!?」

背後を取られて困惑するサメザメに、雨名は一言も答えない。

やがて無言のままに小さく口を開く雨名。小ぶりで鋭利な歯がふたつ――犬歯か、あるいは牙か――かすかに光る。

そして彼女は、おもむろにそれをサメザメの首筋へと近づけた――。

「あぐ……っ！」表情を歪《ゆが》めたサメザメが忌々しげに雨名を見やる。「あなた、あたくしの首筋に噛《か》みつくだなんて変態ですか……！」

「おらあ！　あたしの妹から離れやがれ変態メイド長がよー！」

咄嗟《とっさ》に立ち上がり、右腕を振り掲げて地面を蹴るハラワタ。

しかし次の瞬間、既に雨名の体はハラワタの懐に潜り込んでいた。

「嘘《うそ》だろ、速すぎる……っ!?」

「暗闇の中において、ボクはほぼ無敵といって差し支えありやがりませんです」

雨名の両手がハラワタの左右の二の腕を掴み自由を奪う。そして彼女の濡《ぬ》れた唇が、今度はハラワタの首筋へと向かう――。

「いっつ……っ！」ハラワタの表情が痛みと恥辱に歪む。「あたしにまで噛《か》みつくとはガチの変態がよ……っ！」

どうにか逃れようと身を捩《よじ》らせるハラワタをあえて解放する雨名。間髪容《い》れず燃え盛る右腕を薙《な》ぐハラワタだったが、やはり雨名《うな》を捉えることはできない。

音もなく離れた場所に佇《たたず》む雨名を睨《にら》みつける宇佐手《うさで》姉妹。彼女たちの首筋にはつーっと鮮血が滴っており、同じ形をした噛《か》み傷が刻みつけられていた。

「ド変態メイド長さんよ、あんたひょっとして瞬間移動かなにかの異能持ちだな？」

ハラワタは鋭い眼光を雨名に飛ばす。

「だから消えたり現れたりするんだろ。まあ確かに厄介な力だけどな、それだけだってんならあたしらには勝てねーぜ。所詮はちょこまか動けるだけの非力な人間なんかに負けるあたしらじゃねーんだ！　そのうちあたしの右腕があんたを捉えてがっつり丸焼きにしてやんよ……！」

「ハラワタの言う通りですね。瞬間移動ができたところで肝心の攻撃手段が人並みでは、いずれあたくしの左腕に捕まり生命丸ごと凍りつかされるのがオチというものです」

体現者《マニフェスト》ふたりの敵意と嘲りの混じった視線を受けてもなお雨名は動じない。それどころか、どこか余裕さえ感じるほどの無表情のままに、雨名は自身の唇についた血をちろりと舌で舐《な》め取った。

真紅の体液を啜《すす》った雨名の双眸《そうぼう》が、より深くて濃い青をたたえた。

「やはりあなた方には、メイドを務めるのに必要な観察力や洞察力というものが不足していやがりますですね」

「なんだと？」苛立《いらだ》ちを露《あら》わにするハラワタ。

「ボクの能力は瞬間移動とは違いやがりますです」

「だったら一体――」

「あなた方に教えて差し上げる義理はございやがりません」

ハラワタの言葉を遮断し、そして雨名《うな》は淡々と続ける。

「それに残念ながらボクは、最低限の準備は必要ですが、それでもちゃんとあなた方を躾《しつ》けて差し上げられるだけの攻撃手段というものを持ってやがりますです」

宇佐手《うさで》姉妹の警戒心が強まる。が、あえて挑発的にハラワタは歯を剥《む》いた。

「そんじゃ見せてみろよ変態メイド長さんよお……！」

「言われなくても。ちゃんと手順も終えやがりましたので」

「手順……？」

サメザメの疑問に雨名は平板な声音で答える。

「ええ。あなた方の血は既にいただきましたから――」

そして続けざまに雨名はしんと告げた。

「――『蒼に呑まれし紅、塗り固められた幻影《ブラッディシャドウ》』」

その瞬間、雨名の右腕が猛烈な紅蓮《ぐれん》をまとい、左腕が苛烈な白群をまとった。

それはまさしく、右腕に体現される激昂《げきこう》と、左腕に体現される悲嘆の力。

「どういうことだよおい……！」愕然《がくぜん》とした表情で雨名を見るハラワタ。

「それはあたくしたちの力……！」驚愕《きょうがく》しつつ憎々しげに雨名を睨《ね》めつけるサメザメ。

僕も驚きのあまり呆然《ぼうぜん》と雨名を見つめる。雨名の両腕に発現した異能はまさしく宇佐手姉妹の真理の力だ。とするとまさか……。

「もしやあたくしたちの血を体内に取り込んだことで、真理の力をも取り込んだというんですか……!?」

険しさを増していくサメザメの顔つき。真理の九人たる彼女にとって、眼前に立つ少女が自身と同じ力を発現させた事実はただならぬ屈辱を与えるものらしかった。

「ふふ……これがわたくし自慢の、専属メイドの力ですわ……」

地面に伏す傷だらけの姫咲《きさき》先輩が、わずかに顔を上げ、誇らしげな眼差《まなざ》しを双子姉妹に飛ばしつつ呟《つぶや》いた。

「わたくしの可愛《かわい》い雨名は、実はとっても強いんですよ」

「姫咲先輩、雨名の正体は一体……？」

思わず零《こぼ》した問いに、姫咲先輩は微笑を浮かべる。

「きっと、いずれあの子自身がちゃんと語ってくれますよ、幸太《こうた》さん」

そして姫咲《きさき》先輩は続けた。

「あの子に宿る力──『蒼血冥土統べる深淵《ブルーブラッド》』の真実を」

「ブルーブラッド……！」

見つめる先に佇《たたず》む、夜闇と同化しているかのごとき青髪の少女。寿雨名《ことぶきうな》は、依然として涼しげな無表情を貫きつつ体現者《マニフェスト》たちを見返した。

「すべての異能を再現できるわけではありませんが、今回はまあ及第点といったところでやがりますでしょうか。しかしこれではっきりしやがりました。ボクは以前、イリス様の力を再現することはできませんでした。なのにあなた方の力を再現できたということは、やはりあなた方はイリス様よりも格下の能力者でやがりますですね？」

挑発に青筋を立てる宇佐手《うさで》姉妹。

「んだとこの野郎……っ！　ハラワタ煮えくり返りすぎてブチギレだぜあたしはよ！　ぜってー消し炭にしてやる！」

「あたくしの真理を愚弄するなど許せません……サメザメ泣き凍える心のままに、必ずあなたを氷塊にして砕いて差し上げます……！」

激しさを増した右腕と左腕が、高純度の殺意をもって雨名に襲いかかる──！

交錯する三者。互いの灼熱《しゃくねつ》と冷気がぶつかり合い、横臥島《おうがしま》の山頂は、一瞬にして活火山の火口のような景色と真冬の高峰のような景色とが混在する異様な様相に成り果てた。

「死ねえええええ！」

ハラワタの怒号。組み合ったまま、超高熱の豪炎を右腕から放射する。

が、雨名には当たらない。ハラワタの右腕が火を噴いたときには、もうそこに彼女の姿はない。

「くそっ！　また消えやがった！　どこだ！」

「ここですが」

闇から現れた雨名が燃え盛る右腕を振るってハラワタを殴り飛ばす。しかしその背中を、今度は無言のままサメザメが狙う。

左腕から放たれる絶対零度の波動。だがやはり雨名には当たらない。

「馬鹿のひとつ覚えというやつでやがりますですか」

「くっ……本当に忌々しい能力ですね……！」

漆黒に溶け込み漆黒から現れる雨名の姿を宇佐手姉妹は捉えられない。闇の中を自在に立ち回る雨名がハラワタとサメザメの攻撃を掻《か》い潜《くぐ》っては死角から殴り、燃やし、凍《い》てつかせる様は、まさに翻弄と呼ぶべき光景だった。

自身と同一の力に弄ばれる屈辱と与えられる苦痛に表情を歪《ゆが》めながら、ついに『激昂《げきこう》の体現者』・『悲嘆の体現者』は地面に膝をつく。

「くそが……っ」憤怒を宿したハラワタの眼差《まなざ》しが雨名を見る。「あんたの攻撃を受けて分かった、所詮あんたのそれはあたしらの劣化コピーだ、なのになんであたしらはこんなにやられちまってるんだよ……っ」

「あなた方の攻撃がボクに当たらないからでしょう」

にべもなく言い放つ雨名《うな》。

するとハラワタと同様に悔しげに顔をしかめていたサメザメの唇が、にやり、と厭《いや》らしい笑みをかたどった。

「そうです……その通りです、力に勝るあたくしたちがここまであなたにしてやられているのは、あたくしたちの真理の力があなたに当たらないから……」

そしてサメザメは見せつけるように左腕の手のひらを向けた。

「でしたら、当たるようにして差し上げるまでです」

いまだ動けず地に伏す、姫咲《きさき》先輩とゆゆさんに。

「姫咲先輩、ゆゆさん……っ！」

まずい！　姫咲先輩もゆゆさんも満身創痍《まんしんそうい》で起き上がることができない。今狙われたら回避は不可能だ！　そしてそうとなれば——。

「くひひひっ、あーそっか……！」

サメザメの意図を理解したハラワタも一転、嗜虐《しぎゃく》的に唇を歪《ゆが》めて右腕の手のひらを姫咲先輩たちに向けた。

「最初からこうすりゃよかったんだ、お嬢様たちを狙って攻撃すりゃあ、メイドのあんたが代わりに受け止める以外にねーもんなあ……！」

ハラワタの灼熱《しゃくねつ》とサメザメの凍気が猛《たけ》り、迸《ほとばし》る。荒れ狂う尋常外の火炎と吹雪は、もはや天災と呼ぶべき域に到達せんばかりの凄《すさ》まじさだった。

これが真理の九人たる体現者《マニフェスト》が為《な》す全力の一撃。雨名の模倣とは明らかに違う。まともに受けて防げるものじゃない……！

今から姫咲先輩たちを助けに走って間に合うか？　いやもう——。

「今度こそあたしの激昂《げきこう》に燃やし尽くされやがれえええ！」

「今度こそあたくしの悲嘆に凍《い》て尽くされてしまいなさい！」

咆哮《ほうこう》のごとき絶叫とともに放たれた紅蓮《ぐれん》と白群の極大な奔流が、姫咲先輩をゆゆさんを呑《の》み込まんと突き進む——！

「な……っ⁉」「こ、これは……っ⁉」

——かに思われた攻撃は、しかし体現者の狙いを外れた方向に伸びた。すなわち望まれた軌道を違えたそれらは、上方に開放されたなにもない空間——ただ暗いばかりの夜空へと向かって駆け抜けていったのである。

困惑に揺らぐ眼差《まなざ》しを夜空に向ける——否、向けさせられた宇佐手《うさで》姉妹。

その姿を見て、僕はどうして攻撃が空に逸《そ》れたのかを理解した。

何故《なぜ》なら彼女たちの体は、下半身が地面の影に沈んだことで傾いてしまっていたのだ。

それはきっと、いや間違いなく雨名《うな》の異能による現象だ。ハラワタとサメザメを意図的に影に沈めることで姿勢を変え、照準を逸《そ》らしたのだ。

「万桜花《よろずおうか》のメイドにおける最大の禁忌を犯しやがりましたですね」

冷徹な声音。次いで声の主がまとう紅蓮《ぐれん》と白群が地面に沈むふたりを照らし上げる。深い蒼《あお》をたたえた双眸《そうぼう》が標的を見据えていた。

「この期に及んで再び姫咲《きさき》お嬢様に危害を加えるような真似《まね》をするなど、もはや躾《しつけ》の必要もありやがりません」

途端に双子姉妹の表情が恐怖に染まり上がる。

「ま、待て……っ！」「待ってください……っ！」

「待ちません」

ハラワタとサメザメの懇願を微塵《みじん》の慈悲もなく退けた雨名は、さも当然と言わんばかりの無表情で宣告した。

「あなた方は万桜花家のメイド失格・解雇です。とっとと冥土に行きやがってください――『闇底に堕して死せよ、王の口に合わぬ《フレンデッドブラッドクロウ》』」

すると深蒼の闇渦が紅蓮と白群に混じり迸《ほとばし》って激化する。数瞬を待たずして、もはやオリジナルを超越した異能の怒濤《どとう》が両腕から放たれた。それは残虐なまでに猛烈な勢いをもって一直線に疾駆し、たちまち悲鳴もろともにふたりの体現者《マニフェスト》を呑《の》み込んだ。

轟音《ごうおん》を伴って波動が駆け抜けていき、やがて山頂は静寂と暗闇を取り戻す。抉《えぐ》られた地面に仰臥《ぎょうが》した宇佐手《うさで》ハラワタ・宇佐手サメザメの両者は、ともに焼き尽くされ、あるいは凍《い》て尽くされ、生死はともかく完全に意識を消失してしまっていた。

雨名の両腕から火炎と冷気が消えていく。取り込んでいた異能を放棄したのだろうか。それはつまり、山頂における一連の戦闘の終焉を意味した。

「倒した……真理の九人を、ハラワタとサメザメを……」

雨名の圧倒的な強さを目の当たりにして思わず呆《ほう》けた顔で彼女を見つめていた僕は、しかしすぐに我に返ると茂みを飛び出して姫咲先輩たちへと駆け寄った。

「姫咲先輩、ゆゆさん！　大丈夫ですか」

雨名が主人を抱き起こし、僕はゆゆさんを抱き起こす。

「ゆゆさん」

「う、ううん……ふえ」脱力した声を漏らしながらゆゆさんは薄く目を開けた。「あ、幸《こう》太《た》くん……みんな、みんなは大丈夫なの……？」

「ええ。ハラワタとサメザメは雨名がやっつけてくれました」

「う、雨名ちゃんが……？　ふへ、やっぱり雨名ちゃんはすごいなあ～……ふへへ」

「よくやったわね、雨名」姫咲先輩が自らのメイドへと労《ねぎら》いの微笑を向ける。「流石《さすが》はわたくしの可愛《かわい》くて頼もしいメイドよ」

「とんでもございやがりませんですお嬢様。場所が暗闇に満ちた山頂だったこともボクにとっては有利に働きました。とはいえ、お嬢様のご命令とあらば必ずや遂行してみせるのが専属メイドの務めでやがりますですが」

雨名《うな》の言葉に今一度微笑《ほほえ》みかけ、それから姫咲《きさき》先輩は僕に目を向けた。

「幸太《こうた》さん、わたくしたちのことを気にしている場合ではありませんわ。早くイリスさんを助けに向かわなければ」

決して忘れていたわけではない。しかし、それでも姫咲先輩の言葉に僕ははっとした。

姫咲先輩は僕の目を見つめながら言葉を続ける。

「わたくしたちの中で今最も動けるのは幸太さんです。ゆゆさんが魔法を使える程度にまで回復できたら全員治癒してもらって追いかけますから、とにかく幸太さんは彼——ハングリィ・ヴォイドレッドを追ってください」

「でしたらボクも一緒に……うっ」

立ち上がりかけた雨名の膝がかくんと折れた。

「あなたも力を使って消耗しているわ雨名。ゆゆさんの魔法が必要よ」

一見して平気そうに思えた雨名だったけれど、やはりまったくのノーダメージというわけではないらしい。真理の九人の力を取り込み行使したのだ、体の内側に想像以上の負荷が掛かっていたとしてもなんら不思議じゃない。

だからこそやはり、今ハングリィを追えるのはこの場で僕だけだ。

「分かりました」

精一杯に力強く答え、そっとゆゆさんから手を離しながら僕は立ち上がる。「ごめんね幸太くん、もう少ししたら魔法が使えるようになるはずだから……」と申し訳なさそうに眉を下げるゆゆさんに、僕は「謝らないでください」と微笑みかけた。

改めて僕はみんなを見回す。

「皆さんが追いついてくれるまで、僕にできる精一杯のことをやっておきます」

姫咲先輩を始めとしたみんなが頷《うなず》いてくれるのを見届けてから、僕は身を翻して石階段の方へ駆けだした。

イリスを抱えたハングリィが向かった先がどこかは分からない。

けどこっちの方に向かったのなら目的地は港か、あるいは船が出た形跡がなかったのなら桜鬼邸《おうきてい》か。

とにかく追いついてやる。イリスは絶対に渡さない。

「待ってろイリス、今すぐ助けに行くからな――！」

一刻も早く彼女を助けるべく、僕は全力で階段を下っていく――。

【12】真実の体現者《マニフエスト》の真実

「――お前たちの計画は失敗して終わりなんだ。イリスのことは渡さない。大人しく諦めて、とっととこの島を出て行ってもらうぞ！」

幾許《いくばく》かの沈黙を経て、ハングリィ・ヴォイドレッドがくつくつと笑いを零《こぼ》した。

「それは無理なご相談ですよ福寄《ふくよせ》様。ワタシ、こう見えても少々子供っぽいところがありまして。大人しく諦めることなんてできませんし、子供らしく執着させていただきます」

幸太《こうた》の目つきが鋭さを増す。

「どうしてそこまでしてイリスを、イリスの真実の力を狙うんだハングリィ。お前たちの目的は一体なんなんだ」

「ワタシが真実の力を必要とする理由はただひとつ。正しき真理を体現するためです」

「正しき真理……？」

「きっと説明したところでアナタには到底理解できませんよ。無駄なお喋《しゃべ》りは省こうではありませんか」

薄い嘲笑とともに見下すように言って、ハングリィは続けた。

「とにもかくにもワタシはその少女が持つ『真実にいたる眼差し《トゥルーアンサーアイズ》』を求めていたのです。そしてようやく再び手の届く場所までたどり着いた。さあ福寄様、それをこちらへ渡してください」

「誰が渡すもんか」幸太は守るようにイリスを抱いた。「イリスは必ず連れて帰る」

ハングリィはこれ見よがしに嘆息する。

「ふむ。でしたらこうしませんか。『真実にいたる眼差し』だけいただければ、残りは持ち帰っていただいて構いませんから。だったらいいでしょう？」

「ふざけるな！」

幸太は堪えきれずに怒声を上げた。

「それはつまりイリスの両眼を抉《えぐ》り出すってことじゃないか！　そんなことは絶対にさせない！　イリスのことは傷つけさせない！　絶対にだ！」

「ふうむ。こちらは最大限の譲歩をしようというのに、まったく困ったものです。これではどちらが子供か分かりませんね」

まるで幸太が間違った意見で駄々《だだ》をこねているかのような物言い。ハングリィは少しばかり黙して考えるような素振りを見せた。

「でしたら力ずくでも奪い取るしかありませんねえ」

イリスは危惧した。力ずくということは、つまり幸太に危害を加えるつもりだ。

「ダメ！　やめてかも！　お兄ちゃんにはひどいことしないでかも！」

イリスの訴えに辟易《へきえき》するハングリィ。

「やれやれ。アナタはアナタでお兄ちゃんというものに固執しすぎですねえ。そんなにそのお兄ちゃんが、代替品が大切ですか」

イリスの胸がちくりと痛む。

「そんなんじゃないかも！　お兄ちゃんは代わりなんかじゃ……っ！」

「代替品……？」

幸太《こうた》が首を傾《かし》げると、ハングリィは厭《いや》らしく唇を歪《ゆが》めた。

「おや、本人からお聞きではありませんでしたか。だからアナタはご自分が代替品だと認識されていないのですね」

「だからお兄ちゃんは代替品なんかじゃ……」

「いいでしょう。でしたらワタシが教えて差し上げますよ」

イリスの言葉を強引に遮って、執事姿の体現者《マニフェスト》は言葉を続ける。

「そもそも、どうしてイリスさんが真実を体現する力を保有しているのか、疑問に思うことはありませんでしたか？」

「なにを今さら」幸太は鼻で笑った。「僕は誰がどんな異能力を持ってたって驚きはしないぜ」

「そういうことではありません。要するにワタシが言いたいのは、イリスさんのように幼い少女が『真実の体現者』という強大な力を宿している点について、疑問には思わないのかということです」

　幸太は返答に窮する。ハングリィは眼を細めた。

「ある程度の期間をともに過ごしていたのならご存じでしょう。きっとその少女は真実の力を完全に使いこなすことができないはずです。未熟なんですよ、なにもかもが。いえ、未熟というよりも、本質的に『真実の体現者』たる素質を有していないんです」

「でも実際にイリスは『真実にいたる眼差し《トゥルーアンサーアイズ》』を持ってる『真実の体現者』じゃないか」

「ですから、その少女は本来選ばれた継承者ではないということです」

「選ばれた継承者じゃない……?」

　その通りだ。イリスはそれを自分でも知っている。

　自分は本当は選ばれた存在じゃない。だって、本当に選ばれたのは——。

「そうです」ハングリィは言った。「本来、『真実の体現者』たる資格を有していたのはその少女の実の兄でした」

「本来資格を持っていたのは、イリスの実のお兄さん……!?」

　そうだ。真に『真実の体現者』たる素質を見いだされたのは、イリスの実兄だった。

「それじゃどうして今、その力がイリスの眼に宿ってるっていうんだ」

「兄が未熟な妹に力を継承させたんですよ」

「なんでそんなことを……」言いかけて、幸太ははっと息を呑《の》んだ。「まさかハングリィ、お前……っ！」

「おや察しがいいですね福寄様《ふくよせ》。その少女の兄は、ワタシに真実の力を奪われまいと、唯一の肉親だったその少女――担い手として分不相応も甚だしい自分の妹に『真実にいたる眼差し《トゥルーアンサーアイズ》』を継承させ、我々の手から逃れさせたんです」

イリスは覚えている。兄は、何者かが『真実にいたる眼差し』を利用し善からぬことを引き起こそうと企てていることを知っていた。しかし阻止することあたわず、ゆえに兄は自分にこの眼を託したのだ……。

「まったく面倒な悪あがきをしてくれたものですよ、先代の『真実の体現者《マニフェスト》』は。大人しく力を渡してくれていればここまで手を煩わされずに済んだものを。まさか幼い妹に力を継承させ消息を隠匿するなどという、実に見苦しい手段を講じようとは……。ですがまあ、その苦労も今日この場で報われると思えば笑い話になるというものです」

そう言って笑うハングリィを、幸太《こうた》は一層鋭い眼差《まなざ》しで睨《ね》めつける。

「……答えろハングリィ、イリスのお兄さんはどうなった」

それもイリスは知っている。自分の兄は、もう……。

「もちろん殺しましたよ？　腹立たしくて仕方ありませんでしたからね」

知っていたとて、その言葉はイリスの小さな心臓を締めつける。恐怖と悲しみが痛みを生み、彼女の目尻に涙を滲《にじ》ませる。

「ハングリィ・ヴォイドレッド……っ!!」

「なにを怒っているんですか福寄様。アナタには微塵《みじん》も関係のないことではないですか。ともあれこれで理解できたでしょう、アナタが代替品である理由を。その少女がアナタのことをお兄ちゃんと呼んで慕うのは、単にアナタという人間をかつて殺された実兄の面影を映すための投影機として利用しているからにすぎないんですよ」

「ちがう！」

イリスは叫んだ。

「イリスはお兄ちゃんのことを代わりにしてないかも！　お兄ちゃんはお兄ちゃんだからイリスは好きなだけかも！　勝手なことを言わないでかも！」

それは本心だった。兄を喪《うしな》った悲しみが癒えることはない。しかし、だからといって幸太は兄の代替などではない。それはイリスにとって間違いなく真実だった。

「ほう。だとすれば却《かえ》ってアナタがその少年に固執する理由が気になりますねえ」

ハングリィの言葉にイリスは肩をびくつかせた。

「実はワタシ、アナタが福寄様に異様な執着を見せる点について、代替品であること以外にも理由がある可能性には思い至っておりまして。ですからさりげなく福寄様の肉体への接触を図るなどして検査をしていたんですよ」

「そういうことだったのかよ」幸太は眉根を寄せて嫌悪感を露《あら》わにした。「全然さりげなくなかったけどな。心底気持ち悪かったよ」

吐き捨てるように言う幸太《こうた》だったが、ハングリィは愉快げに口角を上げた。

「それはそれは不愉快な気持ちにさせてしまったようで申し訳ございませんでした。さておき、結果としてどこをどう調べても福寄様《ふくよせ》はなんの変哲もない一般人だったわけですが……しかし今の言葉を聞くとどうも納得しかねます。ひょっとしてワタシが見抜けなかっただけで福寄様は――実は『真実の体現者』であるアナタが見過ごせないほどの異能力者だったりするんですか、ねえイリスさん？」

イリスの心臓がひときわ暴れる。なにか、なにか言い返さなくては。

「ち、ちがうかも……っ！」

「ああ、イリスの言う通りだよハングリィ」

幸太はイリスの言葉に同意を示しつつハングリィを見据えた。

「お前の推測は残念ながら大外れだ。僕はただの一般人だよ」

「どうしてアナタが言い切るんです。確証でもあるんですか」

首を傾《かし》げるハングリィに幸太は答えた。

「目隠しを外したイリスが見たって、僕にすごい異能力があるなんてことは分からなかったからな。それはつまり、僕に大した力はないってことだろ」

その瞬間、わずかに瞠目《どうもく》したハングリィの瞳がまじまじと幸太を見る。

「見た？　分からなかった？」

「ああそうさ」幸太は不審そうに眉をひそめながらも頷《うなず》く。

するとと途端にハングリィは大きく口を開けて品もなく笑い始めた。

「くく……くくく、あはははははは！　これは不可解、奇っ怪、滑稽極まりのないことを言う人だ！　『真実の体現者《マニフエスト》』に！　『真実にいたる眼差し《トゥルーアンサーアイズ》』に！　見通せない真実があった？　アナタたちは真理の九人を、その中でも最上位たる真実を体現する力の真髄を相当に低く見積もっていらっしゃるようだ！　いかに資格なき未熟な人間が行使する力であれど、見る力そのものは間違いなく世界の真理を体現するものですよ！」

怪訝《けげん》な顔で睨《にら》む幸太のことなどお構いなしに心ゆくまで哄笑《こうしょう》する体現者。

やがてハングリィの眼差《まなざ》しがイリスを捉えた。

「なるほどようやく得心がいきました。確かにアナタが福寄幸太という人間に固執する理由は、単に代替品だからという理由ばかりではなかったようだ」

瞬間、イリスの全身にぞわりと悪寒が走る。

イリスは察した。見ている。ハングリィ・ヴォイドレッドが、自分のことを。

「答えなさい、『真実の体現者』」

嫌だ、見ないで。

「アナタはその少年を——見たな？」

「…………見てない」

…………見た。

「見たな？」

「……見てない」

……見た。

「見たな？」

「見てない！」

見た。

「見たな——ッ？」

「見てないいいいいいっ!!」

本当は、見てしまった——。

この両眼は、あのとき本当を見てしまったのだ——。

目隠しの上から両眼を押さえつけて隠すイリスを、ハングリィは愉悦の表情で眺める。

「そうかそういうことですか。この一連の真理の不調和の原因は、もしやその少年にあるということですか。だからアナタはその少年の傍《そば》を離れようとしないんですね」

「ちがう！　ちがうちがうちがう！　お兄ちゃんはそういうのとは関係ないかも！　だからお願い！　お兄ちゃんにはなにもしないで！」

「くく、くはははは！　これはお見それしましたよ『真実の体現者《マニフエスト》』！　不熟で不出来の紛《まが》い物《もの》とばかり思っていましたが、しっかり真実にたどり着いていたとは！」

「ちがう！　ちがう！　ちがう……っ！」

イリスは焦燥を覚えた。ハングリィは自分の言葉を信じない。このままではお兄ちゃんは自分のせいで。またお兄ちゃんが自分のせいで。

「おいハングリィ、もうこれ以上イリスをいじめるのはやめろ」

幸太《こうた》は鋭い語気でハングリィに向かって言い放った。それから幸太は腕の中に抱くイリスに微笑《ほほえ》みかける。

「なあイリス。僕はイリスのお兄さんの代わりだって構いやしない。イリスが僕のなにを見てたって構いやしないよ。そんなことは全然関係なくて、ただ僕にとってイリスは大切な存在なんだ。それが真実だよ」

「お兄ちゃん……」

「だから僕はイリスを守る。そしてあんな奴《やつ》なんかに君を渡しはしない。安心してくれ」

そして幸太は今一度ハングリィを睨《にら》みつけた。

「お前の長ったらしくて退屈な話にはもう飽き飽きだよハングリィ。なにがあろうとイリスは渡さない。いい加減諦めたらどうだ」

するとハングリィはまたおかしそうに笑う。

「ええどうぞどうぞ。その少女はアナタに差し上げます」

「なに……!?」

「既にワタシの関心はアナタに移っているんですよ福寄《ふくよせ》幸太《こうた》様。どうやらアナタが不均衡の元凶らしい。真実の力を使うまでもない。ワタシは既に世界の真相に到達しています」

「ねえダメ……っ！」イリスの言葉はハングリィに届かない。

「ならば今ここで真理を体現しなくては」

「ダメやめて……っ！」何度叫んでも届かない。

「アナタという存在をこそいち早く虚無に還元しなくては」

「やめて……っ！」どれほど叫んでも届かない。

「我々真理の九人による正しき世界の在り方を取り戻さなくては——！」

「やめてええええええっ！」

「ハングリィ！」

幸太の怒号。しかしそれを遮ってハングリィ・ヴォイドレッドが告げる。

「——『虚無を映し出す脳髄《オールエンプティブレイン》』」

虚無を体現する真理の力が、幸太へと——。

「これ以上わけの分からないこ／

／とを言ってるんじゃ――っ――……」

――……ぽとっ。

視界が閉ざされたイリスの鼓膜を、重たいなにかが地面へと落下する音が揺らす。続けざまに彼女の体が幸太の腕からするりと滑り落ち、地面に落下した。

「あてっ……」

しかし体の痛みなど今は気にならなかった。ただ言いようのない不安が、彼女の中にみるみる満ちていくばかりだった。

「お兄ちゃん……？　お兄ちゃんどこ……？」

手探りで周囲をぺたぺたと触るイリスの指先に、不意になにかが触れた。

「お兄ちゃん？」

温かくて柔らかい。きっと幸太だと、イリスはそう思った。懸命にそれを揺する。

「お兄ちゃん、ねえお兄ちゃん……大丈夫かもお兄ちゃん……？」

イリスの必死な声かけも虚《むな》しく、それはなんら返事をしない。

ふと彼女の手にべちゃりとしたものがついた。ぬるま湯のようでいて、ややねっとりとしたなにか。

「お兄ちゃん……？」

「なにをしているんです『真実の体現者《マニフェスト》』」

明らかに笑いを堪えたハングリィが、嗜虐《しぎゃく》的な声音でそう言った。

「そんなに困惑した表情を浮かべる必要なんて、アナタにはないでしょう？　分からないことがあれば見て確かめればいいんです。アナタのその、あらゆる真相を見抜き、あらゆる真実を暴き出す金銀の双眸《そうぼう》――『真実にいたる眼差し《トゥルーアンサーアイズ》』でね」

言われなくとも、イリスとてそんなことは分かっていた。

しかし怖《おそ》ろしいのだ。イリスは目隠しを外すのがひどく怖ろしかった。

それでもイリスは目隠しに指をかけた。外さなければ。そして確かめなければ。お兄ちゃんが大丈夫かどうか、自分が見てあげなければならない。

大丈夫。お兄ちゃんなら大丈夫。お兄ちゃんなら大丈夫。お兄ちゃんなら大丈夫。

意を決し、イリスは黒布の目隠しを首元まで押し下げた。

光に慣れないイリスの眼には、月夜の明かりですらもやや眩《まぶ》しい。やがて順応し、ぼやけた視界が輪郭を得ていく。

そして彼女の『真実にいたる眼差し』が、ついに世界の真の姿を照らし出す――。

――イリスの目の前に転がっていたのは、真っ赤な血に染まった幸太《こうた》の頭部と、そこから切り離された動かぬ胴体だった。

手が震える。しかしイリスは手を伸ばし……物言わぬ幸太の頬《ほお》に触れる。常に傍《そば》にあったはずの温《ぬく》もりが、今にも世界から失われつつあった。

「お兄ちゃん……？　ねえ、うそだよねお兄ちゃん……？」

返事はない。

「嘘《うそ》なものですか」喉の奥を鳴らしつつ灰色髪の男が言った。「それはアナタが一番よく分かっていることではないですか」

「うそだ……」

信じたくない。

「アナタの瞳が映すものは、そのすべてが真実です」

「うそだ……！」

「それが真理ですよ、『真実の体現者』」

信じたくないのに。

「うそだ……っ！」

「アナタの大切なお兄ちゃんはたった今死んだんです！　生命を虚《うつ》ろたる無へと還元されてね！　くふふははははははは！」

「うそだああああああああ……っ!!」

しかし認めざるを得ない。何故《なぜ》なら自分の見たものは、絶対に本当なのだから。

瞳から涙が溢《あふ》れて止まらない。

自分が『真実の体現者《マニフェスト》』でなければ、嘘《うそ》だったかもしれないのに。

この両眼が『真実にいたる眼差し《トゥルーアンサーアイズ》』でなければ、間違いだったかもしれないのに。

自分は本当を見ることしかできないから——。

「お兄ちゃん、お兄ちゃん、お兄ちゃあん……！」

自分が死なせてしまった、お兄ちゃんを。

自分が見てしまったから。自分のこの眼が、お兄ちゃんを見てしまったから。

「ごめんねお兄ちゃん……イリスが……イリスにこんな眼があったから……」

自分にこの眼がなかったら、お兄ちゃんは死なずに済んだはずなのに。

血まみれの手で、イリスは自身の顔を掴《つか》んだ。自分でも気づかないうちに指に力が入って、両眼近くの皮膚に指先が食い込んでいく。

もしも今この両眼を取り出したら、自分が見ている本当は嘘になる……？

「おや、ようやく真実の力を手放す気になりましたかイリスさん」

心底愉《たの》しげなハングリィの声。

「素晴らしい心意気です。いつまでもその力がアナタのもとにあってはなにかと不都合ですし、ワタシの手中に収まればそれはそれで実に有用ですからね。……さあ、それではご自分でその両眼を抉《えぐ》り出してみせてください」

イリスは怖《おそ》ろしかった。

けれど今の彼女にとっては、本当を見ていることの方がより怖ろしかったのだ。

ゆえにその手は止まらない。指先に入る力はさらに強まり、眼球に沿って徐々に奥へ奥へと食い込んでいく……。

「さあ、さあさあさあさあさあ！　早く眼球を取り出してこのワタシ、ハングリィ・ヴォイドレッドに、アナタの真実の力を恭しく差し出してくださいな！」

痛い。こわい。痛い。こわい。痛い。こわい、こわい、こわい……。

声を出したい。大きな声で叫びたい。誰かに助けてと訴えたい。

でも、自分は一体誰に願えばいいのだろう？

一体誰が、自分のことを助けてくれるというのだろう？

ぼろぼろと涙が零《こぼ》れ、視界はぼやけて、もうなにも分からない。

だから既に本当を見てしまったというのに、言っても届かないと分かっているのに、それでもイリスは願ってしまうのだ。

自分にそっと手を差し伸べてほしいのは。

自分を優しく抱きしめてほしいのは。

自分に温《ぬく》もりに満ちた声を聞かせてほしいのは。

自分を、イリスを助けてほしいのは。

『——大丈夫だイリス。たとえ僕がいなくなったとしても、いつか君に救いの手を差し伸べてくれる人が、君の涙を拭ってくれる人が、君を抱きしめてくれる人が、そんなお兄ちゃんが君のもとに現れる。僕を信じろ。僕の眼には——いつだって本当が見えている』

想起した過去が瞳の裏を駆け巡り、イリスの小さな唇は縋《すが》るようにか細く願いを零《こぼ》す。

「イリスを助けて、お兄ちゃん……」

切なる声が、しかし虚《むな》しくも夜の漆黒に溶けて虚無と化してゆく——。

「——ああ、もちろんだ。僕は君を助けるよイリス」

刹那、眩《まばゆ》い光がイリスの双眸《そうぼう》へと一気に飛び込んだ。

真っ白な景色が目の前に広がる。やがて瞳が順応し、視界に色が塗られていく。

そして彼女の『真実にいたる眼差し《トゥルーアンサーアイズ》』が、今度こそ世界の真の姿を照らし出す——。

——イリスの双眸に映ったのは、彼女の目隠しを外し、優しく微笑《ほほえ》みかける幸太《こうた》の姿だった。

「うっ、ううっ……お兄ちゃあああん……っ!!」

押し寄せた安堵《あんど》に、再びイリスは瞳から大粒の涙を止めどなく零し、堪《たま》らず彼の胸に飛び込んだ。

優しさに満ちた温もりが、たちまちイリスの全身を包み込む。

イリスは確信した。これが本当だ。これこそが真実だ。今見ているこの世界こそが、嘘《うそ》ではなく、本当の世界にほかならない。

「よかったかも、お兄ちゃんが生きててよかったかもお……」

泣きじゃくるイリスの頭を、幸太は慰めるようにそっと撫《な》でた。

「もう大丈夫だよイリス。もう君にひどいことをさせたりはしない」

そう語りかけ、続けて幸太は眼前の体現者《マニフェスト》を睨《にら》み据える。

執事姿の異能者の顔には、明らかな動揺が見て取れた。

しかし幸太の眼光に容赦はなく。か弱き少女を救うべく、少年は決然として告げた。

「あいつは、ハングリィ・ヴォイドドレッドは必ずやっつけてやる」

【13】探偵に推理をさせてください

港から船が出た形跡はなかった。

だったらハングリィが向かった先は桜鬼邸《おうきてい》のほかはないと、僕は一目散にここ数日を過ごした別邸へと向かった。

桜鬼邸の敷地へとたどり着き、光の漏れ出す窓から慎重に中を覗《のぞ》くと、そこにはやはりハングリィ・ヴォイドレッドの姿があった。

エントランスの中央階段に余裕綽々《よゆうしやくしやく》の笑みで腰掛けるハングリィの視線の先には、目隠しをしたまま呆然《ぼうぜん》とへたり込むイリスがいた。

「イリス……！　けど一体どうしたんだ……？」

不自然なまでに微動だにせず、どこか上の空のような表情で虚空に顔を向けるイリス。

その様子を注視しているうちに、やがて僕は先刻の自分が体験した不可思議な現象を思い出した。

ハラワタが空中に放り投げたイリス。石階段の方に落下していく彼女を懸命に追っていくと現れたハングリィの姿。そのとき耳にした『虚無を映し出す脳髄《オール エンプティ ブレイン》』なる真理の力と思《おぼ》しき名称。そして突如山頂を襲った天変地異のごとき現象。だというのにいつの間にか山頂は元通りになっていて、ハングリィとイリスの姿だけが消えていた——。

一連の記憶を振り返り、僕はひとつの仮説に行き着いた。

ハングリィ・ヴォイドレッドが行使する力、おそらく虚無を体現する力の正体とは、つまり空虚な存在、偽りの現実――虚構を相手に知覚させる力なのではないかと。

要するにあのとき山頂で僕が体験したことは、すべてが偽物の現実だった――。

だとすれば、現在エントランスの床にへたり込むイリスもまた、ハングリィの力によって虚無、虚構を見せられているのかもしれない……！

心ここにあらずだったイリスがいつしか悲愴《ひそう》の表情を浮かべ、小さな手を自らの顔に持っていく。

目隠しの上から指先がぐっと皮膚に食い込んでいく様は、まるで自分の眼球を抉《えぐ》り出そうとしているかのような――。

考えるより先に体が動いた。玄関を開け放ち、自身を傷つけようとしている少女を目指す。

「誰です――!?」

唐突で、さらには想定外だったのだろう、僕の姿を認めたハングリィは瞠目《どうもく》し、一瞬硬直してしまっていた。

だけどそんなことを気にしている暇はない。ハングリィには目もくれず、僕はひたすら全力でイリスを目指して駆ける。

そしてへたり込む少女のもとにたどり着く。

正面に回り込んで細く小さな肩を掴《つか》んで揺する。

「イリス！　大丈夫かイリス！」

しかし応答はない。やっぱりそうだ。イリスは今、現実とは違う光景——虚無の力による虚構を見せられている。だから僕の声が届かないのだ。

くそっ、どうすればいい……！　どうやったらイリスをハングリィの異能から解放してやれる……！　どうやったら奴《やっ》の虚無を打ち払うことができる……！　一体どうすれば、イリスをこの本当の世界に連れ戻してやることができるんだ……！

……本当の世界？

僕ははっとした。

本当ってなんだ。……本当ってのは、嘘《うそ》偽りのない、虚構でない世界だ。

つまりそれは——真実。

そうだ。だったらイリスを助けるにはこれしかない——！

そのときだ。いまだ虚無に囚《とら》われ苦しむ少女が、絞り出すような声で呟《つぶや》いた。

「イリスを助けて、お兄ちゃん……」

その声を聞いた瞬間、僕の手は迷わず彼女の黒布を掴んだ。

「ああ、もちろんだ。僕は君を助けるよイリス」

そして僕はイリスの目隠しを外す。

露《あら》わになる美しい金と銀の双眸《そうぼう》――『真実にいたる眼差し《トゥルーアンサーアイズ》』。

あらゆる真相を見抜き、あらゆる真実を暴き出す瞳が、『真実の体現者《マニフェスト》』たる彼女が行使する力が、その眼に映るすべてにおいて真実という名の真理を体現する。

すなわちイリスの瞳が放つ煌《きら》めきは、彼女を覆っていた虚無という漆黒すらもたちまち振り払ってみせるのだ。

やがて金銀の焦点が僕に合う。

僕は優しく微笑《ほほえ》みかけた。

すると彼女のつぶらな瞳からぽろぽろと大粒の涙が零《こぼ》れた。

「うっ、ううっ……お兄ちゃあああああん……っ!!」

胸に飛び込んできたイリスを、僕は安心させるように抱きしめてやる。一体どんな偽りの現実を見せられていたのだろうか。

「よかったかも、お兄ちゃんが生きててよかったかもお……」

きっとろくでもない光景だったに違いない。そう思うと途端に怒りが募った。

こんなに幼くてか弱い女の子をここまで泣かせて。

「もう大丈夫だよイリス。もう君にひどいことをさせたりはしない」

そっとイリスの頭を撫《な》でてやり、次いで僕は胸に抱く幼女を泣かせた張本人を――ハングリィ・ヴォイドレッドを思いきり睨《にら》みつけた。

僕はイリスに言い聞かせるように断言する。

「あいつは、ハングリィ・ヴォイドレッドは必ずやっつけてやる」

イリスをこんな目に遭わせた落とし前はきっちりつけさせてみせるぞハングリィ。

真《ま》っ直《す》ぐな僕の視線を受けたハングリィは、驚嘆しつつも煩わしげな目で僕のことを睨《ね》めつけ返す。

「これはこれは福寄様《ふくよせ》。まさかアナタがここにたどり着こうとは、まったくもって意外な展開と言うほかありません。アナタ方の処理はハラワタとサメザメが責任を持って実行したはずですが？」

懐疑の視線を向けてくるハングリィに、僕はわざとらしく挑発的な笑みを返す。

「残念だったなハングリィ。そのハラワタとサメザメはしっかり倒したよ」

すると『虚無の体現者《マニフェスト》』は目を見開いた。

「そんな馬鹿な……。アナタ方の相手をしたのは世界の真理を担う『激昂《げきこう》の体現者』と『悲嘆の体現者』ですよ……？　そんな彼女たちがアナタ方のような紛《まが》い物《もの》に敗北を喫するなど信じられません……！」

「信じられなくたってそれが真実だよハングリィ。僕がここにいる事実がなによりの証拠だろ。僕たち『本格の研究《スタディ・イン・パズラー》』を、姫咲《きさき》先輩やゆゆさんや雨名《うな》をなめるなよ」

彼女たち頼もしい助手の面々は、どんなに凶悪な怪物や強力な能力者が相手だろうと打ち破ってみせてくれるし、実際に彼女たちは宇佐手《うさで》姉妹に打ち勝ってくれたのだ。

「ぐっ……！」

悔しげに奥歯を噛《か》むハングリィ。どうやらこの男は誇り高き『真理の九人』が僕たちに負けることなど毛頭考えてはいなかったらしい。ざまあみやがれ。

しかしすぐに厭《いや》らしく唇を歪《ゆが》めて嗤《わら》うハングリィ。

「ですがアナタごとき力なき人間一匹が紛《まぎ》れ込んだところで状況は変わりません！　所詮は真理に隷属するだけの無力無価値で些末《さまつ》な存在！　くくく、ただちに我が虚無の体現をもってアナタを虚《うつ》ろへと誘って差し上げましょう――『虚無を映し出す脳髄《オールエンプティブレイン》』!!」

ハングリィは絶叫とともに自身に宿る異能、虚無の力を発動する。刹那、ハングリィの背後から世界がぐにゃりと歪み出し、目に映る世界が変貌を遂げようとする。

このままだと僕らは奴《やつ》の虚無に飲まれる。だけど。

「無駄だハングリィ！」叫び、続けて僕はイリスに言う。「イリス！　ハングリィをその眼で見るんだ！」

「う、うん――！」

僕の言葉を聞いたイリスは反射的に双眸《そうぼう》を前方の男へと向ける。

「――『真実にいたる眼差し《トゥルーアンサーアイズ》』!!」

途端に歪《ゆが》みが消失して世界が輪郭を取り戻す。現実を虚構に塗り替えようとした虚無の力が、イリスの真実を暴き出す力によってその一切を弾《はじ》き返されたのだ。

「お前の力は対象に虚無——つまり虚構の現実を知覚させる異能だろ？　偽りを構築する力である以上、お前じゃイリスの力には勝てないよ。イリスの眼はあらゆる真実を暴き出す。それはお前が創造する虚無であってもだ。なんてったってイリスの真実の力は、真理の中でも最上位の力なんだからな。だからイリスの『真実にいたる眼差し《トゥルーアンサーアイズ》』がお前を見ている限り、『虚無を映し出す脳髄《オールエンプティブレイン》』はもう使えない！」

「くっ……！　わずかな間にそこまで理解するとは実に小賢《こざか》しいですね……っ！」

眉間にしわを寄せて、憎らしげに僕を睨《にら》むハングリィ。

やはりそうだ。今さっきイリス自身を虚無から解き放ったのと同様に、イリスの双眸《そうぼう》はハングリィの脳髄に勝る。イリスの瞳に見つめられたものは、あらゆるすべてが真相を見抜かれ真実を暴き出されるのだ。ゆえに虚無は虚無を成すことができないのである。

これで異能を封じられたハングリィは無能力者も同然——だが、焦燥に満ちた表情から一転、ハングリィは厭《いや》らしい嘲笑を浮かべてみせた。

「くくく、あはははは……！　確かにアナタのおっしゃる通りですよ福寄《ふくよせ》様。ワタシの虚無の力は、その少女の真実の前には無力だ。ですがそれは、あくまでその双眸——『真実にいたる眼差し』がワタシを捉えているときに限ります。ところで福寄様——その未熟な体現者《マニフェスト》は、いつまで眼を開けていることができるのですかねえ？」

……そう。それがイリスの弱点だ。

「う、うぅ……っ……！」

横目にイリスを見ると、既に彼女の顔には疲労が窺《うかが》える。肉体的に幼い彼女はまだ強大な異能の負荷に完全に耐えることができず、金銀の双眸を発動させていられる時間はごく短い。かつてないほど懸命に耐えてくれてはいるが、それでもそう長くは持たないだろう。

そしてイリスが力尽き眠りに落ちたが最後、ハングリィの虚無の力は瞬く間に僕たちを虚構の世界へと呑《の》み込み、そこで僕たちの勝ち目は完全に潰《つい》えることになる。

「理解できましたか？　未熟で不熟で愚劣なその少女は、真実の重みに耐えきれず今に意識を失います。そうなれば必然、眼を開けてはいられなくなる。その瞬間に再びワタシは虚無を体現し、アナタは虚《うつ》ろに落ちて二度と這《は》い出ることはできないでしょう。……くふはははは！　さあその不出来な体現者はあと何分、いやあと何秒持《も》ち堪《こた》えることができるのでしょうか！　そしてそれまでにアナタはなにか策を打つことができるのでしょうか！　きっとできないでしょうねえ！　アナタにはワタシの虚無を封じるような力はないんですから！　つまりどうあろうとワタシの勝利は確定しているのです！　アナタのやっていることは無駄なことこの上ない引き延ばしにすぎないんですよ！　あはははは！」

改めて自らの勝ちを確信したかのように哄笑《こうしょう》するハングリィ。そんな『虚無の体現者』

を、しかしイリスはなおも懸命に睨《にら》みつけ続ける。

「う……うぅ……うぐ……っ……！」

「イリス、頼む、もう少しだけ頑張ってくれるか……！」

「うん……！　お兄ちゃんが言うなら、イリス、がんばるかもだよ……っ！」

小さく首を縦に振り、イリスは歯を食い縛りながら目を見開き続ける。が、もう限界は近いだろう。

……だけど僕は知っている。幼い少女のその努力は、決して無意味なものじゃないと。彼女がつくってくれるわずかな猶予こそが、この危機的盤面をひっくり返すために多大なる貢献を果たすのだということを。

「言っただろハングリィ」

眼前の異能力者を見据えて僕は言った。

「僕たち『本格の研究《スタディ・イン・パズラー》』をなめるなって」

恐怖や絶望の混じらない僕の冷徹な声音が、ハングリィ・ヴォイドレッドの高笑いを強制的に止める。

「……どういう意味です？」

突くような眼光。しかしその奥にはわずかな猜疑《さいぎ》と怯《おび》えが見えた。

僕は真《ま》っ直《す》ぐにハングリィを見返しつつ続ける。

「お前はただ倒すだけじゃ済まさない。今後二度とイリスに手を出せないよう、完膚なきまでに負かしてやるって言ってるんだ」

「……はっ！　とんだ戯《ざ》れ言《ごと》だ。……もしや、宇佐手《うさで》姉妹を打倒したというお嬢様たちの到着を待っているんですか？」

「五十点だなハングリィ。確かに僕は待ってる。でもそれは姫咲《きさき》先輩たちじゃない」

「違う……？」ハングリィは訝《いぶか》しげに眉をひそめた。「それじゃ一体誰を待っているというんです」

「この横臥島《おうがしま》において桃山《ももやま》村長の殺害に始まった一連のイリス拉致計画はハングリィ、お前が仕組んだひとつの事件だ。だとしたらその事件を終わらせるのは誰だと思う？　それは姫咲先輩じゃない。ゆゆさんでもない。そして雨名《うな》でもない。何故《なぜ》なら彼女たちは、あくまで助手という存在だからだ」

「一体なにを言っているのですかアナタは……！」

苛立《いらだ》ちを見せるハングリィに構わず僕は続ける。

「世界の真理とやらを担ってるくせに分かんないのかよ。僕は今、お決まりっていう真理を教えてやってるんだぜ『虚無の体現者《マニフェスト》』。ミステリの世界ってやつではな、事件を終わらせるのは助手の役目じゃない。事件ってものに終止符を打つのはいつだって——探偵の役目なんだよ」

僕は振り返らずに言った。

「――なあそうだろ？　理耶《りや》」

そして半開きだった桜鬼邸《おうきてい》の玄関が豪快に開け放たれる。

「――そうだね幸太《こうた》くん。本格論理をもって事件の真相を明らかにしてみせる、それはいつだってこの私、本格的名探偵・推川《おしかわ》理耶の専売特許さ」

唯一無二にして『本格の研究《スタディ・イン・パズラー》』を束ねる本格的名探偵・推川理耶が、姫咲《きさき》先輩を始めとした助手たちを引き連れて姿を現わした。

いかにも名探偵らしく自信に満ちた表情をたたえ、理耶は鷹揚《おうよう》な足取りで僕とイリスの傍らへ歩み寄ってくる。

「それはそうと幸太くん、これは一体どういった状況なの？」

「さあ。目の前のあいつに訊《き》いてみるといいさ」

「ふうん。それじゃそうするとしようかな」

理耶は片眉を上げて微笑を寄越《よこ》し、それから正面のハングリィへと向き直った。

「ハングリィ・ヴォイドドレッドさん。あなたはイリスちゃんを連れ去って、ここで一体なにをしようっていうんですか」

理耶が問うと、ハングリィは邪悪な嘲笑をかたどった。

「くっくははは！　そんなの決まっているじゃありませんか！　よくもまあ皆さんお揃《そろ》いで！　手間が省けてちょうどいい！　もうすぐその未熟な少女は眼を開けていられなくなります！　そうなればワタシの虚無を妨げるものはなくなる！　その瞬間こそ、ワタシはワタシにのみ許された虚無の力――『虚無を映し出す脳髄《オールエンプティブレイン》』をもって真理を体現し、アナタ方を虚構の世界へと永劫《えいごう》に幽閉して差し上げましょう！　そしてワタシは真実の力を、その少女の眼をこの手の中に収めるのです！　あはははは！」

仰《の》け反《ぞ》り返らんばかりの勢いで哄笑《こうしょう》するハングリィに冷ややかな視線を送ってから、僕は横目に理耶を見る。

「らしいが君はどう思う？」

訊くと、本格的名探偵たる理耶は釈然としない顔で首を傾《かし》げた。

「えーっと、つまり彼の目的はイリスちゃんの瞳で、あとそれ以前に自分には『虚無を映し出す脳髄』っていう、相手を虚構の世界に引きずり込む特殊な力があるって主張してるのかな？」

ひとしきりうーんと唸《うな》った後、理耶は苦笑を交えて言った。

「それはちょっと信じられないなあ」

ハングリィ・ヴォイドドレッドの哄笑が固まる。

「……は？」

すると理耶《りや》は再び苦笑した。

「いやだって、急にそんな超常的な異能力を持ってるって言われても信じられるわけがないじゃないですか」

たちまちハングリィの顔が怒りと侮蔑と焦りに染まり上がる。

「アナタこそこの期に及んで一体なにを言っているんですか！　ワタシは紛《まぎ》れもなく『真理《マニ》の九人』のひとり、虚無の担い手にして『虚無を映し出す脳髄《オールエンプティブレイン》』の使い手、『虚無の体現者《フェスト》』です！　今さら疑う余地などあるわけがない！」

「余地しかないと思いますが……」首を捻《ひね》る理耶。

「ふざけたことを抜かすな！　ハラワタとサメザメを倒したというのなら、山頂で交戦した際に彼女たちが体現する激昂《げきこう》と悲嘆の力を見たんでしょう！　であるならワタシたちが選ばれし力を持った人間、真理を体現する存在であることは理解できるはずです！」

憤慨した表情で唾を飛ばすハングリィを前にして、しかし理耶は一層首を傾《かし》げた。

「激昂？　悲嘆？　なんですかそれは。私はそんなものは見ていません。実は山頂にいるとき、突然の強風に煽《あお》られて転倒した拍子に頭をぶつけて気を失ってしまったようで。確かに目が覚めるとそこにはハラワタちゃんとサメザメちゃんの姿がありましたが、彼女たちと私の助手たちとで暴力による争いがあったなんてことは、私は聞いていません」

そうだ。理耶は宇佐手《うさで》姉妹と姫咲《きさき》先輩たちとの戦闘が行われている間、ずっと茂みに横たわって気を失っていた。だから彼女は異能による戦闘の光景を見てはいないのだ。

「気絶していて見ていなかっただと……!?」

こめかみに汗を滲《にじ》ませながら、なおもハングリィは声を荒らげる。

「ですが実際に目にしていなくとも、山頂には激しい戦闘の痕跡が残っていたはずだ！　ハラワタの激昂は辺り一帯を焼き尽くし、サメザメの悲嘆は周囲すべてを凍《い》て尽くすんですから！　それを見てもなお、アナタは彼女たちの真理を否定するというのですか！」

ところが今度もまた理耶は苦笑を浮かべるばかりだった。

「あの、ハングリィさん。山頂にそんな痕跡はありませんでしたけど」

「は？　え？　は……!?」

予想だにしなかったであろう返答に目を見開いて唖然《あぜん》とするハングリィ。僕はさりげなくゆゆさんに目をやった。僕の視線に気づいたゆゆさんは、にへらと微笑《ほほえ》み返して小さくピースサインをつくる。やっぱり。ゆゆさんが魔法で山頂をお治ししてくれたんですね。

いまだ混乱から抜け出せないでいるハングリィを、理耶の名探偵然とした眼差《まなざ》しが真《ま》っ直《す》ぐに射貫《いぬ》いた。

「ですからハングリィさん。あなたの主張には疑問を呈するほかありません」

「愚かな……っ！　愚かな愚かな愚かな愚かな愚かなッ！　屁理屈《へりくつ》ばかりを抜かしてワタシたち

が担う崇高なる真理の存在に疑念を抱こうとは！　隷属すべき真理に対する不信、冒涜《ぼうとく》など許されていいはずがない！」

怒りに荒ぶる『虚無の体現者《マニフェスト》』。しかし理耶《りや》は冷静に言い放つ。

「であれば証拠を見せてください、ハングリィさん」

「証拠ですって……？」忌々しげに理耶を睨《ね》めつけるハングリィ。

「そうです。物事を証明するために必要なものは論理、あるいは決定的な証拠ですよ。ですがあなたの主張にはまるで論理性がない。となれば相手を納得させるには証拠を提示するほかありません。さあ見せてください、あなたに『虚無を映し出す脳髄《オールエンプティブレイン》』とやらが宿るその証拠を。今すぐに」

問答無用で迫る理耶。そう、推川《おしかわ》理耶という人間は、証拠なくしては自身の力すら信じない根本からの探偵気質。彼女は、彼女の納得する根拠なくして真実と認めはしない。

「証拠なら……ええ、証拠ならお見せして差し上げます！」

余裕を示したいと思《おぼ》しき尊大な笑みには、しかしどことなく覇気が欠けている。

「その少女が力尽き果てたあかつきには、絶望するほどの虚無を永遠にわたってお見せして差し上げますよ！　くふははははは！」

「イリスちゃんがなんだと言うんです？」理耶の真紅がハングリィに突き刺さる。「あなたの異能力とやらには関係ないでしょう。さあ早く証拠を見せてください」

「は、いやだからその少女の眼が開いているうちはワタシの虚無は真価を発揮できな――」

「またですか。これ以上、非論理を持ち出さないでください。私があなたに求めているのは証拠ですよハングリィさん」

強く迫る理耶にハングリィは思わずたじろぐ。

「いやだからその証拠たる虚無を発動させるには……」

「早く」

「真実の眼があるうちは……」

「今すぐに」

「虚無は虚無を成すことができないから……」

「私を納得させるだけの証拠を見せてください、ハングリィさん」

ついにハングリィの口から言葉が出なくなる。

反論を失ったハングリィを見据えた理耶は、小さく溜息《ためいき》をついた。

「証拠を提示できないんですねハングリィさん。これで真実は本格的に明らかです」

一連の問答をもって、本格的名探偵・推川理耶は、彼女の手に入れた根拠をもとにひとつの結論を導き出す。

これを僕は望んでいたのだ。彼女の推理が展開されるこのときを。

さあ本格的名探偵様、思いきり高らかに真実を宣言してくれ。

曇りなき真紅の双眸《そうぼう》に絶対的な確信を宿して理耶《りや》が告げる。

「筋の通った論理の証明もできず、そして明確な根拠、あるいは確固たる証拠を提示することもできない。したがってあなたの主張は真実でないというよりほかありません。すなわちハングリィ・ヴォイドレッドさん、あなたには『虚無を映し出す脳髄』などという超常の力はない！　——以上、本格論理、展開完了」

そして理耶の能力——『名探偵は間違えない《ルールブック》』が発動する。彼女の導き出した結論に従って、存在したはずのものは存在しないことになるのだ。確かに『真理の九人』はこの世界に存在し、ハングリィ・ヴォイドレッドは虚無を担当する能力者であり、その身には凄《すさ》まじい異能——『虚無を映し出す脳髄《オールエンプティブレイン》』が宿っていた。しかし、理耶の推理によってたった今このとき、彼の肉体からはその異能が消失したのである。

「お兄ちゃん……ごめんなさい……イリス、もう限界かも……」

理耶が言葉を締めくくるのと同時、ついにイリスが限界を迎える。疲れきった顔でよろけた彼女を僕は優しく抱き留め、閉じていく瞼《まぶた》に微笑《ほほえ》みかける。

「ありがとうイリス、よく頑張ったな、君のおかげであいつのことをやっつけられるよ」

「へへ……お兄ちゃんにほめられちゃったかも……それじゃ起きたらいっぱいなでなでし

てねお兄ちゃん……約束かもだよ……」

「ああ約束だ。君が嫌って言うまで撫《な》でてやる」

「やったあ……イリス……楽しみに、してるかも……すぅー、すぅー……」

そして金銀の瞳は完全に閉じ、『真実の体現者《マニフェスト》』は眠りに落ちていった。

するとと途端にハングリィが威勢を取り戻す。

「ようやく果てましたか『真実の体現者』！　まったく未熟者の割にしぶとく粘ったではありませんか！　しかしこれでもうワタシの力を妨げるものは存在しません！」

邪悪な嘲笑を顔面に貼りつけた『虚無の体現者』から、実に哀れな自尊と侮蔑と殺意が漂いだす。

「さあ準備ができましたよ愚鈍な探偵さん！　ワタシには虚無の力など宿ってはいないですって？　よくもまあそんな恥知らずな推理を臆面もなく語れたものです！　証拠？　いいでしょう、お望みとあらば味わわせてあげましょう！　二度と這《は》い出ることのできない永遠の虚無というものを！」

左右に両手を広げ、まるでこの世の絶対君主がごとき尊大さをもってハングリィ・ヴォイドレッドは高らかに告げた。

「――『虚無を映し出す脳髄』!!」

しかし、なにも起こらない。世界は虚無に塗り替えられはしない。すぐに自らの異変を悟った虚無の体現者だった無能力者は、愕然《がくぜん》とした顔でわなわな震える手を見つめた。

「どういうことです……？　なにが、一体なにが起こっている……？」

やがて事実を認識したハングリィは、途端に青ざめた顔で叫び散らかした。

「何故《なぜ》だ！　何故！　どうして！　どうしてワタシの中から虚無の力が失われているうううううううううううううッ!?」

その場にくずおれて混乱と驚愕《きょうがく》と絶望とに髪を振り乱しながら暴れていたハングリィは、やがてその可能性に思い当たると、どこか怯《おび》えたような目で理耶《りや》を見た。

「まさか……アナタが……アナタがワタシから虚無を奪ったのか……？」

けれど理耶はなにを言っているんだという顔で首を傾《かし》げる。

「奪う？　違いますね、最初からあなたにそんな力はありません」

「そんなはずはない！　ワタシは『真理の九人』だ！　世界の真理を体現すべく選ばれた人間のひとりなんだ！　ワタシは虚無を担うことを定められ、その力を与えられた存在なんだ！　ワタシにはある！　虚無の力が！　それをアナタが奪い取ったんだ！」

地面に這《は》いつくばり、縋《すが》るようにハングリィは理耶に手を伸ばして喚《わめ》く。

「返せ……返せ返せ返せ返せえええええええええっ!!　ワタシの、ワタシの虚無の力を今すぐ返せよおおおおおおおおおおおっ!!」

「往生際が悪いぞハングリィ」

僕はハングリィの絶叫を退け、歩み寄ってきた雨名《うな》に眠るイリスを託して立ち上がる。

びくり、と肩を震わせたハングリィがその目に明確な怖《おそ》れを浮かべた。

僕は一歩、また一歩と前に進んでいく。

「お前には虚無の力なんてものはない。それが今この世界における真実だ。お前はただの平凡な人間なんだよ。体現者《マニフェスト》なんていう大層なご身分じゃない」

「ち、ちがっ……ワタシは、ワタシは虚無の……」

「どれだけ主張しようがもはやただの妄言だぜ中二病の執事さん」

僕が主張をはね除《の》けるたび、ハングリィの表情には一層の怖れが刻まれていく。

「そしてただの中二病の一般人であるお前には、もうイリスの拉致を企てることは許されない。今後そんな真似《まね》をしようとすれば姫咲《きさき》先輩たちに返り討ちにされるだけだ」

「返せ……返せ……ワタシに虚無の力を返せ……っ！」

それは既に懇願に等しかった。でも僕は断固として頷《うなず》かない。

「絶対に返さない。お前は一生、痛々しいだけのただの人間だ」

「そんな、そんなことがあっていいものか……っ！　虚無の力が失われるということは、つまり世界を構成する要素が欠けるということなんだぞ……っ！　そうなれば真理を見失いつつあった世界の不均衡はさらに加速する……！　いずれ世界は復元不可能なまでに崩壊し、最終的には破滅を迎えることになるんだぞ……っ!?」

ハングリィはじりじりと逃げるように下がりつつも訴える。

「既に世界の輪郭は曖昧になり始めていた……だからワタシは、今一度確固たる真理の体現を目指したんだ……！　これは世界のために必要なことなんだ！　だから、だから今すぐ私に虚無を返還し、そして真実の力もこのワタシに引き渡すべきなんだ……っ！」

「そんなことはどうでもいい」

ハングリィの言葉を遮断する。同時、ハングリィの臀部《でんぶ》が中央階段の一段目にぶつかって、僕は目の前の男を追い詰めた。

「や、やめろ……っ、来るな――」

言い終えるのも待たず、僕はハングリィの胸元を左手で掴《つか》んで持ち上げる。

自分の目と同じ高さまで引き上げて、僕はほぼゼロ距離で相手の目を睨《にら》みつけた。

「お前の言うことなんてどうでもいいんだよハングリィ」

そうだ。お前の言うことなんて僕にとってはどうでもいい。

「世界の真理がどうとか、バランスがどうとか、そんなことは関係ない。仮にお前の言うことが正しかったとしても、僕は、僕たちはそのためにイリスを犠牲にしようだなんて微《み》塵《じん》も思わない。なにがあったって、あの子は僕たちの大切な仲間だ」

姫咲《きさき》先輩、ゆゆさん、雨名《うな》が一同に頷《うなず》き、そして理耶《りや》は真《ま》っ直《す》ぐに僕を見守る。僕たち『本格の研究《スタディ・イン・パズラー》』にとってイリスという名の幼気《いたいけ》な少女の存在は、たとえ世界と一緒に天秤《てんびん》にかけたって彼女の方に傾く。それが僕らにとっての真実だ。

「なんと愚かな……正常を失いつつある世界を前にしてもなお、たかが少女ひとりを選ぶというんですか……!?　それが本当に正しいことだと思っているのかアナタは……!?」

「愚かで結構だよ。こちとら世界滅亡の危機に関しては多少慣れっこなんでね」

うちの名探偵に鍛えられた助手たちは、全員肝が据わってるんだよ。

「これで話はお終《しま》いだ。そして事件にも決着をつける。歯を食い縛れよハングリィ・ヴォイドレッド」

「なっ!?　ま、待て……ッ!!」戦慄に染まるハングリィ。

しかしこの期に及んで待つはずがない。僕は思いきり右腕を引いた。

さあ、助手の身分で出しゃばらせてもらって申し訳ないが、最後に一発お見舞いさせてもらって事件に幕を引こう。

「これから味わう痛みと一緒に、その脳髄とやらに刻みつけておけよハングリィ。いいか、今後一切イリスには──『本格の研究《うち》』の大事な幼女には手を出すな!!」

そして全力で右腕を振り抜く。握った拳がハングリィ・ヴォイドレッドの顔面にめり込み、左手を離すのと同時に執事の男は吹き飛んで、盛大に中央階段へと背中をぶつけてそのまま仰臥《ぎょうが》の姿勢で動かなくなった。

桜鬼邸《おうきてい》の中に満ちる静寂。怒濤《どとう》のようだった一連の出来事は、今ここに至ってようやく決着を迎えたのである。

僕はゆっくりと振り返る。

そこにはそれぞれ微笑《ほほえ》みをたたえる仲間たちの姿があった。

不意に真紅の双眸《そうぼう》と目が合う。

僕たちの探偵——本格的名探偵・推川理耶《おしかわりや》は、よくやったぞと褒めるように目を細めつつ言った。

「これで事件は解決だね幸太《こうた》くん」

僕も微笑み返し、そして言う。

「ああ。これで事件は本格的に解決だ」

【14】幼女の目隠しを外してください。その瞳が、世界の真実を暴き出しますので。

翌日、五月五日の昼間。快晴の下、僕たち『本格の研究《スタディ・イン・パズラー》』一行（僕・姫咲《きさき》先輩・雨名《うな》・ゆゆさん）は、行きと同じ大型クルーザーに乗り込み、船尾に並んでは小さくなっていく横臥島《おうがしま》の姿を眺めていた。

「後処理に関してはご心配無用ですわ、幸太さん」

左隣に立つ姫咲先輩が横目に優美な微笑を寄越《よこ》す。

「桃山《ももやま》さんが殺害された事件については、犯人である山手《やまて》さんの身柄は然《しか》るべき手順に則《のっと》って警察へと引き渡されるでしょう」

僕は少しばかり胸が痛んだ。確かに殺人を犯したのは山手さん自身だ。でも実際の黒幕はハングリィ・宇佐手《うさで》姉妹であり、彼は事件を起こすように仕向けられた、ある意味では被害者のような存在だった。ゆえに僕は晴れやかな達成感を得ることはできなかった。

「ハングリィや宇佐手姉妹に関してはどうなんですか」

「彼らの身柄はＱＥＤが預かることになります。……そうですね、尋問など、色々とあるでしょうけれど、少なくとも命を奪うような非人道的なことはないと思いますわ」

それを聞いて僕は内心で少しほっとした。確かに彼らはイリスにひどいことをした。それを許そうとは思わない。でも、だからといって彼らが殺されるのをよしとはしたくない。

きっと先輩は僕に嘘《うそ》をついたりしないだろう。だから僕は彼女の言葉を信じた。

「そうですか。そうだ、それと山頂での戦いを見てしまった人たちはどうするんです？」

「わたくしたち異能者の存在を認知してしまった島民の方々については、のちほど異能に関する記憶を削除させていただくことになります。ＱＥＤには、それを専門とする能力者がいますから」

なんだかどこかで見た映画のようだ。それにしても記憶操作の異能を持った能力者というわけか。世の中、というかＱＥＤには色々な能力者がいるようだ。

「それじゃひとまず騒ぎにはならずに済みそうですね」

「ええ。今回の現場が本土から離れた孤島だったおかげで随分と対応が楽で助かりますわ」

「確かに都会の街中で今回みたいなことが起きたら後処理大変そうですもんね」

「そうなんですよ。いえまあ、とはいえそれなりの手間というものはかかるのですけれど。特にその辺りは雨名《うな》に任せておりまして、いつも申し訳なく思っているんです。今回の件も任せちゃってごめんなさいね、雨名」

「いえ、とんでもございいやがりませんですお嬢様。むしろもっと無理難題を押しつけください、そうやってボクをいじめてくださいです……にひゃあ」

本音が漏れすぎ漏れすぎ。まったく昨晩見たあの超強い姿はどこへやらだ。

と、右隣に佇《たたず》むゆゆさんがなにやらぼんやりと島を眺めながら呟《つぶや》くように言った。

「山の上のオウガ様の祠《ほこら》、お治ししてこなくてよかったのかなあ……ふへ」

「大丈夫ですよゆゆさん。ゆゆさんの魔法ですっかり元通りにしてしまうと、それこそ島の人たちは不思議に思うでしょうから。オウガ様の祠は、これから彼らが自分たちで綺麗《きれい》に直すはずです」

「あ、そうだよね……わたしってば思慮が浅い人間だあ、こんなんじゃいつかみんなに迷惑かけてSIPを追放されちゃうんだ、むしろ今すぐ海に放り出されてサメに食べられて海の藻屑《もくず》となってお終《しま》いなんだあ～……！」

あらあらネガティブが爆発してしまった。どうやって慰めましょうかね。

などと思案する僕だったのだが、しかし僕が慰めの言葉を思いつくよりも先に姫咲《きさき》先輩がゆゆさんへ声をかけた。

「そんなことありませんよゆゆさん。昨夜はゆゆさんのおかげでイリスさんを助けられたのですから。あなたの魔法がわたくしたちを癒やし、そして推川《おしかわ》さんを癒やしてくださったおかげで、わたくしたちは土壇場で幸太《こうた》さんとイリスさんのもとに駆けつけることができたのです」

姫咲先輩、ナイスフォローです。

気遣い満点のお嬢様のおかげで自尊心を取り戻したゆゆさんはにへらと笑う。

「そ、そうかなあ～……？　ふへ、ふへへへへ」

「そうですわ。ゆゆさんの魔法がなく、結果として推川《おしかわ》さんがあの場にいなくては、わたくしたちにハングリィ・ヴォイドレッドの虚無の力を封じる術《すべ》はなく、結果として彼は計画通りイリスさんを連れ去ってしまうか、とてもひどい目に遭わせていたことでしょう」

姫咲《きさき》先輩の言う通り、理耶《りや》の推理によって虚無の力をなかったことにしない限り僕たちに勝ち目はなかっただろう。

そこで僕は昨日の出来事を思い起こす。『真理の九人』たる彼らが残した言葉の数々を。

混沌《こんとん》化しつつある世界。

均衡を崩しつつある世界。

輪郭が曖昧になりつつある世界——。

それらは一体なにを示すのか。ひょっとしてそれはまさに今僕が見ているような、様々な異能力者が混在しているこの状況？　あるいは、世界そのものを変容させ得る異能——すなわち、『名探偵は間違えない《ルールブック》』を宿した少女、推川理耶の存在……？

と、そこで急に目まぐるしく映像がフラッシュバックする。

——泣いている人影。その傍らに立つもうひとつの人影。立っている方の人影がなにかを言うと、泣いていた人影が決意する。そして言うのだ。『ほんかくてきめいたんていになってみせるから！』と。

「……っ」

針を刺したような痛みが走り、思わずこめかみを押さえる。

今のは確か……そうだ、一昨日に見た夢だ。夢の光景を今になって思い出したのだ。

あの小さなふたりは誰だろうか。本格的名探偵の文言が出てきたということは……泣いていた方はもしや理耶？　それじゃもう片方の人影は……もしかして……？

今思い出したこの映像は、単なる夢、すなわち虚構にすぎないのだろうか？　しかし何《な》故《ぜ》だろうか、そう思うにはあまりに心に引っ掛かる。

ひょっとしてこれは夢ではなく、実際にあった記憶なのか？

「色々と考えを巡らせていらっしゃるようですわね幸太《こうた》さん」

姫咲先輩が僕に語りかけた。

「昨日、彼らが言っていたことが気になるのでしょう？」

確かにそれもあるが、それ以上に今は夢のことで頭がいっぱいだった。しかしどう言葉にしていいのかも分からず、僕は誤魔化《ごまか》すように小さく頷《うなず》いた。

「まあそうですね……なんか世界がどうとか色々言ってましたから」

「彼らには彼らの物語があるのですわ幸太さん。特に今回は、振り返ってみるとイリスさんが中心に立つ物語でしたわね」

「イリスが中心の物語……」

反芻《はんすう》しつつ顔を横に向けると、姫咲先輩の微笑《ほほえ》みが僕を見た。

「そしてもちろん、わたくしにもわたくしの物語がありますよ。ゆゆさんにも、それに雨《う》名《な》にもです。なにせわたくしたちは全員がメインヒロインですからね」

「それってもしかして、今後は先輩たち関連のなにかが起こるって予言じゃないですよね？」

「ふふ、さあどうでしょう」

なんですかその意味ありげな微笑は。なんかめっちゃ嫌な予感がするんですけど。

今から先が思いやられるような気分に浸っていると、さらに姫咲《きさき》先輩は付け加えた。

「ですけれど、もし本当になにかあったときは、メインヒロインであるわたくしを主人公の幸太《こうた》さんが救ってくださいね？」

「いや僕は主人公なんかじゃ……」

「いいえ。幸太さんはきっと主人公です。いつかご自身でもお気づきになるときがくると思いますわ」

そこまで言われるとむず痒《がゆ》いものがあるけれど……。まあ自分が主人公かどうかなんてことはさておいて。

「たとえ主人公じゃなくたって、そのときは先輩のことを助けてみせますよ」

「まあ。なんて頼もしい言葉でしょうか。そんな風に言われたらわたくし、やっぱり幸太さんのことを好きになってしまいますわ」

やった。やっぱり逆玉の輿《こし》だ。

と、そのとき船室の方から歩いてくるふたつの人影。

「やあやあみんな揃《そろ》って島を眺めて。そんなに横臥島《おうがしま》のことが名残惜しいのかな」

「うわーい、お兄ちゃん～」

理耶《りや》の手を離れたイリスが目隠しをしたままよたよたと駆け寄ってくる。

「おいおいイリス、目隠しをしたまま走ったら危ないだろ」

僕の方からも歩み寄って抱き上げてやると、白髪幼女はすっぽりと腕の中に収まった。

後から歩いてきた理耶が船尾の柵に寄りかかる。僕もなんとなしにイリスを抱えたまま彼女の隣に並び立った。

海風にプラチナブロンドの髪をなびかせながら、理耶はかなり小さくなった横臥島を見つめる。

「ゴールデンウィークの息抜きのつもりで訪れた横臥島だったけど、蓋を開けてみれば大波乱だったね。これもまた本格的名探偵の宿命ってやつなのかな」

「……さあな」

「ちなみにだけどさ幸太くん。君はあの謎の答えにはたどり着いたのかな」

急にそんなことを言うものだから、僕は首を捻《ひね》って理耶の横顔を見る。

「あの謎ってなにさ」

すると理耶《りや》は唇の端をちょこっと上げた。

「暗号に記されていた財宝の在処《ありか》の謎さ」

「ああれか」

桃山《ももやま》村長の死体が握っていた紙片に記されていた暗号を僕は思い出す。

『王之牙《おうのが》様ガ永キ夢見ヲ終フル時、顔ノ下ヨリ宝打チ出ヅ』

この文言を読んだ桃山村長と山手《やまて》さんはオウガ様像の顔部分の下に財宝が埋まっているのだと推測した。が、掘り返してもなにも出てこなかったのだ。

だったら財宝はどこにあるのか。その答えは、きっと拍子抜けするほどあっけない。

「桃山村長たちは読み違えていたんだよ。『顔ノ下』ってのは顔部分の下にある地面ってことじゃない。文字通り顔の下、言い換えるなら顔の中だ」

オウガ様は木でできた像だ。顔の中はくり抜かれて空洞になっていて、おそらくその中に財宝が詰め込まれているに違いない。

「きっとオウガ様の像の顔面を砕けば、中から財宝が出てくるんだろうさ。伝承のおかげ島の人たちはオウガ様に並々ならない畏怖を抱いてる。だから相当のことがない限りは像を壊そうとは思わないだろ。理にかなった隠し場所だよ。あるいは、ひょっとすると順番は逆で、財宝を隠すために伝承をつくり上げたのかもしれないな」

「流石《さすが》は幸太《こうた》くん。君も本格的に謎を解いていたんだね。まあ分かってみれば少々簡単すぎる謎じゃあるんだけどさ」

満足げに微笑《ほほえ》む理耶。その感じから察するに、彼女もまた暗号の解読はとっくに済んでいたらしい。

「解けてたのに島を出るまで黙ってたんだな。島民の人たちに教えてやろうとは思わなかったのか」

「自分だって言わなかったじゃない。言う必要なんてないって思ったんだよ。これ以上争いの種を生みたくなかったし、それに教えちゃったらオウガ様の像が壊されることになっちゃうからね。祠《ほこら》も像も壊されちゃったら伝承に説得力がなくなっちゃうでしょ？」

「……まあ、それもそうか」

確かにこれ以上島の人同士で争うようなことはあってほしくないし、その原因を自分たちが生むなんてこともしたくない。伝承の説得力とかはよく分からないけど。

「今回私たちが果たすべき役目は果たすことができたからいいのさ。事件はちゃんと解決できたし、イリスちゃんだって助けることができたしね」

理耶が優しい笑顔を向ける先、自分の胸元に僕は目線を落とす。そこには、にっこりした顔で僕に抱かれる白髪目隠し幼女の姿がある。

理耶の言う通りだ。ハングリィ・ヴォイドレッド、宇佐手《うさで》ハラワタ・サメザメの強力な体現者《マニフエスト》たちからこの幼い少女を守ることができただけで、僕たちにとってはそれでいい。

「そうだな」

と呟《つぶや》くように返して、なんとなしに会話が途切れる。

しばらく無言の時間が過ぎたところで、僕はどうしても理耶《りや》に訊《たず》ねてみたくなった。

「なあ理耶」

「なんだい幸太《こうた》くん」理耶の横顔が僕を見る。

「僕たちはさ、その……小さい頃に会ったことがあるのか？」

すると理耶の瞳がわずかに見開かれ……続けて彼女の顔はどことなく嬉々《きき》とした微笑をかたどった。

「ひょっとして幸太くんは、夢の話をしてるのかい？」

一瞬どきっとして、すぐに僕はその意味を把握した。

「なんだよ、もしかして一昨日の朝、僕の寝言をちゃんと聞いてたのか。そうだよ夢の話だよ、でも僕が言いたいのはその夢が実は昔本当にあったことなんじゃないかって――」

「私も似たような夢を見るんだよ」理耶は言った。「経験にはないはずだけど、なのに何故《な ぜ》か妙に過去の記憶と思えるような夢をね。そして幸太くんの寝言は、まさに私と同じ夢を見ているみたいだった」

「それって、つまりどういうことだ……？」

理耶も僕と同じ夢を見ている？　でも経験としての記憶はない。だったら偶然？　しかし偶然にしてもそんなことがあるはずは――。

「本格的に面白い謎だよね」

理耶は真紅の双眸《そうぼう》を細めて僕の目を見つめた。

「君も気になって仕方がないんだね幸太くん。心配しないで、もちろん私もさ。だからね幸太くん、帰ったらゆっくり話をしよう」

「帰ったら？　今じゃないのかよ」

「もう察しが悪いなあ幸太くんは。静かな場所で、ふたりっきり、身を寄せ合って秘密のお喋《しゃべ》りがしたいってことだよ」

なんだよそれ。あと頰《ほお》を赤らめつつ変な言い方をするんじゃない。

正直すぐにでも詳しく聞きたかったけれど、しかし当人がそう言うのでは引き下がるより仕方がなかった。

「それに」と言って理耶は改めて白髪幼女を見た。「今はイリスちゃんがお話ししたそうな顔をしてるしさ」

言われて僕も今一度イリスを見る。すると彼女はにんまりと口角を上げた。

「あいー。イリスお話ししたいかも。えっとねー、イリス、みんなには本当にありがとうって思ってるかもー。ずっとずっとみんなといっしょにいたいかもー」

その言葉に「うんうんそうだね。私たちだって同じ気持ちだよ」と嬉《うれ》しそうに頷《うなず》いた理耶は、ふとこんな質問をイリスに投げかけた。

「ねえイリスちゃん。イリスちゃんは幸太《こうた》くんが助けにきてくれたとき嬉《うれ》しかった?」

するとイリスが目隠し越しに僕を見上げる。

「イリスはね、お兄ちゃんが助けにきてくれたとき、とってもとってもうれしかったのかも。イリスはね、お兄ちゃんのことが大好きかも。ほかのどんなお兄ちゃんでもなくってね、お兄ちゃんだからイリスはお兄ちゃんのことが大好きかもなんだよ?」

そこまで言われるとなんとなく気恥ずかしいが、でもそれと同時に嬉しくもある。

「ありがとな、イリス」

「お兄ちゃん、ちゃんとイリスの言葉をわかってくれてるかも? 本当にわかってくれてるかも?」

「もちろん分かってるよ」

「それじゃお兄ちゃん、イリスの目隠しをはずしてかも」

「え、なんでだよ?」

「お兄ちゃんが本当にわかってるかたしかめるのかも」

おいおい。そんなことに『真実にいたる眼差し《トゥルーアンサーアイズ》』を使うんじゃないよ。

「それにね」イリスはやけに熱っぽく言葉を続けた。「目隠しをはずして本当が見えるようになったイリスが言ったことはね、どんなことよりも本当だってことになるかもなんだよ」

「お、おう……？」

「ねえだからはずして、お兄ちゃん」

頑固な幼女だ。これはきっと頼みを聞くまで引き下がりはしないだろう。

目隠しを外したが最後、しばらくのあいだ寝入った彼女を抱っこし続けることになるわけだけど……まあいっか。

僕はイリスの黒布に手をかけ——そっと幼女の目隠しを外す。

そして黄金と白銀に彩られた美しい双眸《そうぼう》が露《あら》わになり、それはあらゆる真相・真実——彼女の目に映るものの本当を見通してゆく。

幼気《いたいけ》で可憐《かれん》な容姿をした小さな女の子は、僕の目をじっと見つめると、やがてぱあっと大きな笑顔を咲かせた。それは初夏の太陽を反射して煌《きら》めく大海原よりも一層眩《まぶ》しく、そして一層澄みきった笑顔だった。

「見えたかもだよお兄ちゃん。それとイリスの本当の気持ちも見えたかも。やっぱりイリスはね——幸太お兄ちゃんのことがだーいすき！」

【SS】探偵様のご機嫌の取り方

理耶《りや》が怒っている。

何故《なぜ》かは分からないが、ほっぺたを膨らませてむすーっとしている。

「むすー」

ご覧の通りである。

一体どうして探偵様がご機嫌ななめなのか、助手の僕には皆目見当がつかない次第である。

「なあ理耶、なんでそんな拗ねた顔してるんだよ」

「むっすー」

口も聞いてくれやしない探偵様を前に、僕は放課後を迎えた教室の空気にひとつ嘆息を溶かした。

「特に怒られるようなことをした覚えもないし、言った覚えもないんだけどなあ」

つい今し方までとりとめのない会話に興じていた僕たちである。

「頼むよ理耶。僕は探偵じゃないんだ、原因がなんなのかちっとも推理できやしない。お願いだからそのむすーの理由を教えてくれ」

諸手《もろて》を挙げて降参の意思を示す。すると依然として口の中にありったけのどんぐりを詰め込んだリスみたいな顔をした理耶の目が僕に向けられた。

「最近新しく駅にできた洋菓子屋さん」

……おう。それがどうしたっていうんだ。

「とってもお洒落《しやれ》で可愛《かわい》くて美味《おい》しいって話題になってる洋菓子屋さん」

……うん。だからそれがどうしたっていうのさ。

「どうして勝手に行っちゃったの、幸太《こうた》くん」

あ、それが不機嫌の理由なわけですか。

確かにさっきまでのお喋《しやべ》りの中で、先日その話題のスイーツ店で焼き菓子を買ったことを僕は理耶に話したのだった。思い返してみれば、それから見る見るうちに理耶のほっぺたが膨らんでいったような気がする。

「いやどうして勝手に行ったのかとか言われてもなあ。こないだ欲しい新刊があってさ、駅の中にある本屋に行ったんだよ。そしたら帰りがけにそのなんとかっていう店の前に並んでる行列が目に入ってね。なんとなく気になったから寄ったたって感じかな。……別に悪いことじゃないだろ？」

「悪い！」

いやなんでだよ。

「前にも言ったと思うけどね幸太くん。そういう不思議なほど人気のお店っていうのはね、その存在がミステリ、謎なんだよ。そして謎となれば当然、そこには探偵と助手が向かわなくちゃいけないの。これは本格的な掟なの」

いつぞやのクレープ屋やドーナツ屋のことか。なんて思い出しながら、僕は理耶《りや》のお説教を聞き続ける。

「なのに探偵である私のことを置いて自分だけでお店に行っちゃうなんて……美味《おい》しさの謎を私も解きたかったのに……幸太《こうた》くんのおたんこなす」

おたんこなす呼ばわりまでされるとか心外すぎるんだが。

「分かった分かった。理耶、君はそんなにあの店のことが気になってたんだな。また近々本屋に行くつもりだからさ、そのときに今度は君の分も買ってきてやるよ」

「やだ」

「なんだよやだって。別に食べたくないのか？」

「食べたい」

「だったら買ってきてやるから」

「買ってきてもらうんじゃ意味ないもん。でも今すぐ食べたい」

どういうことやねん。

「だったら今から店に行くしかないな。まあなんだ、それじゃ一緒に駅行くか？」

「やだ。行かない」

もはや意味不明である。

「私は自分から動くつもりはないよ。でもお菓子は食べたい。さあ幸太くん、この場合どうするべきか、私の助手なら本格的に分かるよね？　ぷいっ」

なんで謎かけみたいになってるんだよ。と再び溜息《ためいき》をつく僕である。

はてさて、相変わらず膨らみっぱなしの理耶の頬《ほお》を収縮させるべく、僕がとるべき行動とは一体なんなのだろうか。

まずひとつに、例の洋菓子店のお菓子は食べたいらしい。しかも今すぐに。

そしてふたつめに、買ってきてもらうのは嫌らしい。

さらにみっつめに、買ってきてもらうのは嫌だというのに店に行きたくもないらしい。

……ふむ。どうすりゃええっちゅうねん。

正直答えなんてないような気がするが、しかしこうして考え込んでいる今も理耶は何故《なぜ》か横目にちらちらこっちを窺《うかが》ってくるし、とするとやはりなにかしら僕に答えを期待してはいるらしい。

「お菓子は食べたい、買ってきてもらうのはダメ、店に行くのもダメ、うーん……」

腕を組み唸《うな》りつつ、僕は改めて理耶の言葉を脳内で反芻《はんすう》する。

――私は自分から動くつもりはないよ。でもお菓子は食べたい。さあ幸太くん、この場合どうするべきか、私の助手なら本格的に分かるよね？

自分から動くつもりはない……。

やがて僕は閃いた。ではそういう解釈でいかせてもらおう。

「分かった」

ひと言呟《つぶや》き、おもむろに僕は椅子に座る理耶《りや》の背後に回る。

そして僕は両手を突き出し——理耶の両脇へと挿し込んだ。

「ひゃうっ⁉」

驚いて小さく跳ねる理耶。しかし構わず脇の下を両手で掴《つか》み、そのまま僕は彼女の華奢《きゃしゃ》な体を持ち上げた。

強引に立ち上がらせられた格好の理耶がこちらに振り向く。頬《ほお》にはわずかに赤みが差していた。

「もう、急に変なところを触らないでよ幸太《こうた》くん」

「自分から動くつもりのない人間を立ち上がらせるにはこうするしかなくってね」

すると理耶は小さく目を見開き、それからほんの少し唇の端を持ち上げた。

「なるほど。それで？　私を立ち上がらせて、次に幸太くんはなにをするつもりかな？」

どこか期待するような、あるいは挑戦的とも言えるような眼差《まなざ》しが僕を見る。

「自力で動く気のない人間は他力で動かすしかない」僕は答えた。「方法はひとつしかないだろ」

そして理耶の手を掴む。細いのに柔らかな手だった。

「僕が君を店まで引っ張っていく。これで文句ないよな」

手のひらに伝わる感触のせいで、どことなく恥ずかしさが込み上げる。努めてそれを抑え込みつつ、あえて余裕ぶった表情で僕は理耶を見た。

僕の導き出した結論に、やがて理耶は心底満足そうに笑んだ。

「正解。流石《さすが》は本格的に優秀な私の助手だ」

ようやく機嫌を直してくれた探偵様のほっぺたは、いつの間にかその綺麗《きれい》な真紅の双眸《そうぼう》にも負けないくらいうんと赤く染まっていた。

「言っておくけど幸太くん、お店に着くまで離しちゃダメだからね？　分かった？」

「分かったよ。ほら早く行くぞ」

ちょっぴりぶっきらぼうに返しつつ、僕は身を翻して理耶に背中を向ける。流石に熱を持ち始めた自分の顔を見られるのが恥ずかしかったからだ。

そのまま理耶の手を引いて歩き出す。

……お店に着くまで離しちゃダメ、か。店に着いたらこの手を離すべきなのか。あるいは、店に着いてからもずっと――。

そんなことを無意識に考えつつ、僕は大層上機嫌になった探偵様を連れて夕暮れの教室を後にした――。

あとがき

皆様お久しぶりです、夜方宵《やかたよい》です。

すいほろ2巻、いかがでしたでしょうか？　1巻では「てめーミステリラブコメを謳《うた》ってるくせに全然ラブコメしてねーじゃねえかよコラア！」とのお叱りを複数いただいたような気がするので、個人的には当社比でラブコメ感をマシマシにしたつもりです。あとはミステリ部分も1巻以上に楽しんでもらえたら嬉《うれ》しいなと思ってます。あ、それともうひとつ！　これが一番大事なのですが――「やっぱりイリスはかわちいね～♡」と思ってもらえるように一生懸命頑張りました。どうですか、イリスはかわちかったですか？

実はこの2巻の構想は新人賞応募時点からありました。（なんなら5巻まで、笑）要するに1巻は導入であり、2巻こそがすいほろの本当の姿なのです。事件と推理を軸に各ヒロインたちの世界が交差しては怒濤《どとう》のごとく拡大展開する、笑えて泣けて滾《たぎ》れる本格的カオスミステリエンタメ。それこそが僕の目指す物語《ライトノベル》です。なので今回、自分が本当に書きたかった物語を書くことができて嬉しい気持ちでいっぱいです。最高に楽しかった！

それでは最後に、本巻が書籍の形をとるまでにご尽力いただいたすべての方々に多大なる感謝を。そして願わくば、またこの物語の続きで読者の皆様に会えますように――。

夜方宵

MF文庫J

探偵に推理をさせないでください。最悪の場合、世界が滅びる可能性がございますので。2

2024年 5月 25日　初版発行

著者　夜方宵

発行者　山下直久

発行　株式会社 KADOKAWA
〒102-8177 東京都千代田区富士見 2-13-3
0570-002-301（ナビダイヤル）

印刷　株式会社広済堂ネクスト

製本　株式会社広済堂ネクスト

Printed in Japan　ISBN 978-4-04-683542-0 C0193

◇◇◇

【 ファンレター、作品のご感想をお待ちしています 】
〒102-0071 東京都千代田区富士見2-13-12
株式会社KADOKAWA　MF文庫J編集部気付「夜方宵先生」係「美和野らぐ先生」係